莫失莫忘

The Best Farewell

秋微 著

图书在版编目（CIP）数据

莫失莫忘 / 秋微著. —北京：北京联合出版公司，2017.3

ISBN 978-7-5502-9519-3

Ⅰ. ①莫… Ⅱ. ①秋… Ⅲ. ①长篇小说－中国－当代 Ⅳ. ①I247.5

中国版本图书馆CIP数据核字（2017）第006114号

莫失莫忘

作　　者：秋　微

责任编辑：丰雪飞

北京联合出版公司出版

（北京市西城区德外大街83号楼9层　100088）

河北鹏润印刷有限公司　新华书店经销

字数：170千字　880mm × 1230mm　1/32　印张：9

2017年4月第1版　2017年4月第1次印刷

ISBN 978-7-5502-9519-3

定价：39.80元

如发现图书质量问题，可联系调换。质量投诉电话：010-82069336

序言

练习未满爱别离

好多年之前，有一天，我的好朋友柯蓝跟我说：“你别当主持人了，出不来。写电视剧吧，还能挣点儿钱。”

那时候，我已经当了十几年的主持人，也尝到过“脸熟”带来的甜头。虽然说“出不来”的局面在我的主持生涯看似昭然若揭，但我当时对说话、写字和“热闹”的热爱，等量齐观。

凡事“习惯”即成障碍，哪儿那么容易“事了拂衣去”。

有价值的友谊从来都不在于彼此取悦。我在经历了那段话带来的伤筋动骨后做了取舍，更专注地写字。

我还记得当时柯蓝的家，石灰地面，原木长桌，一只快十岁的蓝猫像小狗一样挤在人堆里，用最舒服的姿势待着，同时保持眼神的警惕，两不误。

画风乍看是见怪不怪的冷，但说不上哪儿又颇有些“深藏功与名”的贵气，跟柯蓝的个性很像。

由于我看过的国产剧数量极其有限，辜负了柯蓝的期许，没写成电视剧，没挣上钱。

但《莫失莫忘》是专注后的产物。

《莫失莫忘》不是我写完的第一个长篇小说，但它是我第一个“放下一切”完成的小说。

那年我搬去了上海，住在建国西路上的一个石库门风格的老房子里。每天早出晚归，到附近的咖啡店写字，加上当时在那儿朋友有限，应酬锐减，很容易就练成了劳模，一周写七天，每天超过八小时。

上海是个宜居的城市。

从我的住所出发，走路能及的咖啡店有十几个。因而，尽管写作的过程艰辛且伤神，但上海给这个过程提供了最大限度的舒适。

也许真的有“风水”的存在吧，在不同的地方写出来的文字，调性也不太一样。

迄今为止，我写完了四个长篇和六个中短篇，是在不同的地方写的，字里行间就自然保留着不同地方的气息。

在北京写的《女少年》和《再见，少年》，基调就是横平竖直的“艳阳天芳草地，一壶浊酒尽余欢”。

今年的小说集基本是在东京完成的，就算故意用回第一人称，但也明显存在零星的“漂洋过海来看你”的旁观感。

只有写《莫失莫忘》的过程全在上海。

大概这是为什么也只有《莫失莫忘》自成一格，兀自披挂着伤春悲秋的调调，那些让我有幸被误解成“文艺青年”的元素，是我不曾真的拥有，但想起来总会笑一笑的“朱砂痣”和“床前明月光”。

从查资料到最后写完，横跨了春、夏、秋三个季节。写到小说的结尾，已是上海的初冬。我记得回家的路上影子起伏于枯黄的梧桐叶之间，心情也跟着萧瑟了好一阵。对于如何安排许友伦和林小枝的结局，在删了两万字和一个男三号之后仍举棋不定。

那是难过的事，心境恍若失恋。

结束的文本不仅是他们的告别，也是我自己不肯面对的人之常情。

收尾阶段，被神经衰弱和失眠折磨，当时我并不知道，“神经衰弱”和“失眠”原来是完成每一本书的一段必由之路。

这些写作阶段的艰苦，每每回看时说出来，又怎么都有点像撒娇。

是啊，毕竟选一个自己喜欢的事安身立命，是运气。

所有放弃和坚守、失眠和忧伤，为了这份运气，也值了。

这本书最初我自己起的名字是《爱别离》。

这三个字，出自佛教哲学中的八苦之一，是我想要通过那两个人的分分合合分享的欲哭无泪。

我在书里试图安抚这个苦，汇成那个后来被转发最多的句子——“接纳才是最好的温柔，不论是接纳一个人的出现，还是，接纳一个人的从此不见。”

因而，完成这本书，也是一个自我教育的过程。

五年之后，《莫失莫忘》再版了。

承蒙磨铁抬爱。

我在年过四十之时，这种调性的小说，不管搬去哪里住，恐怕都再也写不出来了。

很多事都是这样，时过境迁，花相同，人不再。

要不要在一起，看似是一个问题。

然而，“不管要不要在一起，最终都要面临分离”，难道不是一个早就预备好程序的固定结局？

道理反反复复。

故事七七八八。

关于遇见，关于告别，似乎还有许多“接纳”的实际问题，需要持续练习。

时光就是这样的一个东西。

如果每一个人出现的同时就附带着告别，如果每一件事的发生就注定了不可逆转的结束，那么答案早已预备好了在时光之外，我们唯一能做的，也只有为每一个此时此刻，尽量奉献出最好的赤诚。

再好听的道理，也只是说时容易。

创作是创作人自救的药，企图在另一个维度中，用无始无终也无解，渐渐假装平静于轰隆隆的世道哀欢。欲说还休，敬奉炎凉好春秋。

目录 CONTENTS

非典型开场

早春时，我应杂志之约写一个关于“北漂”的系列采访，其中一个受访者，在我们见面聊了两次之后，有一天，他忽然来找我。

到了约好的咖啡店，他在我两米之外的对面坐下，点了一支烟，然后对着烟袅袅升起的方向说：“有些话，想说出来。想了一阵子，好像只能跟陌生人说出来。”

看我未置可否，他又说：

“体检查出了肿瘤，就要去动手术了。怕家人担心，跟谁都没提。别的也没什么好怕的，只是这阵子，常想到一个人，就怕这些话，如果……来不及说出来。呵呵。”

这是一个让“陌生人”难以拒绝的理由，因此我安静地坐在他对面，听他讲了他和那个女孩儿的故事。

他们从认识到分开，十年。他讲完这十年，用了四个小时的时间。

结尾时，他说：“不管以后跟谁在一起，我心里始终都有一个地方，是属于她的。也不管我们以后还会不会再见，我心里都会想，只要她过得好，就好。”

这独白听起来多么耳熟，大概在我们周遭许多有聚有散的“两个人”之间出现过。

他说完这句话的时候，我心底里交替出现了很多画面，有北野武的《玩偶》、王家卫的《花样年华》，甚至有胡兰成写的《今生今世》。

似乎“此事古难全”是一条必由之路，路上落英缤纷，一路到头，满地是不至于落寞的遗憾。

是的，遗憾。

他脸上某一个瞬间的神情很像《暗恋桃花源》里老年的江滨柳。

能拥有这种神情的人，大多是遗憾满满，大多是已经低眉顺眼自愿承认了冥冥之中有一些人力难逆的力量，我们通常会把那称作“命运”。

然而，多数人并没有江滨柳经历过的乱世可供自己把情感生涯升华成“倾城之恋”。

也不必。

“我可以把它写出来吗？”我问。

“当然可以，只是，也没什么可写的吧，呵呵，无非都是些平常事。”那男子说，嘴角抿出一个对自己释然的笑。

他走了之后，我顺手拿起桌边一本翻开的书，那一页上，是慧敏法师说的话：

“分手之后，过了很长时间，如果走路时突然闪过‘要是他过得幸福就好了’的念头，说明我也做好了要幸福起来的准备。”

嗯。这世上之事，过去了，不就都成了“平常事”吗？

况且，时光又能允许什么事过不去呢？

始终觉得，情感生涯是一生最好的修行，能安放好情感，就能安放好人生。

心之外的事，都可以不是大事。

“心”可放得下任何时代的变故，反而，并非所有的时代都容得下“心”的增损，哪怕有时候只是那么回头时的一念，那一路颠沛，也可以自成千古。

男子告诉我的故事，让我在那天做了一个决定，我要把它写下来，用“我”的心情。不管有多少“真事隐去”或“假语村言”，每一个在路上的人，都难免一两场狭路相逢：此生，总有一个人让你心怀惦念，让你因他才内心重获柔软，让你在念及他的时候最终清楚地明白，原来，“爱人如己”才是最终的，也是唯一的出路。

如何遇见不要紧，要紧的是，如何告别。

有些人，没有在一起，也好。

回忆时，心里仍旧生出温暖，那终究是一场“善缘”。

因着那些心生善念，让人懂得，唯有爱，让我们即成“你我”，“我们”从此是宇宙中的一体，即使不再相遇，也永远不会分开。

故事

01

等再看到许友伦，是在微信的“朋友圈”里。

确切地说，那也不算是“看到他”，只不过是我们共同的朋友发了他的照片。

我看着那张照片，心想，嗯，我们，是真的结束了。

照片上的许友伦脸上挂着人到中年后由地心引力制造出的沉着劲儿，他微笑着，像很多时候那样。

他微笑的样子我那么熟悉，甚而，或许它反复出现的次数太多，不觉中已成了一个茧，长在我的记忆里，挥之不去。

这真让人惆怅：最终，留在心底的，只是一个茧，而并非那个最初的、鲜活的笑容。

岁月让笑容化成了茧，我又怎忍心责怪内心因此时隐时现出一些悲戚？

这个笑容化茧的过程，十年。

在正常的人生中，十年的时间，不短，也不长，只不过，刚好占满了整个青春岁月——如果，我可以用“刚好”这个词。

在那个刚好属于青春的十年里，许友伦和我，我们分手过四次。

或许最后一次的告别在我看来特别确定，所以，等再看到他，想起和他在一起的那些时光时，出现在我心底的，竟然都还是他跟我之间的那些“好”。

“永诀”让我把许友伦存在心里的样子化成了一轮明月。所有那些我们曾以诸多方式给过对方的伤害或伤怀，反而逐一淡化。仿佛，在被我自行神化过的那些“好”的映衬之下，那些伤害或伤怀，统统月朗星稀了。

是啊，我不会为失去他而后悔，后悔是对往前走的否定，而又有谁能阻止时光流逝中无法逆转的“往前走”？

我也终是没有力气去恨这样的一个人，如果恨他，就等于否定了青春，就等于否定了过去十年的自己——那个在磕磕绊绊的生存中，为一点儿幻想中的爱苦苦挣扎的我自己。

在终于相信不再会有牵扯时，就没有了过往数次分手后的那些折磨。好像一颗长在身体里的结石，与它同在的是来无影去无踪的绵绵的疼。分明是疼，久了，也染上了瘾，好像需仰仗那份疼证明些什么。等到终于下决心割舍，剧痛之后则是终于失去隐疾的平静和松弛。

为此，我甚至开始相信“天意”的存在。

很多人的人生中，大概都会出现那么一两个人，让我们相信“天意”的存在。若那些让人奋力纠缠的过程，只是证明了自己的无能为力，天意就成了最后的告慰：所谓因缘，它跟欲望的多寡、情爱的深浅都可以没有关系。那就是关于欠与还的宿命，两个人因缘未尽时，怎么样都分不开，尽了，则就是尽了。你只能眼睁睁看着这一段的生命带血带泪地渐行渐远，然后用告别之后的时光，去缓释那些一定有过的遗憾。

遗憾是一件好事，当一个人感到遗憾，至少代表没有了恨，也说明在内心中，期待和恐惧在某段停歇时一度达成和解。只是，要如何安静地放置，则又是另一番未知的苦行。

许友伦是我生命中让我相信“天意”的那个人，或许，在他出现的那一天，就已经有过清楚的征兆，只是我当时麻木懵懂，需要生生耗费命中的十年，才换来这样的相信。代价则是一部分的呼吸，不知不觉，在岁月里，被磨成了叹息。

十年前，我跟许友伦的第一次见面像是一个纯粹的偶发事件，且当时的情景看不出会有后续。

那是 2002 年初冬，我二十五岁。

我在大学毕业之后就进了一家很小的私人公司，虽然那几乎不能算是一份“正式职业”，但已是我当时能在北京找到的最好的工作。

那家公司对外宣称是“奢侈品公关公司”，实际上也就是协助高档消费品品牌开发布会，业务内容包括租场地、安排设备公司、请礼仪小姐之类的，不需要太多专业技能。

那个公司的老板是个女的，姓陈，叫陈伶伊，她让我们叫她 Chloe。

Chloe 年纪比我大不了几岁，精力充沛，思维敏捷，特别会跟比她强的人撒娇。公司的业务主要是靠她四处给不同的客户或示弱或哭穷换来的，所以经营很不稳定，忽忙忽闲。全公司一共九个人，分工特别不明确，有事的时候一哄而上，没事的时候就一哄而散。

我起初去这家公司应聘是因为实习期间在一个杂志社，我帮他们做版面的时候刚好看了他们给 Chloe 做的访问。她北漂的励志故事特别符合我对首都最初的向往，以为北京的职场到处都是充满平等博爱的机会和挑战。

等真的进了公司之后，才发现“故事”只能用来读，不能真的走进故事去生活。很多词都可以有“故事版”和“现实版”两种解释：故事中的“聪明”在现实中就是“自以为是”；故事中的“机会”在现实中可能只是靠给回扣支撑着的“交易”；故事中的“追求完美”到了现实中就是“矫情”和对他人过分苛责。

故事没错，有问题的是我当时还不具备透过故事看人生的经验。

工作本身跟我的想象相差太大。

但，我也不该抱怨太多，毕竟以我当时的资历，那是我面试了十一个地方之后找到的唯一一份在四环内坐办公室还能拿到工资的工作。

并且，凭良心说，Chloe 也对我不薄。虽然她平时对我的态度忽冷忽热，无规律可循，但我真遇上困难，她也不会袖手旁观。我在进公司不久后跟学生男友分手，他手扶着门框对我连续嚷出几个“滚”，脸上尽是胜券在握的羞辱。他跟我一样是初谙世事的受挫者，羞辱我是他能抓到的平复内心愤懑的唯一桥段。因我彼时寄宿在他租的地下室，我的无家可归是他屡试不爽的“撒手锏”。

Chloe 看我在座位上哭得很狼狈，没加劝慰，只慷慨地允许我可以暂时借住办公室的储藏室。

这份慷慨，对于一个既没存款也没姿色的落魄女文青来说，绝对是应当被歌颂为“雪中送炭”的义举。

我心里对此相当感激，当晚就在储藏室摊开了仓皇带出来的半旧的行囊。

等隔天站在她面前不知如何开口称谢时，她只是眼皮都没全抬起来地对我说了句：

“问题解决了就赶紧好好工作吧！”又说，“你争点儿气！要不就努力工作多挣点儿钱租个像样儿的地儿，要不就再找个像样儿点儿的男人带你过点儿像样儿的生活！”

她的热情从不往下走，也好，倒省却了许多肉麻。

我吸了口凉气退下。

她说的这两种可能，在我当时的想象中，都有点儿遥不可及。

周围没有太多人注意到我的窘境。

我认识的人本就不多，上学时就是同学，毕业以后就是公司这几个同事。我跟我的同事们除了正常干活和中午不得不一起吃饭之外就没有别的来往了。我不知道怎么跟他们亲近，我除了容貌平平，没什么特别的技能和值得称道的上进心之外，也不会当一个内心趋炎附势、表面讨人喜欢的小人。

请注意，不是“不想”，是“不会”。我试过，不止一次地试过，结果是东施效颦，当我企图扮演一个“讨人喜欢的小人”时，我和被我逢迎的人都会立刻产生一种很“费油”的局促感。

唉，对一个年轻的女孩儿来说，还有什么是比同时拥有超级普通的外表和超级清高的内心更糟糕的情况？

这个“糟糕的情况”让我注定在职场上不会有什么大出息——除了职场失利，在别的什么场也不曾得意过。

因此，我渐渐习惯了工作之后就尽快逃离人群，避免跟同事们交集。我认识其他人的机会又十分有限，于是我成了一个看起来有点儿孤僻的人。

对这个局面，我倒没什么不自在，如果孤寂能让我避免去体验各种我不擅长的事，那我宁可孤寂。

我们的办公室在一个商住两用的公寓里，除了被划分成办公区和会议室的三个房间之外，还有一间十几平方米的储藏室和一间十几平方米的厨房。

那个储藏室比我前男友租的地下室还大一些，我住进来之后又省却了路上的成本，因此我对重新找住处态度消极。Chloe 以前就常常在半夜忽然想起什么似的打电话让我帮她处理公务，我住进储藏室方便了她不规则的发号施令，大概她也乐得有这样的一个便利，所以对我迟迟不找新住处也听之任之。

Chloe 请了一个阿姨——小纪，每天中午帮我们做午饭。

午饭是我一天当中难得的欢乐时光。除了小纪阿姨做饭的手艺确实不错之外，还有那种藏在饭里并进入身体的烟火气，不知为什么，那会让我感觉格外踏实。我想我的人生不会有什么特别远大的志向，因为在心底里，最吸引我的就是那种牵肠挂肚的烟火气。

我好喜欢这个词——“牵肠挂肚”。世界上大概没有任何国家的文化可以像中文一样能用最坐实的脏器表达出如此空灵的诗意。

于我，如果每一种气息都有一个方向的话，想必“志向”是冲天的，“烟火”是朝地的，“牵肠挂肚”则跟其他空灵诗意的词一样，另属于不受时空拘束的未知维度。

后来，许友伦有一次评价说我是他认识的女人中最擅长“安静”的。我知道，那仅仅是因为我迷恋烟火气，令我习惯等待在它附近，或顺服于它的方向，并非出于值得称道的修养。

我的工作内容，除了平面设计之外，还要兼做 Chloe 的私人助理，长时间疲于应对各种没规律可循的杂务和 Chloe 没规律可循的情绪化，并负责在她需要的时候随时给她买咖啡、买外卖，以及帮她遛狗。

Chloe 养了一条雪纳瑞，一个星期里总有两三天 Chloe 会把那条狗带到办公室，她一忙起来，伺候狗就成了我的工作。

那时的 Chloe 是那样一种人，流行什么她就跟着做什么，在流行面前像是一个无条件忠于主人的宠物，透着一种瞬间低能的简单，让人又嫌恶又同情。

雪纳瑞当时很流行。我猜 Chloe 也未必真有多喜欢，她只是喜欢入时的感觉。等过几年，大街上再看见雪纳瑞，基本上不用问就能大概猜出它的年纪。但 Chloe 没赶上自家宠物“过时”，那是后话。

那条雪纳瑞名叫“露露”，有时候 Chloe 也会连名带姓地叫它“陈白露”。我怀疑 Chloe 根本没看过《日出》，否则怎么会用这么一个没得善终的可怜交际花的名字命名自己的狗。

每当有人问这狗为什么叫“陈白露”时，Chloe 都回答：“它随我姓，我姓陈呀。”

我心中暗自撇嘴嘲笑：这叫什么答案啊！牵强附会！

我对 Chloe 的不理解除了她对公司抽风式的管理和给狗起的名字，还有她对吃喝的各色要求。自我搬进办公室之后，给她置办吃喝成了最令我紧张的一项工作。

有一个傍晚，Chloe 在快下班的时候从她的办公室走出来，路过我的座位时，她说她现在要去打网球，两个多小时之后还会回来，吩咐我计算好时间赶在她回来之前到国贸的一家茶餐厅给她买一份烧鹅饭，临出门时又面无表情地回头对我说了句：“记住，左腿。”就走了。

Chloe 平常对我们惜言如金。她是一个目标明确的人，知道在什么情况下以什么姿态示人。如果听到她忽然用吴侬普通话在办公室长时间地打电话并伴有娇笑时，基本就能断定，那是有生意快要上门了。而对处于下线的我们，她则始终是言简意赅、不苟言笑，以最大程度省字，以最精练的简单句和标准北方口音布置任务。

Chloe 布置给我的任务除了少部分跟工作有关之外，其他多数都是她对衣食住行的“标准化”要求。

“烧鹅吃左腿”是 Chloe 对食物无数要求中的一条。我在她丢下这个要求之后慌忙地奔赴那家茶餐厅，希望在晚饭高峰到来之前能为她抢下她要的左腿。

等我慌乱赶到店里，上一拨左腿已售罄，店家摆出一副“腿香不怕巷子深”的矜持脸色，跟我说新一拨大约要一个小时之后才出炉。我不知道我生活的这个城市里有那么多跟 Chloe 一样的矫情之徒。为免于受到指责，就向店家表示了等待心情之坚决。

我找了个角落的座位坐下，从包里拿出一本书。那阵子，只要出门，我的包里总会带一两本书，用以打发无聊的时光。

那天我带的是简·奥斯汀的《理智与情感》，记不得那是看第几遍了。就像我不愿意相信奥斯汀小姐本人的爱情生活乏善可陈一样，我情愿在文字虚拟出的世界里冒充成感情充沛的人，仿佛这样一来，就可以在现时现世心安理得地逃避。

十几分钟之后，我被整个茶餐厅弥散着的饭菜香撩动起食欲，现实就是这么的强悍，它才不管你自我催眠成一个什么水晶心肝儿玻璃人，哪怕只是最粗浅的饿，都会让一个内心清高到三层楼以上的人迅速跌入欲望的地下室。我只好跟爱德华暂别，心里暗自后悔出门的时候没有先吃两口中午的剩菜。

彼时是晚饭时段，进来的人渐渐多起来，领位顾不得客气地让我从坐着的地方挪开，把位子让给堂食的客人。

我端着《理智与情感》，尴尬地想找个不碍事的地方站着，忽然听到有人叫我的名字。

起初，我还以为是错觉或是错听——我不认为会有人叫我——所以没有理会。那个叫我名字的声音固执地又响了两声，我才顺着声音传过来的方向望去，看见靠窗的座位上有人正站起来冲我热情地挥手。

挥手的是朱莉，我大学同学。

朱莉是个漂亮姑娘，北京人。上学的时候我们就知道，她家境优裕，爸爸是高干，妈妈是个中学老师，几年前过世了。朱莉是家中的独女，用今天的词儿说，她是“官二代”。但她家教严格，没什么特别的恶习，人又长得好看，在学校也被众人追捧。一个长期被爱又生长在富足环境里的女孩儿没什么机会让自己置身于竞争的氛围里蹉跎时光，所以朱莉身上始终保持着一种原始的单纯的热情。或许因为她从小到大“得到”的过程不难，她反而不是一个凡事志在必得的人。

在我的记忆中，她既没有过度的物质追求，也懒得有太多的精神探索，始终个性开朗，待人不错。我们保持着两三个星期发几条短信、半年见一回面的频率，且是朱莉主动的时候多。

女人之间关系紧密原因通常不外乎以下三种：嫉妒而起的，由于竞争关系维系的难舍难分；骄傲而起的，需要互相衬托演变出的情同手足；害怕孤独而起的，由长期彼此陪伴形成的形影不离。

而朱莉和我，这三种关系都不存在，所以来往一直不算紧密。我不知道如果那天不是偶遇，我会不会见到朱莉，如果不见到朱莉，又怎么才能认识许友伦。

想到这儿，忍不住一声叹息。

有的人，就是会出现。

命中注定，就是会出现。

没有道理，躲也躲不过的，就是会出现。

在许友伦还没出现但就快要出现的那个傍晚，我正处于自己最熟悉的常态之中：孤僻、疲惫、麻木、饿。没有任何特别的征兆向我发出任何一点点的启示，让我知道，在时光的不远处，有一个我生命中如此重要的人正赶来与我相逢。

我走过去跟朱莉打招呼，她对面还坐着另一个女孩儿。朱莉帮我们互相介绍说："这是林小枝，我同学。小枝，这是 Vivian，我姐们儿，她会算塔罗牌，正帮我算呢。她算得特准！"

朱莉说完问我跟谁一起来的，听说我是自己一个人，就拽我坐在她旁边。我知道她一贯很少讲虚礼，所以也没太过客气，就在她旁边坐下来。

朱莉刚要抽牌，想起什么似的转头问我点了什么吃的，我谎称还没来得及点，她就麻利地叫服务员送上菜单。

我暗自松了一口气，按照以往的经验，每次和朱莉一起吃饭都是她结账，而且她付钱的时候总是十分自然，不会给人任何居高临下的给予的压力。我天性并非一个计较的人，但以我当时的收支情况，又没有能力顺应天性，拮据造就的计较，比计较本身多了一层酸溜溜的悲哀。

我举起菜单挡住脸，偷偷地快速吞了吞口水，然后点了我喜欢的牛腩云吞面和一份蚝油生菜，朱莉又自作主张帮我加了一份卤味拼盘、一个冰火菠萝油和一杯热的港式奶茶。我心里猛地一酸，充满被她看穿的感动。也许这只是我一厢情愿的感觉，朱莉只是习惯性地豪爽，且她也总是豪爽得起。

等监督服务生帮我摆好餐具后，朱莉就继续回到跟 Vivian 的对话，Vivian 抬眼看了看我，又看了看朱莉，略有迟疑。朱莉笑着伸手搂了搂我的肩膀，对 Vivian 说："没事儿，小枝是我闺密，我在她面前没秘密，你该说什么说什么。"

朱莉说得没错。她在我面前的确没有秘密，因为我压根儿不知道她的任何事。

我是那样的一种人，我的关注范围，一亩三分地，总是只在自己。自大学之后，除了学业，我唯一的业余生活就是谈了两段不成功的学生恋爱。而我在恋爱的时候，没有精力对其他人的生活产生好奇，等失去恋爱的时候，则没有心境对其他人的生活产生好奇。

Vivian 继续翻牌，我听出当时朱莉正处于感情的两难境地，需要在两个她都喜欢也都喜欢她的男人中做出取舍。

我们在那个年纪，还迷信于"专一"的存在，所以当人性的本质偶尔刺穿教育的成见，闪烁出"爱情可以多元存在"的本相时，自己唯一能想到的方法就是先消灭"本真"，不求甚解，只为求取表面上的心安。

那个叫 Vivian 的女孩儿表情肃穆，对手上的摆弄挺有敬意的，她一边翻纸牌一边回答着朱莉的问题，翻牌的动作和回答的用词都煞有介事，有一股对自己能够泄露天机深表叹服的庄严意味。朱莉为自己即将可能面对的取舍既兴奋又忧伤，又似乎对能把自己的未来交给一桌子牌感到宽慰——女孩子一般在自己不愿意承担选择的责任时，都会想办法说服自己视之为“命运的安排”，各种星座特性、算命卜卦是最常见的自我免责方式。

在我吃云吞面的时候，朱莉一直在皱着眉头思索某张牌上说的那个出现在她身边的“小人”到底会是谁。等看我吃完面，她立刻把自己的问题放在一边，热情地要求 Vivian 也给我算一盘。

朱莉就是这样，她似乎有一种随时可以放下烦恼的天性。

而我不行。

那时候，我二十五岁，刚刚结束一段恋情，正处于对自己充满否定、时刻都感到前后一片荒芜的惶恐阶段。当一个普通的女孩儿在感情领域对自己否定和感到荒芜的时候，基本上她的人生也很难有其他过硬的支点。

Vivian 让我抽了牌，在翻了几次之后，她胸有成竹，一字一顿地对我说：“不久之后，会有一个你的贵人，介绍你认识一个男人，如果你们在新年之前连续见三次，那个人将是你的 Mr. Right。你们就会有至少十年的姻缘。”

她自始至终严肃的态度和抑扬顿挫的表达增加了纸牌的可信度。

那个茶餐厅的大厅里有几根承重的柱子，柱子上刻着百家姓。

我皱着眉头盯着柱子，像朱莉思索谁是“小人”一样试图从百家姓里得到启示，从脑海里把认识的人一一翻出来看谁吻合我想象中的“贵人”形象。

朱莉也特认真地跟我一起想，正想着，她忽然大叫了一声：“Allen！”

这一声吓了我一跳，正纳罕她怎么能从柱子上的百家姓中看到一个英文名字。回头看她，才发现她在朝门口的方向热烈地招手。Vivian笑着嘟囔了一句："你认识的人真多，到哪儿都是熟人。"刚进门的一个男子应声朝这边看了看，等认出朱莉时，就笑着走过来。

这个朱莉叫他 Allen 的男人是许友伦，就是后来成为我男朋友，我们分分合合纠缠了整整十年的那个人。

"Hi！ Lily，你好吗？好久不见！"许友伦走过来热情地跟朱莉打招呼，身上还带着户外寒冷的气息。

"好久不见！"朱莉热乎乎地回答。

"你真是越来越美了！"

"谢谢，谢谢，你还是那么会说话。"

"有吗？对美丽的女人呢，我都只有诚实啦。"

"哈哈，这态度不错！"

"一贯如此嘛！"

"你一个人吗？"

"一个人？你问什么？"

"我当然是问你跟谁来吃饭，要不呢？"

"哦，好可惜，我以为终于有人关心到我的孤单。"

"你孤单？哈哈，别装了！如果连你都会孤单，北京岂不要变成空城！"

"唉，讲真话总是没什么人相信。"

"哈哈哈！"

"哈哈哈！"

他们就这样有来有往、俏皮地寒暄，其间还包括西式的拥抱加贴脸，然后他们就一起笑起来，一副知己知彼、共饮长江水的样子。

在我后来对许友伦时断时续的回忆中，翻箱倒柜搜索出许多已经淡化的瞬间，有一天，想到这个画面时，我猛然起了一身鸡皮疙瘩。

朱莉说："如果连你都会孤单，北京岂不要变成一座空城。"

他们在彼此开着无心的玩笑时，闲云野鹤的，一定想不到，不过两三个月之后，北京就真的几乎变成了一座空城。没有人会想到，这样一个泱泱大国的鼎鼎首都，在出奇的灾难面前也一样难免有空城的时候。

那年，王菲唱着林夕的歌词道："上帝在云端，只眨了一眨眼。"

我逐渐长大，被命运翻炒，慢慢地也不得不相信在云端一定有什么远远超出人类想象的存在，那些被不同种族用不同名字敬拜的神，在意着我们所看不懂的在意，成全着我们所不能了解的成全。

我不知道是否在朱莉和许友伦调侃的一刻，我们交流出的哪一个粒子无意间飞向宇宙，拨动了诸神中不知是谁的恻隐之心，于是神明要向世人证明，许友伦自诩的孤单，出于绝对的诚实。

就之后的发展看，相较于一个三十岁男人的诚实，神明似乎没那么在乎北京这个"帝都"的国际地位和形象。

倾国倾城地昭示诚实有多么重要，或者说一个人的诚实有多么值得倾国倾城地被证实。生命中的轻重，就是可以这般没有道理。

回到那天，我们还一如既往地散乱在混沌里。

我看着他们，红男绿女，心里羡慕地想着，会不会有那么一天，我也可以像朱莉有再生纸一般的奉献，像一个纺织女工一样一刻不停地把能挥舞到的各种感情密实地交织在一起，在情感的荒诞世界里，左右逢源，贡献很多，浪费很少。

我多么想，我也可以那样，被赞颂也赞颂人，被宠爱也宠爱着谁。

是啊，我多么想。

正这么走神着，还是陌生人的许友伦轰然在我对面坐下来。

我第一眼看到许友伦的时候印象并不是很好，确切地说，我并没有看得很清楚，自他坐在我对面之后我就开始了最常见的局促。我不擅长跟人交流，何况对方又是一个陌生的、个性张扬的异性。

后来许友伦告诉我说，我当时的局促被他以为是对他有好感的表现，并且他好多次都试图强迫我承认这个根本没存在过的好感。

“如果对我没好感，你没可能脸红啦。”这是许友伦的结论。

对于自恋的双鱼座来说，我对他有这样固执的以为毫不意外。

“我很久没见过女孩子害羞了，那时候我认识的女孩子都不怎么害羞的，所以其实我都不记得你的样子，只记得你的害羞。”

这也是若干时日之后他对我说的，同样符合双鱼座那种对自己泛滥的敏感深信不疑的特性。

反正，事实就是，我们确实都没有看清对方。

我只记得他戴着一条橘色的围巾，或许那个橘色太过鲜艳，在它的映衬下，他的眉眼格外鲜明。那似乎是一张五官很嚣张的脸，眉毛、眼睛、颧骨和下巴都在往各自的方向使劲儿张扬着，凑成一种略微长过头的阵势，就好像鼻子下面有几根猴皮筋儿在暗中奋力牵扯着，才不至于让它们分崩离析地随时从这张脸上飞出去。幸好，他嚣张的五官上被两道略走“八”字路线的眉毛中和了一下，中和出一些可伸可屈的温良。

一个内心充满自艾自怜的文艺范儿女设计不会一下子就对一个亢奋得五官随时有可能分裂的男人产生好感。

许友伦不管，显然他对自己的感觉和五官的分寸都很满意，所以在朱莉简短的人物介绍之后，他就开始展示他熟练的寒暄能力。

我很不会应付有陌生人的场面，只好跟着朱莉她们的反应勉强对许友伦说的那些不好笑的笑话报以微笑。大概是使出很大力气才挤出那些微笑，不久脸就酸了，正在焦虑的尴尬中，还好服务员及时送来了我打包的烧鹅腿。

我接过外卖不放心地追问了一句：“你确定是左腿，没错吧？”

服务员本着“小事化了”的态度当着我的面打开餐盒让我检查。

“你懂得要吃左腿？”这是许友伦除了寒暄的那句“Hi”之外跟我说的第一句话。

我懒得再扯出我老板Chloe什么的那些缘故，就含糊地哼哈了一下，接着许友伦就把为什么要吃左腿的这一讲究对朱莉她们俩讲解了一遍。许友伦是香港人，大概我选鹅腿的立场唤起了他的某一种乡愁。我忍耐到他解说完，趁他低头喝汤的空儿，赶忙面有愧色地跟朱莉说我必须要赶回去加班。

朱莉体谅地没挽留我，并坚持抢过鹅腿的账单。

鉴于许友伦在场，我不好意思走得那么自然，僵硬地扭捏了几下。

“你放心，不是我付钱，让 Allen 付。”朱莉笑着说，“男人请女人吃饭是他们最初级的快乐！”

“是是是，请务必给我机会快乐。”许友伦捧场地从朱莉手中接过账单，看起来自然而真诚，他也接过她的笑话继续道，“不过，亲爱的，你要教我怎样才不会一直停留在初级快乐中。”

“哈哈哈！”

“哈哈哈！”

我在他们的笑声中略狼狈地忙乱着逃走了，心里一边想着这些不识人间疾苦的调侃究竟有什么好笑的。

并且，我恨那些随时都能毫不含糊地称呼别的女孩儿为“亲爱的”的直男。

等到了路上，我转而又为自己内心的动态对人性感到失望：一个人，可以坦然地接受别人的慷慨，可是，就不能同时接受别人因过得优渥而更单纯的无聊吗?

我甚至连“谢谢”都没说，“谢谢”代表接受，“接受”实则是一种不亚于“给予”的重要能力啊。

我赶在 Chloe 进门前五分钟把鹅腿放在了厨房的长桌上，并且殷勤地按她制定的标准给她冲调了一杯柠檬蜜：三片柠檬，一汤勺蜂蜜，八十五摄氏度的温开水，顺时针搅动四下，搅动时汤勺不能碰到杯子边发出响声，搅动的次数也不能多，否则就会过酸或过甜或果肉过分脱落。

Chloe 回来之后，面无表情地吃完她的晚餐，也喝了我为她准备的柠檬蜜。我对她吃完喝完什么都没说感到有些失望，可我又尚未熟练掌握“邀功”这一项本领。

她水足饭饱之后又来了精神似的到她的办公室处理公务，我只好也坐回我自己的座位上茫然地打开电脑。

Chloe 没有明确要求我在下班之后不能有自己的休闲娱乐，但她平日里制造出的威仪让我根本无法在她面前放松。

我正在浏览网页的时候朱莉打来电话，说我刚看的小说落在了餐厅。

“我让我那个朋友给你送去，Allen，就是你刚才见到的那个男的，刚好他也住‘现代城’，跟你办公室在一块儿。你是在紫色那栋楼是吧？他住绿色那栋。”

“哦哦，不过我还没忙完呢。”我压低嗓音搪塞道。

“没事儿，我把他电话号码给你，你什么时候有空找他拿就成。”朱莉在电话那头音色清澈，继续着她心无城府的敞亮。

我敷衍地把许友伦的电话号码写在了一张即时贴上，其实我自己清楚，我宁可丢一本喜欢的书，也不愿意挑战自己面对陌生人的能力。

那时候，我以为跟许友伦之间，不过是互为彼此的“路人甲”，我们的交集不过就限于我吃了他埋单的晚饭，而他拿走了我的《理智与情感》。

这样一想，原本是寂寥的释怀。

清高的女人势必孤独，胆小的女人总是寂寞，我——又清高又胆小。

因此，一边心如夏花狂乱无序地绽放，一边生活如止水，无聊到几乎每天都听得到隔壁冲马桶的声音。

我在跟许友伦第三次和好的时候，两个人都身心俱疲，终于首次同步讨论起婚嫁来。那时候许友伦的事业好不容易攀上一个新的山头，他的自信终于允许他在情感上冒险。在收到他单膝献上的钻戒之后的晚上，我们经历了那几年中最畅快的一次房事，男欢女爱得特别彻底。之后他瘫在我的臂弯中沉沉睡去——是的，我们有一个约定俗成的睡姿，有情有性时他睡进我的臂弯，有情无性时则是我睡进他的臂弯，适逢心情性致全无就背靠背，供求关系井然有序。

那晚我睡不着，遐思乱飘，不经意想到跟朱莉一起见过的那个算塔罗牌的 Vivian。

她说的是对的，许友伦确实算是经由朱莉介绍认识的，朱莉是我生命中的贵人也没错。

猛又想到她说："如果你们在新年之前连续见三次，那个人将是你的 Mr. Right。你们就会有至少十年的姻缘。"

我心里一紧——我们并没有在新年之前连续见三次。

事情后来的发展，确实是我们没能抗拒"命运"，即使谈婚论嫁，仍旧半途而废，再次分手。

分手后，我又想到 Vivian 魔咒式的预言。

是啊，我们并没有在新年之前连续见三次。

或是其实我们有可能在新年之前连续见三次。假如那天 Chloe 不回来加班，假如我对自己不是那么没自信，我就有可能去找许友伦拿回我的《理智与情感》，这样的话，不排除我们有可能在新年之前连续见三次。

也许那样的话，我们就没有那么多的苦要一次一次生生吞下去。

爱离别，怨憎会，求不得，各种情侣之间的不如意之事，一个不落，都变幻各种花样出现在我和许友伦时聚时散的岁月里。

然而，命运不理会什么“假如”。

我们没能在新年前连续见三次，因此我们今生失去了那“十年姻缘”的可能，不，确切地说，我们只是失去了“姻缘”的可能，然而那“十年”，我们之间却是或连枝共冢或刀光剑影，确实一个时辰都不曾少。

在那十年即将启程的时候，我还在自怨自艾于各种浅度的窘境。猛地，它们统统在重创面前低了头，灾难也有可能是化了身的天神，度化无数庸碌之辈如我，使之有可能了解到“无常”的存在，存在的方式也有上万种法门，每一种都量身定做，以每个人的格局眼界，根本没可能逃过注定在宿命中的那些风尘仆仆的劫和缘。

02

有一句俗话叫“好景不长”。

我倒是觉得，“景”无所谓好坏，都不会太长。

毫无预备地，SARS 来了。

SARS 来了。

那是一场没有谁有经验的灾难，最糟糕的是，等我们意识到这场灾难的峻烈时，我们已经置身其中且基本无路可逃了。

很多人在灾难之初选择离开北京，我也那样想过。

我打电话给我妈，她在电话另外一端用愁苦的语调、敷衍的态度打消了我回家的念头。

我的父母住在一个人口相对稀少的二线城市，因此 SARS 灾情没有给他们带来那么巨大的影响。我还有个姐姐，早早考上了外地的大学，毕业之后嫁给了在她的大学做短暂交流的外教，随后跟那个外教一起去了加拿大。我上高中以后猛然开始玩儿命学习，主要是因为想离开家的念头化作了一股非考上大学不可的动力。我父母的家没有提供过安适和放松的栖身之地，我亲姐姐则形同虚设，连户口都被注销了。

我的家人们对我的热情有限。这也难怪他们，连飞机上安全气囊的说明书都清楚地告知大人在照顾小孩儿之前需先照顾好自己。他们只是普通的大人，有着普通的自私和普通的软弱。

就这样，我必须接受的事实是，一场崭新的灾难降临，我寄居在这个全世界最著名的城市中，没有家，没有亲人，不被爱，也没有在爱着谁。

如果说"不被爱"这慨叹听起来太过幼稚的话，那么"没有在爱着谁"则具有一定的自省意味，使得"爱"这个字听起来不至于显得那么浮夸肤浅。

是啊，我们常常是透过"不爱"和"不被爱"，才能真的看清，在我们张嘴就来的"爱"里，深藏着根深蒂固的利己主义的本质。

说回 SARS。

就在我的妈妈用"回家会不会丢工作"这个担忧作为婉拒我的理由之后，没几天，我还是就地失业了。

奢侈品及其周边行业在疫情面前暴露出它跟生老病死的生命本身压根儿无关的脆弱本相。

Chloe 在派发完遣散费之后呆坐在办公室里，其他人都黯然散去，只剩我还在自己的座位上踌躇。

我的踌躇出于两个原因，一是因为首次失业，经验有限，手上刚收到的遣散费差不多是我唯一的"存款"——如果我把它存起来的话。另外，更加尴尬的是，我借住在办公室，就算想离开也不知能去哪儿。

Chloe 被失落蒙了心，把我的踌躇错会成留恋，一时萌生出惺惺相惜的凄凉感。

她让我不用担心，说就算公司关张，也不代表我得马上搬走。又说，为了减少开支，她会把自己现在租住的公寓退了，她跟雪纳瑞露露搬到办公室住。

等做了决定，Chloe 说：

“大家在这儿，彼此陪伴，争取共渡难关，等过了这阵子再看以后会怎么样吧。”

她说到“以后”的时候声音有些抖动。

那时候，没有多少人敢对“以后”抱持太高的期望。

我当然是立刻就接受了这个建议，并表态说只要她需要，我还是可以帮她处理一些日常事务。

Chloe 苦笑了一下说：“行啊，公司肯定没什么事需要处理了，你就帮着阿姨一起忙点儿家里的事儿吧，反正这阵子我们吃什么你就跟着吃什么。不过，你也领了遣散费了，我也不收你房钱、饭钱，我可就不发你工资了啊。”

我连连点头，由衷感激。

当天我们就开始打扫住处，Chloe 善心大发，让我从储藏室搬出来。她把一个以前当会议室用的客房给我住，她和阿姨分别住另外两个房间，办公用品和桌椅一部分被挪进储藏室，塞不下的则摆在客厅。就这样，我们三个背景不同的人和一条名叫“陈白露”的狗因 SARS 生活在了同一屋檐下。

我在那儿住了三个月。

等过了几年之后，有时候我甚至会怀念那三个月里的某种难得的单纯。

起初还有些担心，怕这个平日里让我倍感压力的女人是否难以朝夕相处。事实是，那一阵子所有人的焦点都放在关心疫情发展和猜测新闻的真实度上，给别人压力需要精力，而那是一个没有多余精力的特殊时期。

Chloe 搬进办公室之后的第二天就开始每天花很多时间读《圣经》，

开始是她自己读，后来在小纪阿姨头疼脑热了一回之后，Chloe 就坚持让我和小纪阿姨一起听她读《圣经》，每天上午读两个小时。其他的时间，除了三个人集体做饭、吃饭之外，我们都在各自的房间保持着互不干扰的安静，即使同时出现在公共空间也都格外有礼有节。

SARS 的发生让每个人强大的自我在集体灾难之下普遍降到最低点。人跟人之间不再需要过度的交集，到处的愁云惨雾滤掉了平日臃肿的无聊，剩下来最简单明确的共同目标只有一个：活下去。

疫情也催生出了我跟许友伦的爱情。

凡事都有因果，在一个人人生的因果中，没有哪个人、哪个阶段真正重要，因果就是因果，每个发生，事无巨细，都不可或缺。

事情要从小纪阿姨忽然感到头疼脑热说起。

那是在公司解散的几个星期之后，SARS 疫情正以迅猛的方式最大限度地挑战着人们对恐惧的耐受力。

一天，小纪阿姨在起床又发了一阵子呆之后，战战兢兢地跟 Chloe 汇报说她有点儿不舒服，好像发烧了。

在当时，说自己“发烧了”，基本上等于自绝于人民。

Chloe 先愣了几秒，然后迅速冲到窗前打开窗户，又迅速冲进储藏室找几根艾条拿出来点燃分别放在房间各处，同时简练地对我说了句：“冲板蓝根！赶快！都喝！”

我上战场似的跑进厨房冲了三杯板蓝根。露露先是看 Chloe 跑就跟着跑，后来又看我跑也想跟着跑，一时间分不清跟谁跑更紧急，来回折返，把自己忙坏了。

我端着板蓝根出来的时候没看见脚下的露露，差点被它绊倒。

Chloe 呵斥了一声：“陈白露！别添乱！”

那条狗听出了主人语气中的严肃指数，“呜呜”了两声夹着尾巴躲一边儿去了。

我哆哆嗦嗦地举着传说中能预防SARS的褐色液体，分别递给Chloe和小纪阿姨。

小纪阿姨犹豫地看了看Chloe和我，好像做了什么错事一样，不敢接我手里的杯子。

必须得承认，我不是没有担心和迟疑。

那是一种无法类比的严格的考验，有多少人愿意冒着生命危险仅仅是为了领取别人颁发的“好人牌”呢？况且，如果连生命的持续都无法保证，好人牌又有什么意义？

这不是什么夸张的说法，在那些日子里，方圆几里之内出现体温不正常的别人，几乎意味着生命受到威胁。

是哪个心理学家说过，过度思考会让人做出更冷漠的决定。

我必须要感谢Chloe，她没有给我过度思考的机会。

“快喝，喝完马上休息！”她用一声命令断送了我的迟疑，说完她自己先接过去一杯，也不管烫不烫，一仰头都喝了。然后看着窗外，好像打了个寒战，肩膀失控地一抖，盟誓似的说，“要是都这样，也躲不过了，那，认了！要死一起死！要活也一起活！”

那一刻，我看着Chloe的背影，心里以往对她的不满和记恨统统一笔勾销，我甚至猛地对她产生一股情谊，得调出最多的理智才忍住没当时就冲过去抱住她叫一声“姐”。

所谓“出生入死”之于我，就是那个样子。

之后的几天，Chloe和我视死如归一般轮流帮阿姨量体温和端茶送水，尽量让她不觉得有任何一丁点儿被疏离的感觉。

我在壮着胆子照顾小纪阿姨的某几个瞬间，心底甚至幻想出了在我死后那些曾经跟我亲近的人会如何评价我。从小我就经常幻想我死去后的情景：周围的人在追思会上如何赞许我，以及为失去我而悲痛不已。

唉，一个人需要活得多么可怜，才需要反复用想象自己的追思会去获得心灵上的慰藉呢？

几天之后，小纪阿姨体温回到正常。那晚，我们仨像《西游记》里刚平定了一群妖怪、翻过一个篇章一样，各自稍事缓神。

哪知，才安静了个把小时，当天晚间，Chloe 忽然从她房间里跑出来，趿拉着拖鞋快速穿过客厅，直接推开我的房门对我喊道："天哪！张国荣死了！"

我当时正在看《古文观止》中的那篇李陵《答苏武书》，一时间无法迅速从"人之相知，贵相知心"的古代悲叹中回到当下。"张国荣死了！张国荣啊！你听见没有？！"

想是我的反应不够 Chloe 期许的那么强烈，她强调了一遍之后，皱了皱眉就返身快速回她自己的房间。门一摔，露露被关在门外，奇怪地扭头看我。

没几秒钟之后，Chloe 的房间传来失控的哭声，露露通人性地用一只前爪挠门，我赶忙打开电脑搜索相关消息。

小纪阿姨听到 Chloe 的动静，也从她的房间里踮着脚尖出来，一脸的惊慌失措，走过来压低嗓音问我："刚才我听陈小姐说，又有人死了？谁？谁死了？"

"张国荣。"我回答，眼睛一时被网上的新闻标题黏住。

"张什么？他是？陈小姐的朋友？"小纪阿姨紧张地追问。

"不是，他是个香港明星。"

"哦。"小纪阿姨听到这个答复略微松了口气，停了停又问，"他怎么死的？ SARS？"

“自杀。”我回答。

“为什么自杀？他得 SARS 了？”

我看着那些页面，已无力回答小纪阿姨的问题。

露露还在挠门，并不停发出“呜呜”的哀鸣。

这个消息让我有种缺氧的感觉，我一阵头晕，需要赶快去一个空旷的所在。

那天，我不顾初春的轻寒带着狗在院子里转悠了将近一个小时，上楼前，我在寂静的院子回头叫了一声“陈白露”。这个名字，响在 2003 年的午夜，有种“乱世佳人”的悲怆感，听起来相当诡异。

我一夜失眠，第二天强打精神，应 Chloe 差遣独自去两条街之外的一个大超市买东西。

等进了超市，扑面而来又是另一番悲凉。

那阵子，各种来路不明的谣传加剧了恐慌，很多人都开始不正常地储存和囤积。

购物的氛围里弥散着一种不安的调调，像恐怖片中鬼魅出现前的序曲。大家都自动地保持着神经质的距离，不说话，无擦碰，甚至目光也尽量不交流，好像担心连眼神都会传递病毒。超市在国泰民安时播放的背景音乐变成了一个无伴奏的女声，每隔几分钟朗诵一次补货通知。那个未受过培训的朗诵声用能听得出沮丧程度的哭腔告诉大家：米会有的，酱油会有的，方便面也会有的……

原本是安抚的目的，这么一来，适得其反。

我手里紧紧攥着 Chloe 给我的两百块钱，按照小纪阿姨写的购物单，从货架上依次拿了一袋面粉、一袋大米、十盒鸡蛋、两包盐、几瓶不同的调味品、五十袋泡面和几包速冻食物。

那也是有生之年唯一一次，我亲眼看见一个偌大的超市如此供不应求，连鸡蛋和速冻饺子都被买空的“盛况”。

我被这“盛况”燃起几种悲伤，且那悲伤像电脑病毒似的在心底失控地复制。

我选完食物排在队伍里准备交钱，每个人买的东西都很多，交钱的队伍移动得非常缓慢。

没什么人交谈，四周是瘆人的安静。

我前面是一对跟我年纪相仿的男女，在等了十来分钟后，他们开始轻声地对话。那是一段措辞非常简单的对话，语调也没有很特别，然而时隔这么多年，我仍旧记得他们说了什么，以及当时他们说那些话时的样子。

对话由那个男孩儿开始。

他转向他身旁的女孩儿，轻声问：

“你会做饭吗？”

女孩儿抬起头，回答说：“我不会。”

说出这三个字的时候，她似乎有些感到歉意的羞怯。

如果这一问一答的八个字放在任何一个太平盛世的家常情景中，大概听不出什么含金量。

然而，灾难改写了“家常”的意义。

队伍又徐徐挪了半米，再停下来时，男孩儿转头又问：

“那，你会洗碗吗？”

“我……”女孩儿低头想了想，像下了很大决心似的再次抬头对男孩儿说，“我可以试试！”

男孩儿默默点了点头，转向收款台方向看了一眼，等第三次转回来，他看着那女孩儿，停顿了一下，轻声说：

“要不，我们结婚吧。”

女孩儿闻言看着她的男朋友，愣了愣，被口罩遮住的脸看不到表情，我看到她的睫毛在抖动，然后，她就用力点了点头。

男孩儿这时抬起手，捧着女孩儿扬起的脸，他们的口罩两边都鼓起了浅浅的褶子，想必是都在微笑吧。

自始至终，两个人对话的分贝都没有特别地提高，甚至在说最后五个字的时候，也没有加强语气。那状态，就像一个人问另一个人要不要吃红豆冰沙或宫保鸡丁一样，仿佛在讨论一个平常得不能再平常的话题。

那幅画面在我心底端端正正地存留了许久，像是相册里某个纪念日的合影。

十年之后，等回忆起那个下午，会猜：那一对男女，后来，过得好不好？还有没有在一起？

在被命运不懈地教训中，我已不是那么迷信于“天长地久”。时间的长短跟一份感情的质量可以无关。因此，不管他们有没有继续在一起，都不影响他们的人生中曾经有过那样经典的一幕，像“二战”之后在纽约时代广场感动全世界的“胜利日之吻”，当时循真情带来的感动，早已超出道德伦常或契约本身的意义。

在他们的对话结束五秒之后，我在他们后面哭起来。

那是在 SARS 期间我第一次的情绪释放。

在得知疫情的时候，我没哭；

在得知失业的时候，我也没哭；

在得知不能回家的时候，我还是没哭。

哪怕是得知同屋的小纪阿姨发烧，甚而是前一天晚上听说张国荣自杀的消息时，我都咬紧牙关，生生把眼泪咽了回去。

直到我无望的人生被别人的希望戳到，像被高明的中医点中了主管情绪的穴位，顿时防线失守，当场失声痛哭。

为了不给围观我的人群太多压力，我在掩面哭了半分钟之后赶紧逃离现场。现场求婚的那对男女对我过度的反应相当诧异，他们从口罩的上端露出同情的眼神，纠结于要不要安慰我。

我狼狈地跑出那个商场，室外开阔的环境扼制了我的悲伤。我没有哭痛快，心里郁结着未散尽的脆弱。头顶正午的太阳若无其事地例行普照，一副见惯天灾人祸的浩然模样。我瞬间被它唤醒，想起被我丢在超市那一堆没结账的货物，想起办公室里还有两个等我拿食物回去的同命女人。

我的悲伤有一部分变成了自责。

我正在原地踌躇。有个人从通向超市的台阶上向我走过来，我下意识地抬眼，看见了许友伦。他的五官还是那么明显地向四下扎着，以至于我透过口罩就认了出来。

我不知道应不应该打招呼，为了掩饰自己的狼狈，条件反射地冲他微笑，笑到一半，看不清他口罩后面的脸有没有回应我的笑。

我的笑停在脸中央，上不去下不来，僵成了一个苦笑。

“你是朱莉的同学，对吧？”许友伦走近后开口问。我收起苦笑，点头。

“我们见过的，在国贸金湖茶餐厅。”他又说。

我再次点头。

"刚才在超市里，我看到你了。"这是他说的第三句话。

我低下了头，不知该继续点头还是接着苦笑。

他向我伸出一只手，手上拎着两个超大的购物袋，作势要递给我："我拎不动了。"

我没立刻理解他的意思，依旧傻站在那儿。

大概那些袋子太重了，他顾不得我的局促，把购物袋放在地上，然后咳了一声坐在台阶上，把口罩摘掉，塞进风衣口袋里，又从另一只口袋里拿出一包烟，抽出一支放在嘴边叼着，再拿出打火机，两只手挡着风把那支烟点燃。

等深吸了一口烟之后，他才带着一身烟草味道，指着其中两个购物袋对我说："你看看，是不是你刚才选的，有没有少什么？"

我没管购物袋，也蹲下来，在他吐出的烟里眯了眯眼。

"没事啦。"他说着，伸手过来轻轻拍了拍我的头。

"没事啦"这三个字，是我在那段最难挨的日子里听到的第一个安慰，他轻轻拍我头的动作，是我在那段最难挨的日子里得到的第一个肢体安慰。

许友伦始终不知道，他这么无心地说出来的三个字和无心做出的一个动作，对当时的我而言不亚于神瑛侍者路过绛珠草时施舍给它的甘露水。

我在救命一般的安慰面前，根本没有心力思考，委屈在心里急速膨胀，像打开瓶子的香槟一样急着往外涌，身体跟着心情失重，我往前一斜，放任自己倒进这个才见第二次面的男人怀里，再次哭起来。

为了不让自己的哭显得过于唐突，我一边哭一边嘟嘟囔囔地说："张国荣走了，为什么？为什么？我不想让他走，不想让他走嘛……"

几秒钟之后，我感到许友伦的一只手放在了我的背上，又几秒钟，另一只手也放了上来，并且安抚地轻轻拍打。我有点儿意外，用持续的哭泣掩饰着内心柳暗花明的变化。心里忽然有点儿理解婴儿听起来没什么分别的号哭何以能表达不同诉求。

一分钟之后，我的哭声在许友伦哄孩子似的轻拍之下识相地渐弱，他把头靠在我耳边，一边继续拍着我的背，一边轻声说："会过去的，哦，一切都会好起来的，要有信心。我们必须有信心。"

扑进许友伦怀中是我这一辈子做过的第一件勇敢的事。

如果没有SARS，如果没有美伊战争，如果没有张国荣之死，我想，我绝对不会这么勇敢，即便那个勇敢可能是与生俱来的，它也早就在滚滚红尘中模糊了锐气。

就是这样，我的爱情在灾难和悲伤中乘着前缘的翅膀紧急迫降。

"你怎么喜欢上我的？"

"哪有，是你先扑过来的啊，我都没思考，你已经扑进我怀里了。"

"如果你不帮我买东西，我才不会扑进你怀里！"

"不会吧，只是超市的食物而已！"

"就是说啊，认识你之前，连超市的食物也没人给我买过啊。"

"这么惨？"

"可不，惨绝人寰！"

"好咯，所以上天派我拯救你咯。"

“哼，我看你是逮谁拯救谁，结果只有我搭理你吧。”

“早知道买一袋食物就要带走一个活人，我会小心一点儿的。”

“呸！超市有那么多人，你干吗只帮我买食物啊！”

“超市里那么多人，没一个像你哭那么大声。”

“那我要是那天不哭，咱俩就没戏了吗？”

“还是会吧，我大概命中有此一劫！”

“所以，你到底是怎么喜欢上我的？”

“是你先！”

“是你先！”

“你啦！”

“你！”

“你！”

“你你你！就是你。”

……

我跟许友伦之间最初有过多次类似上面这种没什么内容的对话。我的问题和他的回答，始终没有让我从“理论层面”搞清楚我们到底为什么“在一起”。

理想的爱情，是对方喜欢的你，刚好也是你喜欢的自己。没那么理想的爱情，则是陪伴的意义多过欣赏，这对相处之道要求更高，因为没有了欣赏当基础，柴米油盐的凡常生活更容易随时危机四伏。

遇见谁填补寂寞没那么难，只是从“填补寂寞”到“爱”之间的路途遥远，好多人跋山涉水，一辈子都未必走得到。

情话往往只是被美化的敷衍，假作真时真亦假。

我一直希望许友伦会告诉我一个他对我陷入爱情的过硬的理由，让我也能幻想我们之间的爱情是理想的爱情。但他始终用调侃的语气但内容诚实地表达着简陋的事实。

他确实不是那么擅长拒绝，这在后来的几年中我多次见识到，但，如果不是他不那么擅长拒绝，我又想不出我们如何会在一起的可能。

或者，爱情像地震一样。尚且没有特别好的方法能准确预测它什么时候来，它到来的原因，它将达到怎样的震级，它会发生多少次余震，以及它会把你的生活摧毁到何种程度。

就像我和许友伦，我们以那么意料之外的方式继续了我们之前的“认识”，这让我相信，这个世界上的聚散离合，是抽刀难断的弱水三千，是“沧海月明珠有泪，蓝田日暖玉生烟”一般已分不清几分拖欠几分还的你中有我。

03

许友伦比我大五岁，是年三十整。

在 SARS 初来的时候，他本来已经回到了香港，在那儿，有他的家人和一个尚未正式分手的女友。

“在我决定要来北京的时候，我们就猜到会分手，只是想不出会怎么分，会谁先走。”

人的行为总会有一定的模式，许友伦的惯用模式是当“鸵鸟”，他不太会主动，不主动追求，不主动拒绝，不主动解决问题，也不主动结束。他宁可在自己的回避当中让事情来了又去，假装什么都没发生。尽管，所有或来或去的原由，明明也是他通力合作的结果。

在他来北京工作了两年多之后，他和他的那位前女友被时间、空间的距离推向了一个必须做决定的临界点。

他们俩的关系正胶着在“鸡肋”的阶段，SARS 来了。

大概 SARS 刷新了许友伦对旧情的敏感，他在公司放假后收拾行装从疫情严重的北京回到疫情严重的香港。

然而，就这么凑巧，他的那位女友在他回到香港的当天，跟其他三十几个人一起被困在一个传说因感染严重而不得不封锁的酒店。

这几十个不得不有难同当的男女在那个酒店里被封锁了十天之后，那女孩儿，从许友伦的女友，变成了一起被封锁在酒店里的一位男性难友的女友。

许友伦在封锁的酒店外焦虑地等待女友安全的消息，最终，他被告知她是安全的，同时，也被告知了她情变的结果。

他感到受伤。

“主要是没面子咯，我还买了花去接她，结果接到两个人！”他说。

失恋的许友伦就从疫情严重的香港又回到了疫情严重的北京，从伪单身，变成了真单身。

“女人很奇怪的，那么多年都过了，那么几天就过不了。”

“最可能通过接触感染的根本不是疫情，是恋情啦！”

“再早发生几天就更好了嘛，分手还要害我损失往返机票！切！”

许友伦对这件事的解说，避重就轻。他不是一个习惯袒露内心的人，他宁可用调侃或假装热闹蒙混过关。

接下来的事就陆续跟我有关了。

许友伦在返回北京后的一个无所事事的早上，醒来之后，百无聊赖，看窗外的阳光不错，决定开车去郊外呼吸新鲜空气并打发时间。

等开到一个不知名的水池边，许友伦从后备厢里把从家里带来的自制三明治拿出来吃，在整理后备厢时，他发现了我的那本《理智与情感》。

“如果我跟你说，以前，除了金庸，我从来没看过其他的小说，你会不会笑话我？”他问。

我没笑，甚至暗自庆幸，如果没有失恋和天灾的双重挟持，一个活得像他那样的男人，怎么会静下心看《理智与情感》。再说，如果他不是一个在文艺面前那么缺乏基本常识的人，又怎会对我这样一个除了漫无目的地向往文艺就别无他长的人产生兴趣。

“想不到，还蛮好看的。呵呵。”许友伦谈论简·奥斯汀的时候，表现出对某个领域真正无知的人才具备的憨厚，因为没有刻意掩饰，所以天真得可爱。

我没有告诉过他，他当时的无知模样，有多么令我为之倾倒。

我猜当他最初看到我没逻辑、不够理智的时候，大概也有过类似的心动。

是哦，一段关系刚刚开始，我们会被自己强而对方弱的因素打动，当一段关系进入稳定状态，那些自己强而对方弱的元素则会成为隐患，时刻给我们鄙视对方提供借口。

同样是从上往下看，怜惜是爱的开始，鄙视就是摧毁爱的开始。

我们的交往就始于他带着怜惜之情开车载我去郊外，我带着怜惜之情给他念小说。

那时候，郊区原本经营“农家乐”的村民把门口的招牌换成了“城里人免入”或干脆停业。去郊外的意义，成了从一种无人地带去到另一种无人地带，变化的只是车窗外的风景而已。

然而这些对我来说，反倒助长了爱情。

许友伦说得没错，“最可能通过接触感染的根本不是疫情，是恋情”。

我们的恋情，在频繁的接触中，如春天的柳枝一样没计划地疯长。

有一天，许友伦开车带我去香山，在路上，我们看到两旁的路边很多树干上都有用红色绳子绑着的许愿签。

许友伦把车停在路边，我们走过去看那些许愿签上的留言。

“祝所有现在还在医院的医生和护士好人一生平安。”

“妈，我一个人，我好害怕。”

“老婆，我爱你。老公，我爱你。我们同甘共苦此生不分离。杨晶、马克，立字为证。”

“明哥，你一定要挺住！”

“南无阿弥陀佛！南无药师佛菩萨！保佑北京！保佑中国！”

“凡，我想你。”

“我妈为了让我能上重点中学，她去小汤山当护士了，已经两个礼拜了。妈，您不许有事。妈，我保证好好学习，以后有出息，孝顺您！”

“巧玲，你在哪儿？我到处找你。如果能再见，我一定好好珍惜。见字请回来找我。卓。”

“我们在天上的父，我们都尊你的名为圣。愿你的旨意行在地上，如同行在天上，救我们脱离凶恶。阿门。”

“小东，今天是你住院第一天的日子，小东，你要好好的！我和咱们儿子等你回来！”

“小东，今天是你住院第四天的日子，小东，你要好好的！我和咱们儿子等你回来！”

“小东，你不许走，你答应过要照顾我们一辈子的。”

“小东，下辈子，我们还做夫妻，好吗？”

……

我们俩边看边叹息边流泪，在那些树旁边感慨了一阵之后，也找出纸笔写了各自的许愿签。外面世界的愁云惨雾成了助力，推动着人人自危的饮食男女出于本能地彼此爱护。

当劫后余生，每每回想起那段光阴，在心里漾起的，竟都是美好。

那时候风和日丽。

那时候交通顺畅。

那时候的人们内心很柔软。

那时候的男女更容易相爱。

尽管它被迫几近空城，但城中充满浓度最高的关怀和情义。

人在受到他人伤害时心肠容易生恶，受到未知来路的伤害时，反而总是回归到只剩下满腔满腹的真善美。

天知道，那才应当是每个人原本的真实啊。

那晚，我们从香山回来的时候，车在五环上自西向东正走着，雾气中迎面的天际挂着一轮玉兰色的满月。我心头跃起“海上生明月”这几个字，当真因为那月色分明有种才出浴般的明晃晃的水灵气，暮色渐浓中还缠绕着雾气袅袅，也不管他乡故国，随性地穿行在水润过的满月旁，仿佛有种远远的自在的香。

因为那晚的月色，之后很多年我都坚信，懂了夜的人，才不辜负白天。

我被当时的月亮感动出几秒参悟般的臣服，转头看许友伦，他也回看我。

只为那路上对看时短短的懂得，我知道，我什么都能接受。

那晚，我们毫无悬念地冲破了最后一道防线。

之后，两个人转战室内。每天滞留在许友伦住处进行最原始的室内运动成了那阵子我们的主要消遣。

许友伦热爱美食又特别在意身材。SARS 期间照常营业的餐饮场所有限，他带我去的最多的地方是长虹桥的大董烤鸭和丽都广场的星巴克。各处健身房那个时候还没重新开放，吃出来的多余的热量都靠鼓捣对方进行消耗。

因此，最初的一两个月，我们几乎夜夜笙歌，我小时候学过半年芭蕾的底子穿越十几年岁月，一下子全派上了用场。

当时学芭蕾之于我原本是个无妄之灾。起因于我们那个城市的少年宫有一位教手风琴的青年男老师跟我姐两情相悦，那时十五岁的姐姐为了掩家人耳目，就胡诌出许多不成文的理由说服我父母让我去少年宫学舞蹈。那时我姐上初三，业已是我们全家学历最高的成员，同时是我们家长得最好看的成员。所以我父母总有股子唯我姐马首是瞻的崇拜之情。因此他们不顾我业已小学二年级的高龄，强迫我去学芭蕾，我姐又表面卖乖，自告奋勇送我，才得以搞了半年不清不楚的地下早恋。

那桩旧事因次年我姐考上高中移情别恋自然告终。

我的芭蕾生涯也跟着草草了事，但我当时特恨我姐，心想这都什么跟什么啊！你们俩暗度陈仓，我得赔上抬胳膊压腿拉韧带又蹲又跳又转圈儿，搞得全无游戏时间，还差点儿落下灰指甲的后遗症。

直到跟许友伦在一起，我对这一段才终于释然。有个大汗淋漓的下午，事后许友伦捧着我的脸说："你知道吗？你好神奇。"看了我数秒，又说了句，"谢谢。你对我是真的好，我心里都明白。"然后他亲吻了我的额头，翻身下床去洗澡了。我独自在温湿的床单里，为许友伦刚才说的话格外感动。我的心，像一颗特制的话梅，直酸到底里，又滴里搭拉地，意外泛出一番不一样的甜。他捧着我的脸，他吻我的额头，他看着我的眼睛，以至于我几乎能从他的瞳孔中看到我自己。这一切，如此完美，全然符合我从十三岁开始就偷偷对情爱的幻想。我当即觉悟了我爸特别爱说的一句话——"技多不压身"，也为此原谅了我姐。自她考上大学又远嫁到北美之后，我们因疏于联络而差不多要形同陌路了。那晚，我挺想她的，心里默默祈祷，希望她幸福快乐，一切都好。

另一方面，诚实地说，我并没有我表现出的那么享受跟许友伦的性爱，不管是我的年纪还是经验都还没教会我如何放松地体会性爱之美。之所以在跟许友伦的鱼水之欢中我那么冲锋陷阵地把"童子功"都拿出来撑场面，主要是我好迷恋他在那种时候对我表现出的需要，甚至是贪。我们在其他方面的交流有限。我需要不断捕获他对我的需要，好像这样才能向自己证明我们之间的情感真的存在。

等天儿更暖了些，滚床单渐渐嫌热。

情侣终是要先腻了单打独斗的床头，才肯走下来投入有他人参与的“社会”。因解闷之故，我介绍许友伦和 Chloe 认识，之后大家就经常一起外出。

许友伦喜欢热闹，每次约我出门都会问 Chloe 要不要同往。

起初一两次 Chloe 还会假意说什么“我才不要当你们的电灯泡呢”，到后来只要许友伦的电话一来，Chloe 倒是先去梳洗打扮了。

我也乐得如此，就算我们不约 Chloe，许友伦也会约别人，然而他在北京工作来往密切的都是女的，他试过带我见她们中的一两个，气氛太不自然。

Chloe 对许友伦特别友善，她跟他也明显比跟别人话多，我还挺欣慰的。

那阵子，我们三个人的出行很愉快。Chloe 是个很入世的人，只要她愿意，与谁交往都没什么阻隔，三两下就能操持出其乐融融的氛围。我以前从来没有在 Chloe 面前有过这么“平起平坐”的感受，这让我感到舒展，另外，Chloe 对许友伦的赞扬也持续激发着我对他的热情。

“这比之前把你甩了的那个住地下室的小催啵儿可强太多了！”

“你可要好好把握！这样的人，要不是 SARS，绝没可能落你手里！”

“平常还真看不出来，你蔫儿不出溜的，关键时刻还挺有手段的嘛！”

Chloe 这些评价中虽然没什么对我的褒奖，但她像个闺密一样对我的情感生活直抒胸臆已让我感到莫大的满足。

我很在意她的评价。这是一种人之常情吧，我们会在不知不觉的情况下受到周围人眼光的影响。

Chloe 的反应对我是种鼓励。

到了初夏时节，SARS 疫情看起来似乎开始得到控制，加之各种每天反复播报的患病人数也磨出了人性中新的麻木，我的恋情也在这时开始徐徐走出那一团朦胧月色，进入叮叮对对的摩擦阶段。

男女之间千百年来不过是那么几个陈腐的桥段来回重复。我和许友伦之间也没有什么值得称道的新招数。

我们的初次争吵是因我一度硬要把那个在我之前就已跟许友伦分手的香港女孩儿视作假想敌，在我自虐式的盲目较量中，我没费任何人的半分力气就让自己节节败退。像天下所有愚蠢的女人一样，我借用一个完全不认识的人当作精神的支点，在模糊难辨的不自信中，频频打败自己。

在看到败局已定，我低情商地说出一句："既然如此，我们为什么要在一起？！"

词穷时恨恨地问这个，好像嫌词穷得还不够。

许友伦闷声回答："我怎么知道？！"

这五个字的反诘，立刻把我的心锥成防盗玻璃，四下满是伤痕，可一时想碎又碎不掉。

我反复问他这个蠢问题，是因为我自己也没有答案。

那个二十五岁的我，正在对待一场没经验的拥有，我只能颤颤巍巍地，透过不熟悉的技术去试探和拼搏，巩固这场我尚存疑惑的爱情。

然而巩固之路并不平坦，摩擦就像百日咳，一旦开始就很难结束，什么发生都能成为新的诱因。不知哪来的误解让人以为彼此靠近是相爱的唯一路径，要等伤痕累累之后才会发现靠近的结果多是伤害——连发现也迟了。

有一天下午，我和许友伦在他的住处，我在看《源氏物语》，他对着电视在打电动游戏。等玩儿腻了，他去抽屉里找新游戏，找到一半，想起什么似的从电视柜最底下的一个夹层里翻出一碟毛片儿，扭头冲我坏笑了一下就去放碟。

那是我第一次看毛片儿，我不喜欢。在我看来，什么样的肉体也经不起解剖式的放大和菜市场卖肉似的粗陋陈列。文艺女青年的一个重要标记是既不接受纯粹的肉欲，也不愿意相信有纯粹肉欲的存在。

许友伦对此没太多障碍，他到兴致处凑近我做实验。

我藏起不喜欢，尽量配合他的步调，跟平常一样。

许友伦住一楼，阳台的门外有一个不大的独立的院子。

那天天气不错，有阳光的天气，微风带着些软软的暖，从阳台落地窗三厘米的缝隙中不时传进来，兴冲冲的，倒像熟朋友的久别重逢。

我们正进行时，窗外传来Chloe娇嗔的唤狗的声音：“露露，露露。”

听到Chloe的声音，许友伦走神似的往窗外的方向瞄了一眼，接着，不知为什么，他开始动作加快、力量加重，像是隶书开始、狂草收尾一样，身体的律动变得十分唐突，最后几乎是失控地踉跄结束，完全辜负了微风才吹进来的那种“一刻千金”的意趣。

我没来得及跟上他的节奏，欲望才被撩起，又被搁置在途中，进退两难，有点儿恼。

这又是说不出的恼，等他起身，我兀自深吸了一口气。

房间里弥散着烟草味道，那是许友伦每天十几支烟坚持不懈的结果。

尽管我对刚才那个不自然的发生心存迷惑，且略生羞恨。但，为了能安全地守在这个我越来越熟悉和迷恋的气味里，就忍着没问。

普通的女人，如我，通常都不会自行解决内心的存疑，只会像腌咸菜一样暂时把问题腌在心里，过阵子不得要领地拿出来散气味。我的那个疑问，放在心里几个星期后，某一天，顺着闲聊，佯装不经意地问许友伦，会不会找一个 Chloe 那样的女人当女朋友。“做朋友就 OK 啦，做女朋友嘛，她要求比较多，男人会很辛苦吧。”他的回答不符合我的期待，可我也想不出更确切的标准答案。

我们还是会经常约 Chloe 一起出去玩儿。她常常会以揶揄我的方式提醒我们注意她单身的现状。

“我当时选办公室的时候，风水先生就说我们屋有个桃花位，我以为是我的呢，结果是小枝的。呵呵。”

“Allen，小枝跟你好之后可变漂亮太多了！女人真是得阴阳调和啊，不像我，提前黄脸婆了都。”

“你们俩不用管我，我回去有露露和小阿姨呢，真的，真不用管我。”

可能是她类似的话说得太多了，不久后，我和许友伦约朱莉吃饭的时候，我问了朱莉认不认识能介绍给 Chloe 的优秀单身男青年。

那是我和许友伦成为情侣之后第一次约朱莉出来吃饭，为了掩饰尴尬，我约了 Chloe 一起去。

我跟许友伦既成事实后，一直不知道怎么跟朱莉说，我的踌躇里含着点儿自己不想面对的哈喇气，像用过期的油做的点心，有种愧对柜台的不坦然。

朱莉似乎没想那么拐着弯儿的心思，完全没怪我怎么生米煮成熟饭才跟她说。

我在电话里吭哧着向她坦白事情的发生时，她只是以一个高分贝的“啊？！”做回应，跟着就是高声大笑地表达了她对这件事的吃惊程度，我听不出意外和高兴哪个占上风。等我们见面，朱莉一脸堆笑地跟我和许友伦拥抱，也拥抱了跟我们一起来的 Chloe。

她贯彻着热情，快速用她一如既往的大方得体清扫掉了我一路带来的嘀咕。

“真是没想到，没想到，没想到！”

“太好了！”

“我真是为你们高兴！”

朱莉坐下来之后又连续说了三个感叹句。

以我对朱莉的了解，我看她的表情是真的为我高兴，之后的十年，当我和许友伦之间发生各种跌宕起伏的问题时，朱莉也确实是给我最多关心的人。

不过，除了表示高兴，朱莉也在席间让我陪她去洗手间的时候跟我说了以下内容：

“你们俩在一起，真没想到！Allen，我认识他挺长时间了也，以前……没怎么听他说在北京有过什么固定的女朋友，就听说香港有一个，也从来没看出他有多上心，放假他宁可在北京跟大家玩儿，也不怎么回去。我们当他那就是一个说法。”

“Allen 是个好人，你跟他在一起，嗯，也挺好的。先谈着再说，以后碰上了什么事儿，再说呗。”

“总归，是个好事儿，反正，我们都会长大的，对吧？”

我当时沉浸在前几个月的热乎劲儿里，完全没听懂朱莉话中委婉的提醒。我只是把那些话理解成朱莉在担心我跟许友伦客观条件上的差距。毕竟，他是在外企当高管的香港人，而我是没背景没美貌又没工作的北漂。

人常常这样，我们以为我们“听”到的，多半是我们自己内心事先预备好了一个答案，然后拿听来的话去对号入座。

那顿饭的后半段主要是 Chloe 在说话，她表现出和朱莉一见如故的样子，让我省了许多应酬的口舌。Chloe 再次讲起她个人的奋斗史，那些段子都是我在不同场合重复听过许多遍的。初见 Chloe 的人很容易被她特有的玲珑的热辣劲儿感染，那天也是一样，朱莉被 Chloe 俘虏，频频感叹：“这么有趣的人还单身实在是暴殄天物！”

朱莉不仅热心，还是行动派，没过几天她又约我们吃饭，席间说她帮 Chloe 安排了一次见面，对方是一个房地产公司的销售主管。

Chloe 听说是个“卖房的”，还有些迟疑。

朱莉就说了很多关于地产业蓬勃的现状和光明的前途，那些话朱莉都是从她当官的爸爸那儿听来的，所以措辞很书面，让人平添敬畏。许友伦也在旁边不断地应和补充，这番以各种四字成语构成的“政策展望”出现在那个全面萎靡的时候，格外激励人心。

Chloe 被激励出了兴头，隔天下午就拽着我陪她偷偷去了那个地产项目所在地。

她特地嘱咐我别告诉许友伦，说是等有进一步发展再说。

然而，那个销售主管对 Chloe 表现得很敷衍，似乎不管是作为相亲对象还是销售对象，Chloe 都不足以勾起他的兴趣与热情。

“什么玩意儿！这样的人，他还看不上我？！这要搁平常，这种人都不配给我拎包！”

“瞧他那德行！不就一卖房的吗？！我生平最烦这样的人，以为自己见过钱就算有钱人了，做他娘的春秋大梦！”

回来的路上 Chloe 特别愤懑，交替使用第二人称和第三人称轮番咒骂那个销售。

我不知道怎么安慰她，只好一路低着头，跟 Chloe 之间因许友伦的出现被淡化的“主宾关系”瞬间又凌厉起来。

Chloe 在车快开回住处时忽然掉了个头，我正纳闷，她猛踩一脚油门加速向原路驶回。我紧张地握着安全带，尽量在她的飞驰中保持平衡，不敢多说半个字。

Chloe 那天在那个怠慢她的销售服务的项目里挑了一大一小两套房子，条件是销售主管出来给她鞠躬道歉，并且按照 Chloe 当场草拟的书面语宣读了一遍道歉的话。

果然，那个一个小时前还傲慢的销售像被人换了个灵魂似的在 Chloe 面前鞠躬鞠得像个日本人。

他鞠躬的时候，头顶被摩丝簇拥的刺猬一般竖起来的发型连续三次出现在我的视线之内，我因此厌烦地对世界又产生了一丝失望：随时为了星点利益就能趋炎附势得这么自然，想必早就不在意什么灵魂不灵魂，如果是这样，那羞辱他又有什么乐趣！

Chloe 似乎对她安排的排场感到很过瘾，她在签约之后再次嘱咐销售部门“绝对不能给该销售主管任何提成”，然后就女王似的在一帮满脸堆着假笑的销售的簇拥下哗愣愣地离开了那个相亲不成的买卖现场。

代价是，那两套房子的首付用掉了 Chloe 的大部分存款。

当然了，时间让这个坐落在东三环和东四环之间的项目日后成了

Chloe 成功的投资。只是当时她并非出于远见卓识，不过是赌气而已。所谓“性情决定命运”大概就是这个意思，有很多“否极”“泰来”的交替都并非出于人力的控制，而人力，又像是那颗种子，每个人人生“意外收获”的也得是自己亲手播种而得的花朵或结果。

那天回来的路上，Chloe 沉浸在表面上大获全胜的寂寥中，等到了停车场，她说让我自己先走。我顺从地下了车，等走出十几米，想起手机落在她车上，便返回去拿。等我打开车门的瞬间，看到 Chloe 正伏在方向盘上哭泣，她听到我的动静，抬起头看我，然后带着一脸的眼泪，颤声说：“小枝，幸亏这阵子有你们。这种日子，真太难了，要是没你们，我都不知道过不过得去！”

我赶紧坐进去，用屁股盖住手机，她误会成我担心她而返回，我暗自愧疚我心里竟然惦记手机多过惦记她，这个在 SARS 期间收留我、情感一点儿不比我顺利、心思一点儿不比我单薄的大活人。

“小枝，我们一定要争气，要活出个样子来！以后谁都别想欺负我们！”

她在说这句话的时候，脸上又出现了我第一次在杂志上看到她的那种“励志”表情。我用力地点头，虽然我跟她对“争气”的认知不同，但在那一瞬间，我由衷地希望这个和我共同逃过一场世景荒芜的女人，在劫后的余生中能演出扬眉吐气的精彩戏码。

那晚我自作主张要求许友伦请 Chloe 去她喜欢的 JAZZ YA（爵士屋）。

整个晚上，我捧着热茶看着他们玩儿游戏行令，两个人就着柠檬和盐喝了大半瓶 Tequila 和很多杯店里调的长岛冰茶。许友伦是那儿的常客，他快醉的时候轻车熟路地向店里的调酒师要到一支卷好的大麻，那个个子不高的日本人红着脸用蹩脚的中文一再重申说这是他的私人赠予，绝非卖品。

许友伦接过大麻，借着酒力亲了日本男人的脸颊，笑得很失控地一边一个搂着我和 Chloe 离开。

他们俩在三里屯当时已寂静无人的大街上你一口我一口地吸完了那支大麻。我猜许友伦没有真醉，因为当 Chloe 试着把大麻递给我的时候，他飞快地从我面前把它夺走了。

Chloe 为此边走边嚷道："哎哟喂，有人爱的女人就不该抽大麻哈，我是没人爱的，所以我想抽什么抽什么是吧！等着瞧，老娘不仅抽大麻，老娘还要抽风！你们信不信？信不信？！我这就抽风！哈哈哈。"

说完她在大街上大声地唱起歌来：

"不想再问你，你到底在何方，不想再思量，你能否回来哟。想着你的心，想着你的脸，想捧在胸口，说不放就不放。"

"One night in Beijing，我留下许多情。"许友伦接着唱下去。

他们就那样搀扶着在北京的街头一唱一和着那首本来就透着酒精和大麻气质的《北京一夜》，尽兴而忘我。

我一路小碎步跟在他们后面，无趣地清醒在自己对"释放"的拘束里。

奇怪的是，我丝毫不介意 Chloe 对许友伦表现出的暧昧，似乎因此，许友伦的魅力被她激发，令我获得了我不懂得的、别样的满足。

那晚我以肢体动作特别复杂地做爱作为报答，在血脉偾张的过程中对许友伦带着说不清的感谢。

多数时候，性爱的态度特别能揭示情侣关系的真谛。那个阶段，我试过用略微夸张的外化动作隐藏着内心的不安，也试过用假装出的亢奋表达非性欲领域的感谢。

我想我是真的感谢，这份感谢里掺杂着多重内容，有对他照顾我身边人的感谢，有对他保护我的感谢，重要的是，他让我忽然意识到，我跟一个“男人”而非“男孩儿”在一起。这是我从未有过的经验，他有意无意的“担当”，带给我的意义，有多重要，是他自己也不了解的。

我漂泊到半程，青春岁月仿佛找到了临时落脚的地方。女人对爱最初级的圆满即是感到有依靠。所以在那个他照顾我的朋友且本能地为我挡住大麻的晚上，我发现，我爱他。

为了这个感觉的不告而来，我对大麻始终都难有恶感。

Chloe 那阵子总吵着要再约我们喝酒，许友伦特别不会拒绝，况且我们也实在是闲得没什么理由拒绝。

没两天之后，Chloe 办完了她的贷款手续，说要庆祝买房，让我约许友伦一起吃晚饭。我们就近去了小区旁边一家刚恢复营业的韩国烤肉。Chloe 在烟熏火燎的肉香包围中连连举杯，不顾我和许友伦的劝阻，每次都实打实地做到了真正意义上的“干杯”。或许是清酒经不起太快速的豪饮，才一个多小时，她就醉了，我和许友伦一人一边扶着她，费了比正常走路多五倍的时间才回到 Chloe 的住处。

许友伦把 Chloe 放到卧室床上的时候，她忽然勾住他的脖子，说：

“不要走嘛。”

她不断地重复着这一句，语气中有种小孩子特有的恐慌的嗲，直到许友伦回答“不走不走”，她才慢慢平复，一点点安静下来。

听到动静，准备跑过来帮忙的小纪阿姨看到这一幕，识趣地转身回她自己房间了，临走瞄了我一眼，我不用看都感到了她对我的同情和不解。

是啊，在那样的情景下，我和 Chloe，究竟谁更该被同情和不解。

我只能说，当 Chloe 嗲着嗓子说“不要走嘛”的时候，语气中有一种海洋性气候般的带着清风的湿软，以至于，我不忍心责怪。

或，如果再往内心深处看，当时的我并不觉得，我拥有“责怪”的把握。

一个在爱情中的女人，只有两种情况敢于“责怪”，一是对对方有足够的把握，另一种就是这个女人本身糊里糊涂。

我的不幸在于，既没有足够把握，又不够糊涂。

我就那么看着我女老板的手臂环绕在我男朋友的脖子上，用湿软的声音说着“不要走嘛”，那四个字的哀求重复了许多次，重复出许多重的意思，我在那里面听到一些哀伤，更糟糕的是，我觉得，我懂得那哀伤。

房间里弥散着一些带着酒气的哀伤，我有一滴眼泪，热腾腾地从左眼漾出来，一路滚过我左脸的汗毛，走走停停，好像在犹豫些什么，或只是盲了眼，不安与鲁莽参半地，在我脸上留下一路痒痒的凉意，几秒钟之后才很不情愿地跌落在 Chloe 卧室的地板上，终是意难平地离我而去。

许友伦与我，对这一幕，之后都只字未提。

我出于自己不太说得清的自尊，持续着不问也装作无所谓的假象。

许友伦为什么不提，我读不懂。我当然一厢情愿地盼望他会因此忐忑，我的爱情观主要来自爱情小说，那些小说教育我说，一个男人忐忑不见得代表他有任何可疑之处，一个男人忐忑只代表他对一个女人的在乎。

我只是忘了，写爱情小说的那些作者多半都是女的，女作家的爱情，又大多停留在纸上谈兵，恋爱谈得好的女人才没空写爱情小说。

许友伦并未表现出任何的忐忑。

另一个当事人 Chloe 也好像失忆了一样，没有正面谈起过那天她的装醉——是的，我确定她装醉。那晚，Chloe 的手臂环绕在许友伦脖子上大概持续了二十分钟的样子才终于放下，我猜她是因为累了。

我趁许友伦扶着 Chloe 拍背催吐的时候，还假装淡定地到厨房帮她做了一杯柠檬蜜。等我回到卧室，Chloe 斜躺在她的月白色的被子里，头斜在同样颜色的枕头上，看起来像是睡着了。我想起有一次听她在电话里跟人炫耀她的真丝床品。那是我第一次进她的卧室，第一次亲眼见识真丝用于床品的效果，我看不懂它们默默无闻的昂贵，我只是觉得，在真丝不屑于变化的单调簇拥下，Chloe 显得格外孱弱。那样子提醒我孤独可以如此夺目，令人恐惧。我赶紧挽住许友伦，对他说："我们走吧。"

许友伦显然没察觉我的内心变化，等走出 Chloe 的房间，关上她的房门，许友伦小声对我说："不如，你今天就留在这儿吧，看她醉成那样，我怕阿姨应付不了，多一个人在比较好。"

然后他走了，一副清者自清的样子。

我没料到他让我留下，等听到门口的电梯门合起来的声音，我感到一阵失落。

那段日子，我已经开始习惯留宿在许友伦的住处。

人总是容易对陪伴上瘾，我在孤单了许久之后，遇上许友伦，他不过只给了我几个月的陪伴而已，我心里就已经清楚地知道自己"不想再回到那些硬着头皮形影相吊的冰冷刺骨的日子"。

他走了。我站在没开灯的客厅里，周围那些我熟悉的陈设被窗外的路灯照出清晰的剪影。

这明明就应该是我更熟悉的环境才对，它在我平生最困顿的时候收留了我，为什么，不过刚才过了那个困顿的巅峰，我就那么迫切地想要远离它?

我想不明白，也不想回到 Chloe 给我分配的那个房间，就独自坐在客厅的黑暗中发呆。

不知过了多久，露露用爪子撬开 Chloe 的房门，溜出来，爪子磕在木地板上，发出清脆的咔咔声，和平常一样。

露露发现我的时候，走过来闻了闻，冲我摇了摇尾巴，就径直去找它的食物了。

几分钟之后，我听到 Chloe 的房间传出她的声音："露露，露露。"

她的声音里依然有刚才我感到的那种温柔。

露露吃饱喝足，听到主人的呼唤就乖巧地跑回房间，再次路过我的时候已熟视无睹。

Chloe 没发现我还在，未几，我听到她的叹息，之后，又一阵窸窸窣窣，她房间的音响响起来。虽然音量很小，但我依旧清楚地听到，那是她最爱的一首歌：

"我遇见谁，会有怎样的对白，我等的人，他在多远的未来……"

那晚，我一直等到 Chloe 的房间再次彻底安静之后，才蹑手蹑脚地离开。

我不想让她发现我知道她装醉。

我出门，下楼，在院子里来回走了好一阵子，再三犹豫，之后还是去了许友伦的住处。

门铃被我按响五次之后，我才终于听到许友伦的声音。他打开门，睡眼惺忪地对走廊的灯光皱了皱眉，我走进去，在房间的黑暗中抱住他，说：“不要离开我。”

他敷衍地揉了揉我栽在他胸前的头发，嘟囔了句：“进来睡觉吧，好晚了吧？”然后很怕自己醒过来似的揽着我转身回卧室。

许友伦在躺回床上之后没几秒就发出熟睡的鼾声，我则在黑暗里兀自流了很多眼泪，只是，那难过太微妙，微妙到我对自己也解释不清。

或是，“微妙”这个词用得太早，事情后来的发展，超出我定义的“微妙”，让我对情感世界的不规则变化感到词穷。

此后，每当我看到任何文学作品中出现类似“从此幸福地在一起”这种潦草的写法时，都会心头火起，心里对这些不负责的作者充满嗔怪：“骗子！哪有什么‘幸福地在一起’？为什么没有几个作家好好写写真实生活中的细节，那些小到每天吃三顿饭拉一次屎都会挑战情侣之间耐性和消耗情侣之间激情的真实生活的细节。”

是啊，我是一个看爱情小说长大的人，在那里，所有跟爱情有关的男女似乎都不食人间烟火。就像《红楼梦》，只见过曹雪芹描写刘姥姥找茅房，何曾说过林妹妹早上起来没洗脸之前啥样？到了高鹗的后续，林妹妹竟然喝粥吃大头菜了，这个画面之不成体统，透着高鹗日常生活的粗鄙和对纯情的缺乏经验。

嗯，小说里只教过我幻想爱情，小说里没有教过我维护爱情。

等真实的吃喝拉撒睡一次次腐蚀过爱情，我才明白，情变往往不见得是发生了什么外力的冲击，而是，在凡常日子中的不断磨损。每个人的心，每一秒钟都在变化，每一个人，不管她或他爱着谁，最爱的永远是自己。

在我对 Chloe 的同情变成芥蒂之后，把对她的防备和对许友伦的要求混为一谈，一时间有点儿草木皆兵。

那天我生理期，也是我首次向许友伦公开承认我肚子痛。

开场挺美好的，许友伦帮我把枕头和被子抱到客厅的沙发上，让我躺进去，又颇有经验地进厨房帮我煮了红糖姜水放在茶几上，临走还帮我掖了掖被角，就出门去帮我买生理期用品。

许友伦不知道，那是我第一次在特殊时期受到这样的照顾，他简单的举动已经戳到了我心里。他走后，我抱着被角，幸福地频频叹息。

那被子上有他的味道，我沉溺其中，冷不丁的，萌发出了一个“嫁给他”的念头。这念头让我自己很受震动。那是我人生第一次对一个男人产生“嫁给他”的念头。我为这个“第一次”暗自激动，任思绪胡乱联想出很多画面，甚至连婚礼致辞都在脑海中打了一遍草稿。那些画面一个又一个倾泻而来，像一个旋涡，边缘越来越大，我则越陷越深。所谓白日梦大概就是这个意思。

许友伦离开了将近一个小时才回来，他带回来很多东西，除了各种品牌的卫生棉和止痛药，还有打包回来的食物。

“跑去京广帮你买了乌鸡汤，这种时候你要好好补补哦。”说完他进厨房拿碗盛汤。

许友伦从小住过寄宿学校，后来又留学多年，家里又有妈妈跟姐姐，所以他很会安排日常生活，且很爱进厨房。他给我的照顾也是出于一部分的本能和教育，而我，一个没怎么被照顾过的人，夸大了照顾中的情分，用它助长了幻想。

等许友伦端着热汤一勺一勺喂我喂掉半碗的时候，我说了类似以下这种内容的一句话："女人就是这么简单，你只要给她一点点疼爱，她就愿意把后半辈子都给你。"

我自己说出来的时候没觉得有什么不妥，乌鸡汤从我的嘴里进入食道，在路过心房的时候沾染了一点儿心里漾出来的酸，我就由着性子让沾了酸气的感慨脱口而出。

"简单？"许友伦笑说，"我看这应该叫作不简单吧。"

我期许肉麻回应的心情落空，又喝了一口他送到嘴边的汤，追问他："你懂我的心吗？"

《红楼梦》里不都是这么写的吗？

宝玉对黛玉说："你放心。"

黛玉明知故问道："我有什么不放心的？我不明白这话。你倒说说，怎么放心不放心？"

宝玉又说："好妹妹，你别哄我。果不明白这话，不但我素日之意白用了，且连你素日待我之意也都辜负了……"

然后黛玉就感到"如轰雷掣电，细细思之，竟比自己肺腑中掏出来的还觉恳切"。

以上就是我自小的爱情样板，若不按这个顺序演，我就不会接戏了。

亦舒说，女人只有两种，一种看《红楼梦》，一种打麻将。

我很不幸，不仅看《红楼梦》，还把《红楼梦》当作"生活指南"，在一个全民"打麻将"的时代，注定要头破血流。

许友伦没有看过《红楼梦》，更不可能拿它当"生活指南"，他对不上我的台词，收起笑，务实地说："快喝汤吧，要冷了。"

我不识相，一意孤行道："你干吗一直让我喝汤，我没有在说汤，你明白我吗？"

"明白，明白。"他敷衍。

"那你说说，你明白的是什么？"我追问。

"你先把汤喝完，乖啦！"他努力。

"我都说了我没有在说汤啊！"我略失控地提高嗓门。

"那你要说什么呢？"他被我的无名火耗去些耐心，也提高了嗓门。

"你不是说你明白吗？"我发脾气了。

"我整个上午什么也没做，什么也没吃，忙来忙去伺候你，你还要我明白什么？"

他说完把汤碗哐地丢在桌子上，站起来抽了一支烟。

我们僵持了不到一分钟，许友伦先试图示好，重新坐到我身边，端起汤继续送到我面前：

"好啦好啦，我知道啦，你生理期嘛，心情不好咯，乖，先喝汤，喝完我哄你……"

我还在自己的梦里，忘记现实地随口嚷出一句：

"这跟生理期有什么关系啊！"

"……"

许友伦终于放弃努力，也放弃喂我喝汤，他再次把碗放下。

停了停，他冷冷地转头问我："小枝，你告诉我，你要我明白什么？"

我的白日梦破碎，不甘，硬撑道："既然你连这个都不明白，那我还有什么好说的？"

这种对话没法进行下去，我们沉默了半天，许友伦电话响了，他接听之后对我说："有朋友约我去练习场打球，最近球场都开了，我想去见见球友。”

临走，他又把糖盒递给我，说：“你吃点儿巧克力，心情会好一点儿，乖。”

他走后，我哭了好久。

他并没有辜负我什么，是我预支了太多期待。

那天他回来之后我们就装作什么事都没发生，我问他打球的情况，他告诉我打球的情况。我们聊得兴高采烈，假得都听得出字跟字之间干涩的裂纹。

到了晚上，许友伦洗澡的时候我佯装睡着。等他上了床，关了灯，到了男女之间最微妙的床笫时分。我听得出他醒着，就像他也听得出我醒着。他好像思考了很久，才靠近我，从后面抱住我，一只手放在我的小腹上，问：“还会不会痛？”

我轻声答道：“没事了。”

他又把我抱紧了些，叹了口气说：“小枝，我明白。”

我的心脏瞬间停止跳动。

“唉，”他长叹一口气，接着说，“我当然知道你在说什么。可你知道吗，其实，任何人，要接手另一个人的后半生，都是蛮大的工程，坦白说，我还没想过。”

那一瞬，我甚至希望我的心脏干脆就不要再跳了。

“不过。”他又说。

“妈呀，还好有‘不过’。”我的内心被救醒，暗自庆幸。

“不过，未来都是未知的，如果有缘分，什么也都有可能，我只是不想讲大话。我们慢慢来，顺其自然好吗？”

我白天突发的白日梦，终于在伸手不见五指的黑暗中彻底醒来。

那之后我们像被重启一样，有一两个星期相当相敬如宾。

我们除了保留一部分二人世界外，也分头尽可能地约见在 SARS 期间失散了的朋友。那阵子 Chloe 刚好约了人去丽江，我就隔天回她的住处，保持着和许友伦之间的距离与冷静，以及，由距离冷静再塑出的互相尊重。

有一天，我在三联书店耗了一整天，晚上回来，站在院子里犹豫了一阵。

不知道什么花，在晚上静静地开了，满院子无私的香，很淡，可是很确定。我忽然好像受到花香的启示，心想，一朵花开，即使没有结果，它还是给路过它的人无私奉献了全部温存的气味。花从没有想过要把自己托付给谁，它美丽的真谛，恰恰在于没有要求。

想到这儿，我怀着自我教育后的温柔，去了许友伦那儿。

我进门时许友伦正坐在沙发上擦药膏。

他那阵子脚上真菌感染，长了癣，自己相当紧张。

看到我进来，他赶紧把药收起来。我边跟他热烈地问好，边进洗手间快速洗了手，然后走过去坐在他旁边，不由分说地把他的脚扳过来放在我腿上，然后强行夺过药帮他抹。

“会传染啦，傻瓜！”

“你再说一次！”

“说什么？”

“说‘傻瓜’。我好喜欢你叫我‘傻瓜’！”

他笑笑，欠身伸手摸着我的脸，速度放慢了一倍，说：“傻瓜。”

我哼着歌帮他仔细地擦药，心满意足地感觉他的腿慢慢在我手里放松下来。

房间里很安静，只有我有一搭没一搭地哼着歌。

鉴于上一次不良的表白，我没告诉他，那是我第一次亲近地握着一个男人的脚，且是一只正被真菌占领的脚。

但，的确没有任何勉强，在那一刻，我的手对他的脚，是出于由衷的爱护。

过了好一阵，许友伦问："小枝，你究竟喜欢我什么？"

我认真细致地处理着他的脚癣，继续小声哼歌，微笑不语。

他又道："我又不是帅哥，又没什么钱，又不懂浪漫，脚又长癣。唉，你究竟喜欢我些什么？"

我没回答，盯着他的脚癣问："我问你，为什么，这个，叫作'香港脚'？"

"哪有，这个才不是，只是普通真菌感染，哪有那么严重！"

"我就是想知道嘛，为什么那种叫'香港脚'？"

"很多都没理由的。那你知不知，为什么全世界球迷都叫国际米兰'表妹'？"

"为什么？"

"我忽然不想讲了。"

"为什么？"

"因为，你握着我脚的样子好性感。"

我被他说得有点儿意乱情迷，赶紧拍拍他的脚底，掩饰着大声说：

"药擦好了，大佬。"

"你也再说一遍。"

"什么？"

"'大佬'咯！"

"为什么？"

"哪有那么多'为什么'，让你讲就讲咯。"他故意嗔怪。

"哦，大佬！"我心情好，用从港剧里学来的口音，做小女人状配合他。

“傻瓜！”

“大佬！”

“傻瓜，快过来给我抱抱。”

……

那是一次温暖的和好。多年之后，当回忆起那个情景，我生出一个感悟，我们常常说“温柔”，所以，“温柔”到底是什么？或许，接纳就是最好的温柔。接纳口音，接纳脚癣，接纳每个人不同的恋爱进度，接纳一个人身体的变化，接纳一个人固执地生活在他自己的节奏里。

不论男女，都会令人变得温柔。接纳的基础又来自敏感的察觉。人们常常只有在困境或逆境时才敏感于察觉，在顺境中则容易麻木。足够敏感的人不会让两人之间的距离演变成鸿沟，不够敏感的人，就有可能让起初只是不一致的错落，渐渐变成无法挽回的各奔西东。

所以，情商是什么？或许，情商就是适当的时候，对别人的敏感超过对自己。

一个人的情商总是跟自我呈反比，情商越高的人越懂得控制“自我”。

显然，我的情商低下。

在我们第一次争吵又第一次和好的两三个星期之后，我的敏感消失在那一阵子平顺的日子里，我们俩的“自我”，蠢蠢欲动，即将酝酿出又一次轻度的“情变”。

那是个黄昏，我在许友伦的住处，我们又一次为决定不了晚饭吃什么而陷入沉默。

我们各自的提议都被对方一一否决，就在许友伦开始躁动的时候，我文艺病不定期发作，不合时宜地说：“我想问你一个问题。”

“什么？”

“你爱我吗？”

许友伦听我问这句，猛地一回头，瞪着我问：“你说什么？”

我被他回头的速度吓住，僵在那儿。

他长吁一口气站起来，边走向门口边抱怨道：“天黑了不懂得要开灯的吗，什么都要我做！”然后噼里啪啦地把客厅里的几个灯都打开。我尴尬又痛苦地在沙发里一动不动。他瞄了我一眼就扭身去阳台抽烟了。我从他的背影看到他强忍着才没说出口的三个字：“神经病。”

我眯着眼睛适应骤然亮起来的环境，适应不了，眼睛一酸，眼泪自动生成。

那确实是我想知道答案的问题。

一个二十几岁的女的，在一个几度夕阳红的天色之下，问她的同居男友：“你爱我吗？”

这个场景放在任何一个爱情小说里都不算坏情节。

许友伦是学金融的，他的世界没有被小说感染太多，对他来说天黑了就要开灯，人饿了就要吃饭，而不是停下来对望和接吻，谁的眼神也不能照明，谁的口水都不能充饥。

我们处在几十平方米的同一空间，却仿佛拥有两种质地不同的灵魂，它们像排异似的，在一个以爱为名的问题上，出现了不兼容的问题。

许友伦抽完烟回来发现我在掉眼泪，耐着性子过来坐在我旁边，伸手胡乱摸了摸我的头发问：“你也饿了吧，要不要出去吃饭？”我在听到这句话之后甩了甩头，眼泪掉得更密集了。他终于完全失去耐心，“嗖”地站起来，开始大声讲广东话，边讲两只手还不停地挥舞着，用肢体语言表达不满的情绪。就算听不懂广东话，也没办法无视他的语气和肢体中大量的不耐烦，九个音节果然比四个音节丰富些，只听见“当哩个当，当个哩个当”，没几个复句之后就把我满脑子塞着的小说画面撕碎成一地鸡毛蒜皮。

我悲伤成怒，冲他嚷说：“干吗啊你，你直接说不爱就好了，既然不爱，有什么不敢承认！有那么为难吗？！”

这种无谓的对话以许友伦摔门而出结束，他临出去之前用最大程度接近标准的普通话狠狠说了句：“你这样我很累，你知道吗？”

我不懂他的累，就像他不了解女人九曲十八弯的委屈。

许友伦走后我连生气带不解地陷入迷局：这“委屈”有那么难理解吗？

一个女人，猜疑身边关系紧密的女性朋友对自己的男朋友产生了暧昧的感情，难道这女的不可以要求男友发誓向她承诺些什么，来平复猜疑给她带来的折磨吗？

况且，即使许友伦跟我已经处于半同居的状态，即使我们的气味里不管愿意不愿意都已融入了对方的气味，他也没有对我说过“我爱你”。

“你为什么不直接讲？我根本就不知道你的怀疑。”这是许友伦多年之后的说法。那时候，我们相继进入到一个相对成熟的阶段，已具备正常的“听取”能力。

“我就是觉得你那阵子好奇怪，我在你面前总有一种做什么错什么的感觉。”他说。

“那你怎么就不能简单地说你爱我？”我说。

“本来要说，被你一问就说不出了。你就不要问啦，问得我好有压力！”

“我问了你都不说，不问你怎么可能说？”

“这种话当然要主动讲比较自然咯。”

“可你又不主动讲！”

“重点是我根本还来不及主动，你已经问咯！”

“我问因为我不安。”

“你问的结果就是我很有压力。”

“如果我不问你真的会主动说吗？”

“感觉对就一定会咯！”

“什么才是感觉对啊？你重感觉，那你有没有考虑过我的感觉？”

“有啊，所以才每次都是我迁就你。”

“我怎么觉得是我迁就你呢？”

“是我迁就你啦！”

“明明是我迁就你！”

……

恋爱好像长智齿，有的人一次成功，有的人多少次都不会成功，相同的是每次成长的过程都伴随着挣扎的痛。

对一件事的看待需要不同方式的聚焦。等我经由岁月的摆渡，终于到达对自己能略微客观看待的彼岸，也会嘲笑当初那个扭捏而委屈的自己：

为什么不能用简单陈述句直接说清你的怀疑？除了责怪之外为什么没有试试做任何正向的努力？为什么要挑一个对方饥饿的时候去问

什么爱不爱这类伤筋动骨需要体力的问题？

情商低下的女人最常见的病变就是怨。

和许友伦之间磨合得不顺利，刺激出了我很多新生的怨。

由于怨得还不太熟练，表现僵硬。像沙化的土地一样，任何温情的种子在这股僵硬的怨气里都难以存活。

在我逼问许友伦是否爱我的那个黄昏，他没有给任何答案就夺门而出。

两个小时之后他回来，手上拎着一个打包盒，我见他回来就转身进了客房。他也没理会，打开电视玩儿他的游戏。

我们开始了首次冷战。

冷战持续了三天。

那真是漫长的三天。

为了不让刚旅行归来的 Chloe 察觉我们的问题，我硬着头皮留在许友伦的住处跟他冷战。

我住在他的客房里，竖起耳朵听他的每一次动静。他没有做什么特别的事，要么就是在客厅看电视打电动游戏，要么就是不停地打电话。我听他在电话里跟不同的人谈笑风生，就独自趴在桌上哭泣。每当他出门，我的心里就自动出现一个秒表，每次跳动都刷新着煎熬。等听到他回来又出现新一轮的紧张，这紧张在每次听到他脚步路过客房门口时再到达一个新的高峰，直到夜里他回自己的卧室关上房门，我紧绷的神经才能略微放松。可是我又很怕它放松，因为只要一放松，泛滥的委屈随即乘虚而入。

就这样鬼鬼祟祟过了三天，等到第三天夜里，我正在失眠和困倦中煎熬，终于，客房门被推开。

许友伦走过来，在我床边轻轻地坐下来，然后摸索着点燃一支烟。

我悄无声息地在黑暗中睁开眼睛，看着他手中的烟在不远处时亮时暗。

那股我熟悉的烟草味道飘过来，放肆地穿过我的呼吸，抵达我心底。

然后好像在那里，放了一个烟火。

烟抽到一半，他清了清喉咙说：

“小枝，我好怕这种感觉，这种我让人失望的感觉，会让我对自己好失望。”顿了顿，他又说，“如果拍拖是为了觉得自己好差，那为什么要拍拖？”

等抽完烟，他顺手把烟蒂丢在墙角的垃圾桶里，转向我，在黑暗中说：

“小枝，我都没试过跟一个女人相处这么久，你明白吗？我已经好努力了。”

又坐了几秒，他鼓起勇气似的伸手掀起我的被角，躺过来，抱着我，在我耳边说：“不要闹了好吗？你知道，我其实是在乎你的。”

我没说什么，只是蜷缩着靠近他。

然后我们就开始默默地靠近，寻找对方的温度，再有韵律地用自己的身体摩挲对方的身体。

那摩挲，好像为了要重新燃起某个火种，彼此的探索伴着心跳一撞一撞地用力，我们缠绕，揉捏，吞噬，说不清有多少是拥抱、多少是对抗。

04

许友伦用行动平复了我们表面上的嫌隙，而我内心的需求并未得到满足，猜疑也并未真的消解。

那时候我尚且不了解，男人用做爱解决女人关于爱的提问，也是一种无奈与可怜。

如果对一个男人来说出现了用做爱也无法解决的问题，大概，那才真的是问题了。

我想以 Chloe 的聪明，她一定感觉到了我对她越来越难以掩饰的敌意，可她就是若无其事地还像最初一样跟许友伦和我保持着密切的联系。

有一天晚饭后我跟许友伦正从外面散步归来，在院子里碰上 Chloe。

她远远看到我们就使劲儿招手，露露跟在她身后拼命摇尾巴。

我当时没想到，那是我最后一眼看到那条叫作陈白露的雪纳瑞。

等我们走近，Chloe 有点儿激动地说："你们快来，那儿有一人准备跳楼呢！"

我们顺着她手指的方向，才发现许友伦住的那个单元的楼下站着围观的人群。那时候已是盛夏，SARS 已是强弩之末，整个春天自行隔离的人们几乎雀跃着，加倍珍惜适合放风的时光。

"哪里有人跳楼？"

"跳楼的是什么人？"

“为什么要跳楼？”

我们走近人群，大家议论纷纷，仔细一听都是在交换着以上这几个问题，没有人有答案。

在 Chloe 指指点点的解说下，我仰起头，的确看到院子那栋楼的十三四层，有一个人骑在阳台上，我们这些围观的人能清楚地看到她悬在阳台外的那只脚上穿着的凉鞋鞋底。

“有没有人报警啊？”许友伦大声对着人群问。有几个人回头，脸上都挂着看热闹的兴奋和几乎是差不多程度的茫然。

许友伦赶紧拿出手机拨打 110，同时又对着人群问：“有没有人找过物业？”

这次回答的人有几个，然后人群如梦方醒地开始从纯八卦的讨论转向思考对策。

我回头看许友伦，为他迅速厘清重点而心头滋生出新的爱情。我的眼神扫过 Chloe 时，发现她也在看他，我的内心在刚充满爱情的细胞附近又蹿出一阵厌烦。

Chloe 没理会我明显的脸色，她只顾积极地配合许友伦在想办法搭救那个几十米高空中的陌生人。

日后，我在跟许友伦吵架的时候常常攻击他“出风头”“逞英雄”，仿佛忘了另外一些时候如何自内心赞赏他的“仗义”和“热情”。

实则这两种听起来完全不同的评价，根本就是同一回事的不同修辞。

那天，大概半个小时之后，邻居跳楼的事件得以平息。在及时赶来的警察的专业操作下，那个陌生人主动放弃了跳楼的念头。

她那条挂在阳台外的腿在华灯初上时终于收了回去，人群爆发出热烈的掌声。我和许友伦、Chloe 激动地互相击掌拥抱，我的芥蒂在人命关天的时刻识趣地暂时隐匿在了心底的暗处。

等跟我们拥抱完，Chloe 看了看脚下，惊慌地问道："露露！咦？露露呢？"

露露不见了。

我们开始分头寻找，找遍了整个住宅区，没看到露露。

许友伦又跑到住宅区外，逐一询问了每一个商铺，也没有人看到过露露。

住在我们小区的很多芳邻都对那天有深刻的记忆。先是有人要跳楼，后来有几个人楼前楼后地大叫"露露"和"陈白露"这两个名字。

其间，有两个名字叫"露露"或"璐璐"的邻居回应了我们的呼唤。

她们不是恶作剧，那个发音确实是她们的名字，况且 Chloe 的呼喊越来越凄厉，听上去的紧急程度，像是如果没人答应就会发生比跳楼更惨烈的事件。

芳邻们还记得，那天入夜后，在多数人都已经上床睡觉的时候，那个持续喊了两三个小时"露露"和"陈白露"的女声在消停了十分钟后，猛然爆发出骇人的尖叫，继而转化成厉声的大哭，且又持续了很久。

Chloe 发出这声哭喊的时候，我还在徒劳无功地对着草丛以我自己听得见的声音继续喊着"露露"。

听到她瘆人的哭声，我猜我们寻找露露的工程大概要以失败宣布告终了。

我朝她的方向走去，这时，在月光下，我看到许友伦从另一个方向奔向 Chloe。

等奔到近前，Chloe 仿佛一瞬间要晕倒似的整个人晃了晃，许友伦就伸手去接住她，她也就势把自己放过去，他们愿打愿挨地抱在了一起。

她继续哭，他的两只手一只放在她的头发上，另一只拍打着她的背。

我听不到他说什么，但我确定以他的个性一定不吝惜安慰的言语。

如果那个画面换成两个其他的男女，我想我会十分感动于整个剧情。

然而，那是 Chloe 和许友伦。

且许友伦安抚她的样子和那天他在超市门口对待我的情形如出一辙。

刹那间，我对我和许友伦的感情产生了颠覆式的怀疑：也许他就是享受这种救世或救世未遂的感觉。也许他从任何女人崩溃后对他的依恋中都能获得同等的快感。我真的看不出除了先来后到之外，我和 Chloe 有什么本质的不同。假如真是这样，爱情对他来说，岂不是唾手可得？反正这世界上有的是因各种原因随时准备崩溃的女人。

我这样愤愤地想着，冷冷地看着他们在月光下的剪影。我的心底有最后一丝念想，希望许友伦会忽然想到我或起码四下张望找一找我。

然而没有，时间不屑地在我们三人之间的空中自顾自地流走，他们就那样行为艺术似的抱了很久，抱得我心乱如麻。

我沿着反方向的墙根儿溜回许友伦的住处，然后坐在门口的地垫上等他回来。我在那儿坐了一个小时，那是我人生中最难耐的一个小时。

在那一小时里，随着耐心的流逝，我的愤怒和悲伤占了上风，我开始忍不住地抽泣，想到为此要跟许友伦分手而预支了很多悲伤。

离开许友伦的住处之后，我去了朱莉那儿。

那是当时全北京我唯一能想到的去处。

朱莉对我的忽然到访和我带来的消息没有特别意外。在听完我的哭诉后，她镇定地总结道："Allen 这个人吧，做朋友绝对是特好的朋友。他又仗义，又热情，对人又好。可问题是呢，他对谁都好。所以做男朋友就成问题了。我总觉得，他似乎还没有准备好让自己完全属于某一个人。你知道，有种男的是有'超人情结'的，这种男的还挺多的。他们喜欢被需要的感觉——被一个人需要肯定没有被所有人需要来得过瘾。我认为你不用怀疑，Allen 一定是爱你的。但你不能要求一个人爱你爱到要泯灭天性——你自己也做不到，是吧？"

朱莉就这样言简意赅地总结完了许友伦的特点。听完她的总结，我收起了悲伤。不是真的不再悲伤，而是，在这么理智的评论下，如果还悲伤，似乎就矮化了朱莉无懈可击的总结。

"小枝，我再多说一句。其实，任何情侣，要想长久，你除了知道自己要什么之外，你还得知道自己能给对方什么。我不知道你喜欢许友伦什么，反正喜欢他的女孩儿一直都挺多的。我想我有点儿知道许友伦为什么喜欢你，像你这么文艺的人，他以前可能从来也没见过，肯定开始挺新鲜的。可是吧，'文艺'有点儿像甜品，偶尔来一点儿，挺好，可要是把它当主食吃，就会腻的。所以，你的那些敏感、那些丰富的内心变化，他不了解，他应付不了，也不意外。我倒是希望，你也能外向一点儿，别老黏着他。男的都那样，你老黏着他吧，他反而不珍惜，你要是自主一点儿，开朗一点儿，不让他觉得随时对你有十足把握了，他倒有可能更捧你。男的都挺贱的。真的。"

她站起来走进洗手间，拿出两张面膜，递给我一张。一边敷面膜，一边继续说道："你那么介意那个 Chloe，你就不能在人家那儿住了，不合适。在你想好怎么处理跟 Allen 的关系之前，最好也别住他那儿，不然你很难处理好的。所以，首先你需要有工作，有收入。人吧，别指望别人全心全意对自己好。只有我们自己才可能全心全意对自己好。一旦你把好的指望放在别人身上，就有风险了。指望越多，风险越大。再说，没谁有义务对别人好，人家对你好了，要感恩惜福，对你没那么好了，要认！别怨。一个女的不会因为失去任何人而变得可悲，但一个女的绝对会因为怨气大而可悲。"

那是朱莉对我说过的最严肃的话。

我在去她那儿之前，以为她会跟我一起谴责一下许友伦滥情和 Chloe 轻佻，没想到她跟我说了那些。

在那之前，我对女人跟女人之间的友谊不那么在意。

不，确切地说，我对女人跟女人之间的友谊也不是那么有经验。

从上高中开始，我就总是离群索居。起初是因为恋爱，后来是因为失恋。

由于学生恋爱和学生失恋这两件事总是在我的生活中交替出现，周而复始，造成的结果就是，我似乎不怎么需要男朋友之外的别的"朋友"。

我是那种一旦恋爱就会主动脱离社会的女人。我的世界，在恋爱的岁月里，只有两个人。每当失去爱情，原本两人的世界，猛然被抽离了一半，就像偏瘫似的，我身处其中，很难即刻就能生活正常自理。等情变得尘埃落定，表面上日常生计恢复了，但在心底，一片荒芜，我知道，我全部的世界，就剩下自己，一个人。

我不是那么擅长分享，所以爱情对我来说始终是私密的事。我也不是那么擅长面对失败，像发表讣闻一样对外把失恋说成一件虽败犹荣的事。

我甚至都不是那么擅长倾诉，或是说，由于我对情感的得失起伏没有未雨绸缪的远见，让我每每在失恋之初措手不及，并找不到可倾诉的对象。

因而失恋时的孤寂，在我，是加倍的孤寂，一切的发生，像是对我之前冷落这个世界的惩罚。最痛的时候，一阵一阵的，心头如同挨鞭子，那鞭子上还沾了凉水，冰冷地抽下来，似乎还有一个画外音恨恨地对我说着：让你二人世界！让你二人世界！

再后来，等鞭子挨得多了，伤疤层层叠叠，对痛没有了起初的敏感，痛自己也没有再痛出特别直指人心的新花样，也就麻木了。

但我依旧离群索居，不是吗？如果连受伤都独自面对过了，还有什么特别需要找别人参与的理由呢。

所有这些，导致我的生活有一层隐形的壁垒。而那一天，朱莉像一个手持武器的勇士，用她的率直和真诚，狠且准确地砸裂了我的那道壁垒。

时隔很久之后，当我的生活出现了另外的可能，我才渐渐了解到那一晚朱莉跟我说的那些听起来不是那么舒服的话是多么重要。

朱莉不仅给我讲了大道理，还帮我解决了一个实际的问题。

天亮之后的那个上午，她就帮我安排了面试，那是一家服务于地产业的广告公司，我仍旧做平面设计。朱莉的爸爸那时候的权力范围刚好能影响到地产商在朝阳区盖房子拿地。有这么一层背景，处于食物链较底端的广告公司当然是乐得巴结朱莉。

所以，我不仅当时就得到了新的工作，且他们给我的待遇远超出了我的预期。

我在被告知隔天就可以正式上班之后，新工作、新待遇的喜悦将情殇郁积在心头的阴霾冲淡了一些。在返回住处的路上，我深刻地体会到朱莉那晚对我说的话：“当你对自己足够自信，就没人能打击到你对生活的信心。”

的确是的，那是我人生首次感到对自己有那么一点儿信心，而且，那信心来自我自己而不是任何别人的承诺。

我回去收拾行李的时候 Chloe 不在，小纪阿姨说她出去张贴寻狗启事了。那个我寄居的地方本来也没有太多属于我的东西，衣物和一些日常用品有大半已经挪到了许友伦的住处。我没料到离开这儿会如此仓促，小纪阿姨出于职业操守，对我就此作别竟然也没有特别多问。

只是等把我送到门口，她拎着我的包，低着头踌躇了一阵才肯递给我，好像使了特别大的力气一样对我奋力说了句结束语：“林小姐，那什么，我知道陈小姐不是坏人，她要是坏人，非典刚开始，她还不就赶紧把我们轰走得了。”

我心里一颤，趁眼泪掉下来之前赶忙接过自己的行李，摁了下行的电梯。

等我到了许友伦那儿，门开着，我就直接走了进去，看到他正坐在沙发边上发呆。

我按照在路上事先准备好的行动方案径直走进屋里收拾自己的衣物。

他跟进来，问：“你去哪儿了？”

我不回答。

他看我收拾衣服，又问："你要干吗？"

我还是不理。

他又待了一阵，看我一副革命者的坚毅表情，就叹了口气返回客厅。

我对他没有坚持追问感到失望和伤感，心想，难道这个人对我的情义比我想象的还要有限吗？

人常常会这样，自己设计了情节，自己演出，然后把别人的反应，按照既已完成的设计对号入座。

我忽略了许友伦看上去怅然若失的神情，我简单地把那想成跟 Chloe 有关的情变，并不知道他在那天上午得知自己失业了。

我收完衣物穿过客厅的时候，许友伦站起来，两只手分别插在两边的裤子口袋里。我停在离门一米左右的位置，扭头对他说："我们分手吧。"

他没说什么，也不看我，俯身从茶几上拿起打火机和烟，点燃，深吸了一口。

我瞬间想到恐怕再也不会被这个熟悉的烟草味道包围了，这想法立刻勾起了悲伤。我把行李丢在地上，冲过去抱着他哭起来。

他也腾出手抱我，然后在我耳边问："你要去哪儿？"

他的问题里带着二手烟的气息，我被那味道搅得一阵心软，刚要回答，门铃响了，许友伦松开我去开门，他转身的一瞬间抹了抹脸，我没看清，心想，如果这个男人因我要离开而流泪，那我又何苦硬要折磨自己也折磨他？

我正在纠结，门开了，Chloe 出现在门口。许友伦立刻换了一个频道似的抖擞着精神问她："怎么样？都贴了？"

Chloe没看到我，她人还在门外，手就已经伸过来抓住许友伦的胳膊，边进门边急速地说："你知道吗，太可怕了！我听一个邻居说，昨天有人跳楼是个阴谋！你都不知道有多恐怖！那个跳楼的，是他们一家人布的局！她家是门口新开的那家狗肉馆的，她假装跳楼是为了引人耳目调虎离山，大家都仰着头看她的时候，他们店里的人就全体出动在院子里到处偷狗。你想啊，傍晚出来遛狗的人多多啊！大家的注意力都在她那儿了，就没人注意狗了。我听说昨天好几家都丢了狗呢！大家都猜那些狗是被他们店里的人给抱走了。天哪！抱到他们家就是要成盘中餐啊！你说，露露不会也被杀了吃掉了吧？天哪！太可怕了太可怕了！我要疯了！"

说着她已经出了哭腔。我像坐在跷跷板另一头一样，Chloe说得越伤心，我就越是冷淡。

"不会不会，你别这么想。我们再想办法找找。"许友伦安慰她。

我听到这些的时候已经忍不住想要发火了，在我看来，关于露露，比它的名字"陈白露"更荒谬的事，就是在它失踪之后，它的主人竟然怀疑它被狗肉店的人抓走。

"就算这事儿是真的，人家也不会偷你一条雪纳瑞啊！那能有多少肉啊！再说，谁会变态到把雪纳瑞杀了吃掉啊？！"

这是我在离开这一男一女时，脑海里最后浮现的句子。

我走过去Chloe才看到我，没等她说什么，我就从她和许友伦之间快速穿过，我离开他们的时候还在造作地哼着歌，我们三个人脸上各自怪异的表情，我们各怀心事的内心，把那一年，在那个空前绝后的疾病灾害中我们曾经共患难的那些珍贵的情义，就那么轻易地一笔勾销了。

“我遇见谁，会有怎样的对白，我等的人，他在多远的未来……”

这是我那天哼着的歌，是 Chloe 那阵子最爱的一首歌。

电梯来了，没有人追出来，我最后的希望落了空。那一刹那，我再次发觉，人的心，确实是每一秒都在变化的。

刚走出许友伦的家门时，我假装恨他，讨厌 Chloe，也不在乎已经失踪的露露。

等电梯的门合起来，我像谢幕一样身体弯成九十度，对着前面的空气鞠了一躬。

那一低头忽然抖落了一地连我自己也诧异的真情：我有多爱许友伦，我有多感谢 Chloe，我有多担心露露。

只不过，他们，竟然都不会知道了。

05

我在新公司的附近租了房子，那是一个半地下室。

经历了一场 SARS 和一场恋情，我从地下室，到了半地下室。

这是否也能算得上是一种进步呢。

我无法停止想念许友伦。

最让我意外的是，我发现，我的想念如此实在，甚至有些庸俗。

我想念他舒适的住处，想念他每顿都不凑合地带我吃过的那些美味；想念他讲的那些不好笑的笑话；想念晚上翻云覆雨之前的亲吻和之后的拥抱；想念我在看书的时候他偶尔过来帮我掠开额前的头发；想念在我每次目光流连于商场橱窗后，他都买给我的那些礼物，尽管那都是不贵的东西，但在我自己，肯定也不舍得买。甚至，我那么想念他在房间里抽烟的时候手指的动作，他好看的手指跟每一个漂亮的指甲。

那些手指和指甲，它们游走过我身体的任何地方，它们以我从未拥有过的一种好奇和疼爱逗弄并抚慰过我的身体，然而，我却失去它们了。

我被我的想念折磨，我也为我的想念而疑惑。

爱情什么时候变得这么具象了？小说里不是这么写的。

小说里写的爱情，多是跟心有关，没跟其他器官这么有关。

我恰是本着这样的信条，才在那场爱情中，总是纠缠于相爱的理由，想要找到跟书里差不多的那种飘忽的答案。

等到失去了这段爱情，才发现，原来我早就拥有那么多相爱的答案，它们就在每一件不起眼的小事里窸窸窣窣。

只是因为它跟我以前在小说里看到的不一样，它跟我以前谈过的所有止步于独角戏的学生恋爱也不太一样，以至于我才舍本逐末，忙着纠结而忽略了它实实在在地发生着。

那么，如果跟我想象的不同，那它还是不是爱情？还是说，只是我看待爱情的方式太狭隘，才一定要证明另外那些并不见得更重要的东西？

我被在想念中思索出的新问题折磨着，它们，一次又一次地向我证明，不管那是否符合文艺小说的规范，我和许友伦，都确实相爱过。

两个月后的一天，朱莉来我办公室找我。

我的新老板看到朱莉后殷勤得像个台词课得过满分的话剧演员。

朱莉费了很大力气才拒绝了他中午要请我们吃饭的要求。

“小林，替我请朱小姐吃点儿好的！你们俩来个象拔蚌，整个刺参，女孩子要多吃海参，对皮肤好。不过朱小姐，您这皮肤可真是已经够好的了，就跟刚剥了蛋壳的熟蛋清儿一样，那叫一光滑细腻透亮！”

我们在我老板声势浩大的谄媚中逃离了办公室。

没去他指定的海鲜酒楼，去了不远处的凯悦。

地方是朱莉挑的，可到了楼上，我的失恋情绪就轻易被勾搭出来。

许友伦带我去过很多次凯悦。每次他一到，女领班都会特别殷勤地冲过来亲自接待，他们乡亲似的说广东话，态度热络，而我对他的那种宾至如归的态度，从起初的欣赏，到后来渐渐成了反感。

朱莉坐下之后把她一直拎着的纸袋递给我，然后告诉我说这两个纸袋分别是许友伦和 Chloe 托她转给我的。

朱莉说："我前阵子特忙，一直没空见 Chloe，她给我打了好几次电话没约成，后来她索性自己送我家去了。"

我打开 Chloe 的那个纸袋，里面除了我落在她那儿的一条围巾和一些零碎之外，还有一台笔记本电脑。那台电脑是我在 Chloe 那儿的时候她分配给我长用的。

"她说这里有好多你的文件，她搬家了，反正也用不着那么多电脑，所以就让我把这个给你了。她说笔记本电脑更新换代快，再不用就不好意思拿出来了！"

我有些蒙，没接话。

朱莉继续道："Chloe 人还不错，挺大方的。哦，对了，那天她来找我的时候，我爸刚好在，她跟我爸爸特聊得来。你想啊，我爸那人对人那么挑剔，跟所有我认识的人说话就没超过三句的，他要是聊得来的，这人应该不会太差。到最后我爸都把他写的书法拿出来给她显摆了，就差当场写了！我爸很久没那么亢奋了，呵呵，挺逗的。"

朱莉看我对她父亲对 Chloe 的态度没太大反应，又说："你放心，Chloe 没跟许友伦怎么样。"

我才说："咳，我也没什么不放心，反正，都跟我没关系了。"等又聊了几句，我才掩饰着假装不经意地翻看许友伦的那个纸袋，里面除了他的数码相机和他给我买的一些小首饰，还有一个没装信封的纸条，我打开，看到上面写着：

小枝，我回港了。这个数码相机你用惯了，留给你，希望你还用得上。你的那本《理智与情感》，我带走了。我搞不懂理智与情感，还要多学习。北京的生活不容易，你要照顾好自己。友伦。

我终于绷不住，眼泪掉下来，砸在纸条上。

上菜了，我面前飘散着点心的味道，它们无私地散发出的港式食材的气味都加重着我的难过。

朱莉递给我纸巾，然后告诉我，许友伦曾供职的那家公司在北京的办事处关掉了。

“这事儿挺突然的，他知道的那天，你正好又跟他闹分手。所以，他让我告诉你，他没追出来，是在烦工作的事儿，让你别怪他。”

朱莉还说许友伦在我离开之后花了两个月时间找工作，之后总算通过猎头找了一个待遇他能接受的工作，但是要回香港。

“Allen很喜欢北京，他刚来的时候也是踌躇满志的。可惜运气不好，事业刚有起色，就赶上SARS。我想他决定回去也是事出无奈。你又是在这个关键的日子跟人家分手，他就算想挽回也自顾不暇。”

朱莉像是知道许友伦在我们分手后从来没找过我，也像是知道我对此一直耿耿于怀。

的确，那段时间我一刻不停地盼着许友伦找我，只要没有被忙碌占据大脑，我的心头就反刍似的涌上盼望。我还会像强迫症一样一有空就登录MSN和信箱，希望看到许友伦在线或是有他任何的来信。

他始终没有出现，我漫长的耿耿于怀和与之交织的隐约盼望，也在收到朱莉带来的纸袋后彻底熄灭了。

唉，世界上唯一比疾病疼痛还折磨的东西，就是在青春的时候，那些分手后还残余在心头的未了情，不论那是朱砂痣还是床前明月光，凡“未了”，即折磨。

北京恢复了繁华，我恢复了单身。在这个几千万人挤在一起争地盘的城市，我仍旧是一个人过生活。

和很多失恋的人一样，我开始寄情于工作，好在，拜北京方兴未艾的地产业所赐，我的工作很忙，没给我太多清闲过度伤感。

朱莉是我失恋的见证人，她本着一贯的善良和热情给了我很多陪伴。

彼时，朱莉上了一个商学院，在那儿认识了许多同学，其中有个名叫戴磬的海归一认识朱莉就展开了热烈的追求。朱莉对此见怪不怪，她从小到大都活在追捧里，最不缺乏的就是锦上添花的那些花。戴磬刚从美国回来，原本是踌躇满志地准备投身于互联网，在认识朱莉之后，就把对互联网的大部分热情先用在了朱莉身上。在众多追求朱莉的人中，戴磬的平均分数最高。他个头不高但身形挺拔，五官平平但笑容可掬，虽然是理科男但热爱文艺，他用后天的乐观和努力弥补了先天的不足。

他不太掩拙，凡事求甚解，自成出一副较真的可爱，这特质在一群夸夸其谈的人中脱颖而出。朱莉跟他见面渐渐比跟其他追求者更频繁，在我失恋期间，朱莉为了兼顾，常常在戴磬约她的时候硬叫上我。

我看得出朱莉对戴磬的态度还是无可无不可的阶段，没想到，一个月之后，有一天她忽然打电话告诉我说，她要结婚了，跟戴磬，并且婚礼就选在 3 月初的一天。

我听到这个消息的时候感到很突然，而朱莉在电话中也没有表现出一个即将结婚的人应有的兴奋感。

不久后我无意间听我老板在电话里跟别人八卦，说朱莉的爸爸要再婚了，娶的是一个比他小三十几岁的年轻女子，朱莉对此强烈反对，未果，因此决定跟她爸爸同一天举行婚礼。

到了婚礼当天，我才知道朱莉为什么要选在昆仑饭店这个看起来不太符合她一贯审美的地方，因为她爸爸的婚宴也订在昆仑。

那是我参加过的气氛最诡异的一个婚礼，朱莉的表情一直都不太放松，交换戒指的时候戴磬试了几次都无法给她戴上，朱莉索性抢过来戒指自己给自己戴上，一边还扭头对大家说："你们别看他姓戴，他戴什么都特费劲，戴什么都得我帮忙。"

大家不知道该不该笑，司仪只好更大声地用更多恶俗的成语化解尴尬，结果尴尬加了倍。

等到该新娘致辞，朱莉站在台上说的第一句话居然是："其实，我也不知道我为什么要结婚。"

听到这句，连玩儿命撑台面的司仪都差点儿放弃努力了。

倒是戴磬，表现得相当有风度，不管朱莉说什么，他都不受影响，他为她的每一句话做出适当的反应，不管是笑，鼓掌，还是就那么定睛深情地看她，仿佛她说的那些不符合婚礼气氛的话，都跟他无关。

朱莉在礼成之后快步走出宴会厅，按照之前的安排，她应该去更衣室换上中式的礼服回来给大家敬酒。

我当天的主要责任就是陪她换衣服和陪她敬酒。

因此看她去更衣室，我赶紧跟在身后，哪知她进了更衣室没换衣服，只是从包里拿出一叠 A4 纸就直奔另一个宴会厅。

我试着叫她，她不理，且越走速度越快。我只好傻跟在她身后，一直跟她进了二楼的那个宴会厅。

等跟朱莉走进去，看到里面四个圆桌都坐满了人，大部分都是看起来体面的中老年人，一眼望去平均年龄超过五十。

我看到朱莉的爸爸坐在主桌，刚要冲他微笑，再一看，他旁边坐着 Chloe。我当即蒙了，怎么也没想到，那个在八卦中被说成"跟老干部勾搭成奸的小妖精"，竟然是 Chloe。

朱爸爸看到朱莉，欣喜与惊讶参半地站起身快步走过来说："小莉，你来了！"接着又纳罕道，"你怎么，穿成这样？"

“因为今天我结婚！要不然呢？难道您认为爸爸结婚女儿会穿着婚纱来观礼吗？”

“什么？你结婚？！你跟谁结婚？！”

“这重要吗？”

“我唯一的女儿结婚，我当然要知道对方是谁！”

“是谁重要吗？我们这个家，娶谁嫁谁还需要征得家人的同意吗？”

“你是我唯一的亲人，你结婚当然得我同意！”

“你也是我唯一的亲人，你结婚我同意了吗？”

“小莉！这不能混为一谈！”

“不能混为一谈就不谈，我今天来也不是要跟你谈的。”朱莉边说边走到四张桌子的中间，挤出一个疙疙瘩瘩的笑容，环视四周，道，“任伯伯好，钟阿姨好，冯叔叔好，各位好，我是朱莉，你们都知道，我是朱延年的女儿，按照朱延年同志最近几年的一贯说法，据称：我是他在这个世界上唯一一个亲人。听说我唯一的亲人今天结婚，好巧不巧的，我也结婚。我有几句话，趁各位长辈都在，想跟大家说说。如果有什么失礼的地方，还望各位叔叔阿姨看在我初为人妇的分儿上，多多包涵。”

朱爸爸压低嗓门叫了朱莉一句：“小莉，你干什么？有什么事咱们回家说！”

“回家？我没家了。”朱莉说完“家”这个字，眼泪掉下来，然后她吸了吸鼻涕继续道，“大家都知道，我妈五年前病故了，我跟我爸相依为命，直到几个月之前，这位陈小姐，打着找我之名，到了我家，认识了我爸爸。没过几天，她就登堂入室，鸠占鹊巢。”

Chloe 坐在原处，半低着头，像是中国功夫的蹲马步，在决一死战之前最有利的选择是不动声色。

朱莉又说："我不反对任何人追求幸福，如果我爸幸福，他怎么样都好。这位陈小姐，认识我在先，关于她的过去，我不想多做评价，就知道她擅长争夺，对看准的目标从不手软。我最好的朋友就是因为她的插足而被迫跟相爱的人分手。"

这时候全场的人都顺着朱莉手指的方向向我看过来，我对此完全没有任何心理准备，立刻僵成了一个枯枝，干巴巴地杵在那儿无所适从。

说完我，朱莉抖了抖手里的那叠A4纸，接着说道："这是我爸爸去年年底的体检报告，每年我都陪他做一次体检，每次的结果我都特别骄傲：我这个女儿没白当！我爸身体倍儿棒，吃嘛嘛香！我想让今天在场的各位长辈帮我做个见证。我爸身体健康，精力充沛，再活五十年一点儿问题都没有。请你们监督，如今陈小姐到我家，她留，我走。之后，我爸有个三疼两痒的，我的话放这儿，我可就不客气了！"

"小莉，说什么呢你！"朱爸爸喝道。

"我说什么？我倒想知道她打算对你做什么！"朱莉越来越激动，又说，"另外，想必各位在座的长辈都清楚，我爸爸，有那么一点儿权力，还能替咱们国家建设效忠那么几年。我就要拜托各位了，我爸爸一辈子清廉，从不滥用职权。从今往后，甭管是谁，你们不论出于什么原因，谁要是跟陈小姐有什么瓜葛而牵连我爸爸，让我知道我可就不答应了。我爸爸的工作统统跟陈小姐无关，我们家的事务统统跟陈小姐无关。我爸要玩儿夕阳红，我就由他去。只要陈小姐耗得起，我朱莉奉陪到底。"

朱莉说完，场上气氛紧张，有个离朱莉比较近的中年人站起来拉着朱莉，低声劝道："小莉，你是晚辈，你还是应该顺着你爸爸。"

朱莉回头泪汪汪地看着那个中年人说："钟姨，我是怎么当女儿的，您还不知道吗？我还不够顺着他吗？可是，发生了这种事儿，我还怎么顺啊。"

中年人揽着朱莉摩挲着她裸露的胳膊说："钟姨知道，我们都知道，小莉你从来都是好孩子！"然后从背后给朱爸爸使眼色，朱爸爸一辈子没见过这场面，不管闹革命还是当官的经验都不足以应付眼前。

就在大家不知道该怎么继续下去的时候，Chloe 款款站起来，以不低于朱莉刚才的分贝和比朱莉略慢四分之一拍的语速说道："各位好，不好意思，大家刚入席，我还没来得及向大家做自我介绍。我姓陈，叫陈伶伊。今天本来就是请大家吃个饭，延年的意思是，让我跟大家认识认识，你们都是延年身边重要的朋友，理应慎重对待。刚才朱莉已经跟大家介绍过我了，我自己再补充两句。我和延年，上个星期，也就是西方的情人节那天，在朝阳区民政局注册结了婚，我现在是他的合法妻子。之所以选 2 月 14 号，是因为，那天是延年的农历生日。日子是我特地挑的。我和延年，从认识到结婚，彼此欣赏，喜欢。关于朱莉提到的三点，我想一一给大家做个交代——先说不重要的，呵呵，刚才小莉说我插足了那位小姐的感情，事情是这样的：那位林小姐曾经是我的员工，SARS 的时候我让她住在我办公室躲避灾情，其间认识了她的男朋友，也是我们的邻居。邻里之间，在非典的时候，难免会互相扶持，如果因此谁产生了什么误会，还请谅解。如果我在帮助谁的过程中让什么人产生过误会，也不会影响我的心情，下次碰上需要帮忙的，我还是会帮。"

全场人再次把目光投向我，我听见我枯枝一样的躯干几乎要发出嘎嘎的断裂声。

还好 Chloe 的道白在继续：

"至于我们自己，今天当着大家的面，我对延年、朱莉和大家郑重承诺，第一，我会好好照顾延年的生活，让他越来越健康，如果你们不嫌烦，以后每年我都给大家发体检表，欢迎监督指导；第二，我对延年没什么贪图，我自己有车有房有存款有事业，早在认识延年之前我就完成我自己的'原始积累'了。这一点，说到哪儿我都不含糊。

第三，我绝不会插手延年任何工作，别说插手，插嘴都不会。我不是那种人，我对延年在操心的国家大事也弄不明白。本来，延年跟我，都不是那种肉麻之人，也说不出特别造作的话，但今天当着大家的面儿我想说一句：我特崇拜延年，他那么博学，那么智慧，那么高尚。他是我认识的最男人的男人，认识他之前我连想都不敢想这世上会有这么伟岸的男人。身为一个女人，有机会认识这样一个男人，真是三生有幸！”

Chloe 看朱爸爸有些动容的意思，乘兴又说：“没错，我们之间是有些年龄的差距，如果有谁因此而产生怀疑，我特别能理解。我以前也是这么看别人的，总觉得有些我看不明白的事儿里头大概都有阴谋。等真轮到自己了，一看，不是啊，一个女人一旦真爱上谁了，什么都不是障碍。而且，从这件事儿里，我也悟出一个道理，我们永远都别妄自菲薄那些我们没经历过的事儿。谁过得好不好，跟自己交代就成，不用跟别人交代。是吧，延年？我爱你！延年，你听见了吗，虽然咱俩连登记的时候都没说过，但我现在要当着众人郑重宣布：朱延年，陈伶伊爱你！爱你一辈子！不论吃苦还是享福，我陈伶伊都跟定你了，跟你一辈子！”众人的目光投向朱爸爸，有几个人伸出手条件反射地鼓了掌，刚拍了两三下，一看四周没太多人应和，赶紧停了手。大家看朱爸爸，朱爸爸看看大家，又看看朱莉，一时不知该如何表现他内心的伟岸。

我一动都不敢动地继续僵立在那儿，完全被 Chloe 刚才的一番话给震了，并且心有余悸地想着，也许她真的对许友伦没有什么过多的兴趣，否则就凭她能说出刚才那一番话的情商，若她真想拿下许友伦，不过就是探囊取物吧。

从小我就佩服用第三人称的方式叫自己名字的人，一般来说这种人内心都比较强大，当 Chloe 叫着自己的名字宣布“陈伶伊爱你”的时候，我扎扎实实地起了一身鸡皮疙瘩。在我个人的语境中，鸡皮疙瘩是仅次于饥饿的传统悸动。想必场上跟我有同感的人不在少数，大家尴尬在热切中，沉默得很憋屈。

Chloe 把接力棒递到了朱爸爸那儿，朱莉没等她爸爸发话，愣在那儿眯着眼睛像瞄准一样又看了 Chloe 几眼，摇着头，表情像八十年代的班主任看失足女青年一样，她一字一顿地说："你可真行啊！你放心，就算你当自己是韩菁清，我爸爸也不是梁实秋！你好自为之吧！"说完，她恨恨地返身走了。我狼狈地跟在她身后一路小跑逃出宴席现场。

刚跑了几步，听见朱爸爸跟出来喊道："小莉！"

朱莉没回头，拎着婚纱继续小跑，我也踉跄着跟着她跑，从一个婚礼，跑回另一个婚礼。

回到现场后，没多久朱莉就喝醉了。她在敬酒的过程中都是不等对方劝就自斟自饮，每次都干杯。

戴磬跟在她旁边，屡次企图抢她的酒杯，屡次失败。

婚礼最后在新娘提前神志不清的情况下仓促收尾。我们几个女伴在楼上的蜜月套房安抚喝醉了的朱莉，戴磬则留在大厅送别亲友团。

朱莉撒酒疯的时候用哭腔不停地呼唤两个人，一个是"爸爸"，一个是"妈妈"。我认识她那么多年，从没见过她失控，像白先勇笔下的李彤，骨子里自带着一股对全世界都有把握的从容，而那晚，她酒后的语气听起来像个寻求爱护的幼儿，格外让人心疼。

等她好不容易昏睡过去，我接到戴磬的电话，让我到楼下去跟他一起收拾礼金和礼物。我刚到大堂，就碰上刚送完客人的朱爸爸和 Chloe，我应朱爸爸要求带他去见戴磬。

等进了朱莉的婚礼现场，我给这一对既成事实的翁婿做了介绍，朱爸爸示意说他要单独跟戴磬聊两句，说完就拉着戴磬到了几米外的花墙旁边。

我跟 Chloe 站在原地，为了打破沉默，我回身在旁边的桌上拿了颗怡口莲，递给她，说：“朱莉的喜糖。”她接过糖，看着我微笑道：“呵呵，我只吃黑巧克力，你忘了？不过为了朱莉我可以偶尔凑合一下。”说着她把那颗巧克力的锡纸剥开丢掉，放进嘴里，然后她从包里掏出一把 Godiva，说：“我的喜糖，也请你尝尝。”

我们站成一排尴尬地默默吃了会儿糖，也吃不出到底是甜还是苦。Chloe 又开腔道：“小枝，女人的幸福，从来都不是等来的。你真喜欢的人，一定要争取。我不清楚你当时为什么非要跟许友伦分手。不过我告诉你，赌气解决不了任何问题。女人最喜欢说爱，可是女人最想不明白：你为了你爱的那个人，到底做到了哪些？等失去了会不会后悔？反正，赌气肯定不是爱，赌气的人十之八九都后悔——可以不承认，个人的事就自己心里最清楚。”

我没想到她跟我说这些，那是我那一天不知道第几次深度地愣住。

幸好没多久朱爸爸就走回来，Chloe 笑成一朵花似的迎上去。戴磬陪着一脸的笑跟在朱爸爸身边，见了 Chloe，竟识相地叫了一声：“妈！”

Chloe 先一愣，随即开怀大笑，那个笑声仿佛出自整个身体的共振，分贝很高，透出她心底难掩的痛快，像拳击手刚赢了一场难打的比赛。她亢奋地挽着朱爸，对着戴磬赞许道：“哎哟，这是小莉的先生啊，真是一表人才！”

大概是言语无法表达她内心对戴磬叫她那声“妈”的受用，紧接着她就把手上拎着的一个袋子递给戴磬，说：“没想到今天跟你见面，这么重要的事儿安排得这么仓促是我们做长辈的失职。这是我给你爸爸和我自己买的情侣表，还没来得及送他呢，正好……”边说边回头含情脉脉地看着朱爸爸，微笑道，“延年，那我可做主了哈，干脆这算咱俩合送给新女婿的见面礼，正式的等改天你们回家的时候我跟你爸爸再好好准备！”

再婚的朱爸爸通身喜气，对新娶的年轻太太点头赞许道："还是你想得周到。"

戴磐还要推脱，朱爸爸拿出自然的官派，不容分说地吐出俩字儿：

"收下！"

新婚的女婿只好俯首帖耳顺从地收下新婚的丈母娘送的一对浪琴。我目送着三个新婚之人，完全傻眼。

Chloe 那天看起来特别婀娜，想必她非常享受她的新身份，连后背都难以掩盖地透过摇摆的腰肢洋溢出大获全胜的得意与幸福。

我的世界观，在她幸福的摇摆中再次被撕裂。

原来人可以这么出其不意地活下去，原来，女人追逐幸福的姿态有那么多种鲜活火辣的可能。

06

朱莉婚礼后的第三天，按原计划，我们一行十人陪她和戴磬去了海南。

朱莉一如既往地大方且周到，不但帮我付了机票和酒店的全部费用，还事先就打电话帮我向我老板告了假。

等到了三亚，在阳光沙滩海岸线，我以为总算能平静愉快地享受大自然了，哪知，才换了泳装走出来，就在酒店背后的沙滩上见到了许友伦。

我看到他的时候，他正在我面前十米之外跟一个一身白衣的女子在沙滩上款款漫步。我定睛确认是他之后，赶紧转身逃离了现场。回房间之后又惊魂未定地换回家常 T 恤、牛仔裤，站在房间的阳台上瞭望了半天。

那种感觉很难形容，我为跟他近在咫尺而心跳不已。这几个月，他在我不停的想念中已模糊了形象，因此，当他就那么信步走近，实实在在出现在我的视线里，我又怎能平静地坐视他自己走过去严丝合缝地贴合我的记忆，把我心里因想他而想出的那个无底洞好好地填平？

我在浴室的镜子里看着自己，气馁地自叹着，镜子里的脸，实在不足以让沙滩上漫步的那个人后悔。尤其是，他身边还跟着一个白衣飘飘的女子，那是我想象中自己应有的清丽和飘逸才对啊。

那么她又是他的谁？他们何故到了这儿？在过去的这些时日里，他有没有想过我？有没有因为失去我而有哪怕一点点的后悔？如果有，他又怎么做得到浅笑盈盈地在一个度假胜地和别的女子漫步？

我被我自己无法遏制的胡思乱想折磨得想吐。

为了避免再看到许友伦，我躲在房间里装病。

装着装着，我就真病了。

我开始发烧，持续地发烧，我自己被这个热度烧到无所适从，就自选了昏睡，没日没夜地昏睡，做了很多梦。

朱莉在我昏睡期间来看过我，给我送了吃的喝的，也帮我叫了医生。到了第三天晚上，我彻底醒过来。

醒来之前，我梦到我和许友伦在他北京的住处，在梦里，他半斜在沙发上抽烟，我躺在他腿上看书，他的一只手在摸我的头发，我依稀闻到他手指上传来的烟草味道，忍不住伸手去握住他的手，我们的手指扣在一起，那是我能想象出的最完美的天长地久。

等醒来，我的手还伸在床边，保持着梦里跟他十指相扣的姿态，这让我无比哀伤。

我摸了摸自己的额头，失望地发现它顺从药力失去了高温。我很郁闷，只好坐起来。身体看到一线改变的希望时，赶忙发出饥饿的信号，我受到本能支使，狼吞虎咽地吃完了放在床头柜上的食物，之后无奈地发现自己完全好了。

我打开阳台门，海浪声豪放地扑面而来，也许是负离子的环境令人喜悦，我放下刚才梦境中的病情，趁着夜色，做贼似的沿酒店的后门走到了外面的海滩上。

我走进星月的夜空下，在有些凉意的躺椅上坐下，我的眼前是三天前看到许友伦走过的那片沙滩，我惆怅地思忖着，这世界上终是有多少的意难平。

我在海风中任由自己乱想，忽地，Chloe 那天说的话涌上心头。

“你为了你爱的那个人，到底做到了哪些？”

或许她是对的，我想了想，承认我为我爱的那个人，什么都没做。我只是躲了起来。转而又想，在那样的情势之下，除了躲起来，我又能做些什么呢？

我就那么无解地左想右想，听海浪不知疲倦地一波波自不明的远方而来，感受海风伴着愈演愈烈的凉意，让人忍不住在这样的夜幕下抖一抖内心的软弱。

不知过了多久，我觉得自己仿佛已经凝固在夜色中的海边。

“Hi。”

当这个熟悉的声音忽然在背后不远处响起时，我还以为自己幻听了。

“听说你病了。小心不要着凉哦。”那声音再次响起，然后我的肩头被披上了一件外衣。

那外衣上有我熟悉的味道，是许友伦喜欢用的 Davidoff 的烟草和 Davidoff 香水的混合味道。它们随着风向冲进我的呼吸，那味道，在那样的月光下迅速弥漫进我身体的各个角落，像江湖传说中迷人的毒香，瞬间就让我肝肠寸断，恨不得当场晕厥。

“我前晚碰到朱莉，知道你们在这儿。”许友伦自顾自地说道，“本来想去看你的，朱莉说，你应该不会想让我看到你生病的样子。呵呵。”

我没说话，心里瞬间冒出两个念头，其一是负面的：“什么？！前晚就听说了，现在才见面。”

另一个是说不上正面还是负面的：“朱莉真不愧是了解我的好友。”

许友伦没发觉我的心思，接着关切道：“怎么病了呢？天气不适还是太辛苦？”

我心里猛然冒出《红楼梦》里宝玉的那句：“我为妹妹病的。”

又暗叹，我这些孤芳自赏、酸文假醋的没用的文艺啊！

“朱莉结婚了，好突然！”他说。

“听说，朱爸爸也结婚了，跟 Chloe，好神奇！”他又说。

我心里冒出一句：“哼！那你很失落吗？”幸亏嘴受神智控制没说出口，否则我一定能用这几个字迅速毁掉许友伦对我未了的余情。

许友伦在我背后，没发现我胆边隐匿的恶念，看我不接话，继续道：

“朱莉的先生看起来人蛮好的，很热情。”

“朱莉说你找到新工作了？做地产哪！好棒！现在正是好时候！”

……

他就这样，自顾自地，一句接一句，像我们昨天才见过一样，闲话着家常，语气中带着微笑，像他一贯的样子。

他在自说自话了一阵之后，停下来。

我心里一紧，仍旧没回头看他，但耳朵已经像猎犬一样紧张地竖起来，几乎能感到主管听觉的神经都进入了备战状态。

我听见他在我背后摸出打火机，抽出一根烟，我听见 Zippo 打火清脆的金属撞击声，我的心慢慢从嗓子眼回到它本来应该在的地方。许友伦吸了一口烟，我们在他吐出的烟草味道里陷入沉默，等那支烟抽到一半，他在我不到半米的身后，好像重新起了个头似的轻声问道：

“小枝，你过得好吗？”

“不好。”我几乎是脱口而出，说完我自己都暗自惊讶，好像那个回答是出于本能，而且是通常在求生时才有的那种不经大脑的快速本能。大概因为我自从生病以来都没有什么张嘴说话的机会，喉咙一直在半休眠状态，所以这“不好”两个字说出来的时候，沙哑得恰到好处，听起来真是声情并茂，果然是非常“不好”。

在我说完这两个字后，我们俩再次陷入静默，远处的海浪声，在月光之下宽容大量地继续拍打着。那夜光如诗如画，我骤然间心底响起 Don McLean 的 *Vincent*：“ Starry，starry night...This world was never meant for one, as beautiful as you...”那音乐中有一种清凉的温暖，神秘又凡常，仿佛星光月色下一切俗事都没必要执着。

我被这情景和自己心头生出的音画捕捉，忽地略微有点儿明白：其实，这个世界上的很多问题，本身即是答案。没有答案的问题，也终将不是问题。至于那些盘绕在心头太久的关于爱的谜题，若它仍是谜题，唯一的原因，就是还不够那么的爱。

当足够爱，心头就不会再有谜题。或说，“爱”不够准确，那应被叫作“慈悲”。

海浪和我心底的旋律响了很久，我渐渐回神，开始有点儿纠结是不是那两个字脱口而出的速度太快。又过了一阵，许友伦吸完了他的那支烟，他把它灭在他一贯随身携带的迷你烟盒里，我看到最后一缕青烟随风袅袅而去，接着听到银质烟盒的合扣响了盖好的“咔嗒”声，终于，许友伦的声音再度出现在我背后：

“好巧，我过得也不好。呵呵。”

他的语气里依旧有笑意，我绷直的耳神经松下来，身体失控地颤抖了一下，不知是为他这句话，还是为越发抵御不了的温度。

“你冷吗？”他问，声音里忽然透露的关切有种立即打乱我心肠的温柔，我心酸地眩晕了两秒，他试着抱了抱我的肩膀，我就势向后，转身软进他的怀里。

他抬手把我的脸捧起来，在月光下端详了一阵，说：“嗯，有几次跳进我梦里的，好像就是这张脸。”说完笑笑，又学我的样子撇了撇嘴。他的瞳孔在我面前抖动，好像要捕捉我的眼神，我赶紧低垂了眼皮，看着脚下的沙滩，一个字都说不出，他继续自语，“你知道吗，小枝，认识你之前，我很多年都不做梦了。”

他的脸往前凑了凑，我离他太近，不得不再次抬眼看他。

他瘦了很多，原本总是有点儿浮肿的眼睛竟然明显地凹出个轮廓鲜明的眼眶。

我从他看我的眼神中看到一湾清澈的坦然，我为自己有过那么多猜疑和不确定而懊恼，心里暗自下决心："这个人，是我的，我要为他，好好的。"

他又往前凑了凑，我的眼泪如期而至，他不疾不徐地用几个亲吻把它们收拾好，也安抚了我主管眼泪的心闸。

我跟许友伦就这么和好了。

他没等我问，就告诉我说那个白衣女孩儿是他的工作伙伴，他们来海南做一个项目的实地考察。他说的时候闲闲的，透着以前少见的体谅。

其实就算他不说，我也不会追究，我甚至都没有再次想到那个女孩儿。女人内心感到满足的时候，不会多余去怀疑。一切怀疑的根源，都只在女人对自己拥有的那份情感感到不确定而已。

那是美好的几天。

我们好像要把以前欠下的补回来。SARS 期间，并没有太多的空间给我们花前月下，一切两情相悦的进程都局促在防病、治病的有限的选择里。

在三亚的那几天里，我掌心的肌肤饥渴症得到了缓释，我才记起我是那么贪恋喜欢的人的体温，我才记得，牵手原来是多么温柔的事。

时间是 2004 年春天，那一年，对我来说，最重要的事，是失而复得的爱情。那时，我能想到的最浪漫的事，就是跟许友伦牵手，即使什么都不说，什么都不做。

告别前的一天，我们一行人去了“天涯海角”。

大家先是起哄让戴磬和朱莉重新宣誓和当众湿吻。

有几个陌生的游客也加入了分享喜气的起哄中，小商贩们趁机挤进来兜售贩卖象征爱情长久的各种小礼品或邀请情侣拍照。

我们俩找了个离人群较远的位置，我背靠在许友伦胸前，他用手臂包裹着我。

我正看着远处的朱莉傻笑，忽然，许友伦在我耳边说：

“小枝，我爱你。”

我不知道禅宗里面所说的“入定”是什么意思，但，我找不到其他合适的词汇形容那一刻的感受。好像，全世界都成了背景，眼耳鼻舌身意都不再左右任何思想。

我陷落在那句话里，我的世界像失去地心引力一样，悠悠荡荡，自在地停住了几秒，安静得简直听得到脉搏里有细微的气泡在快乐地穿梭。

“友伦，我也爱你。”我说。

为了这样的一组不过十一个字的对话，我们一路跋涉，不觉中，已是“天涯海角”。

07

之后的半年多，我所有生计好像都是为了维系我跟许友伦的异地恋。

必须承认，那并不容易。

不过，凡事都是这样，没有全然的好也没有全然的坏。好坏的存在是相对论。比方说，在我跟许友伦“不容易”的处境里，另一面对应着的，是用正楷写下来的“珍惜”。

最初，我们每个月只能见一两次面，时间和差旅的成本像个恶婆婆一样让人在它面前憋屈地低了头。

见面的难度增加了想念的浓度。我记得我在拿到那年的年终奖金时，第一时间就订了飞去香港的机票。

那是一种什么样的心情，我已记不太清。

只记得，我的户口在二线城市，办香港的签注还相当麻烦，为了能及时成行，几经周折，最后是拿了泰国的签证蒙混过的关。好像那天过海关时还惴惴不安地说了谎，以我这么自诩清高的人来说，说谎不用别人批评，自己就先行鄙视了。

这么不管不顾，全部的动力只是为了想要飞到许友伦身边可以“抱一抱他”。

而他每次回北京，都像八十年代初探访内地的港商一样，大包小包地背着各种花样繁多的港产小商品给我，好像他来的不是北京，好像我们不是生活在二十一世纪。

我们两个人在那时候还都没有什么存款，我本来就没有，许友伦则是因为之前过得太豪迈没有从长计议才没有。而三十出头的男人和二十几岁的女孩儿又最容易不停地被生活提醒存款的重要。

“宝贝你知道吗，我忽然觉得攒钱好重要。”有一次挤在我半地下室的蜗居中，许友伦忽然发出感叹。这是许友伦式的表白，我的住处，家徒四壁，他愿意没什么怨言地跟我蜷缩在这陋室里已足以让我感动。我对钱先天没有太多热望，后天没有太多经验，然而他说的话，把我和钱连在一起，却让我第一次对钱产生了温和的好感，仿佛钱是一个状若彩虹的鹊桥，连接着许友伦跟我的模糊的未来。

我们在情到深处的一刻，彼此默许了这样一个模糊的未来，别无选择，必须跨越空间的阻隔，尽量给对方最多的精神支持。

许友伦在香港的工作不太顺利，他每天用MSN、Skype、短信、电话等多种手段事无巨细地跟我分享那些不顺利。

单单是跟老板合不来就花样翻新，凑一凑都够凑出一部肥皂剧的题材。

也许是没了在北京时人在他乡才独有的“异地风情”，许友伦用了几个月的时间都没找回他已习惯的“优越感”，这让他对香港的生活随时都很火大。

“昨天又说一样，今天又说一样，每天说一样！真是不懂，这么没逻辑的人怎么当老板！”

“今天给agent多扣了半个月佣金，以前在北京听人家讲香港人有多现实，我还替他们辩，原来真的是！”

“又被叫去陪客户喝汤！天又那么热！何必要喝那么多汤！”

“天又那么热，每家又冷气开那么足，一下又冷，一下又热！又容易感冒！又不环保！香港人真是！ Idiot ！”

“今天公司门口有游行，坐不到车，在路上走了一段，哇，好几只蟑螂，以前都没留意香港的蟑螂有那么大只的！”

……

而我，从来没有被一个男人如此需要过，新鲜而受用，心甘情愿等着听他各式各样的抱怨，每次在电话或网络的另一端都安静贤良，对什么都点头称是，像个真正的淑女。哪怕他在电话里屡屡把“那”读成“哪”，这不标准的发音都够我心驰神往一两个小时，心里全是跟他的抱怨无关的幽思。

也因为那段时光，我得出两个结论：一个人如果不开心，一定看什么都不顺眼。一个人穷的时候，最好用的心灵镇定剂是鄙视财富，而一个失败者最有效的消遣则是嘲笑成功的人，往死里说他们白痴。

那时候的我们就是那样，许友伦和我，身处两地，像两只愤世嫉俗的工蚁，骄傲着自己的骄傲，狭隘着自己的狭隘，愤懑与孤独相投，于是在遥望中同仇敌忾，不断隔空发送着各种励志的电波，那些电波，与其说是给对方，不如说是在用激励对方的形式鼓舞自己。

我们在各自的困境中刺激出空前的彼此依赖。或许现实中的气馁让许友伦给自己美化出一个失真的北京，或许，也顺手美化出一个不完全是我的“我”。

除了抱怨不如意的现实，夸大其词地跟对方分享自己每一丁点儿的成绩。我们也变得像散文家一样乐此不疲地向对方描绘每天的生活，并且在这些描绘里，充满了对方以不同姿势出现的“人形背板”。

他的通常是：

“Baby，早上去开会路过奕荫街，我小时候经常路过那儿，有一家好吃的蛋挞，下次你来港我带你去哦。”

“Baby，下午有工人在会议室装闭路电视，不知哪一台竟然在放《我爱我家》，整个 office 只有我一个人听得懂，好 sweet。等我回来，一定要抱着你再看一次！”

“Baby，今天陪老板打球，让他十杆还是赢，难怪他都不喜欢我！等回北京我教你，你屁股那么翘，打球一定好看。”

“Baby，明天陪妈妈去赌马，win了money给你买只好点儿的腕表。”

我的则是：

“亲爱的，晚上和朱莉伉俪去东方广场，身后有人电话铃响了，那铃声跟你用的一样，瞬间好希望你出现在背后。好想哭。”

“亲爱的，今天去提案，用了你昨晚电话里教我的方法，真的有效哦，你最棒了！没你不行！”

“亲爱的，昨天半夜梦到你，梦到我们还住在SOHO，梦到你牵着我的手，早上醒来，掌心好像还有梦里你手指的温度。你快点儿回来拯救我手上的温度。”

“亲爱的，下雨了。想你。”

我们就这样随时以各种方式把对方放进自己的生活，在枯燥的聊天里充斥着憧憬和许诺。那段日子，我们见面不多，却比任何真正在一起的时间都更能深切地感到对方的存在，那种无时无刻不见缝插针的存在。

尽管如此，老天对这种夹缝里挤出来的情感也没有太过纵容。异地温情敌不过无常，在某一天，就那么没任何预兆地戛然而止了。

我还记得那天许友伦下班的时候在MSN上给我留言说：“Baby，有朋友从内地来，我要陪一下，如果太晚，就明天再打给你。你乖哦。爱你。”

我看到的时候他已经下线了，我主导“第六感”的那根神经忽然颤动了一下。

那之前许友伦也常常约不同的朋友，他也不是每一天晚上都会打给我。但那天我的感觉就是很异常，“第六感”跟现象无关，跟分析无关，跟逻辑无关，第六感就是第六感。

事情后来的发展没什么特别有趣的地方。许友伦没有不诚实，没有灵魂或肉体等任何形式的出轨。他确实有朋友从内地去香港，要他陪一下，只不过，他在走出去的时候大概也没料到，那位从内地来的朋友需要那么多的陪伴。

那是一个女孩儿，确切地说，是一个年轻美貌的少妇。少妇的夫家一度是达官显贵，有些仗势欺人。那欺人的因着各种果报，一朝猛然失势，上演了一场自古就有的“登高必跌重”。那少妇去香港躲官非，被人七拐八弯托付给了许友伦。

许友伦没展开什么思考，听凭热情的本性开始了照顾少妇的旅程。

虽说是个少妇，年纪比我还小，听说十九岁就嫁入了豪门，才二十五岁已是历经沧桑的资深富婆。只因长得美，还特别知道自己长得美又特别擅长使用自己的长得美，从小就备受各路人等的争相宠爱，所以活了二十几岁，除了努力在豪门恩怨中演名媛，并没有其他任何技能傍身，因此更是把唯一的特长发挥到极致，特别会撒娇、发嗲、演无辜。

我后来见过那少妇一次，初见真觉得她做作，可不到三分钟之后就领教了那发嗲已成为她的本性，若遮掩着倒做作了。一个小时之后，她精湛的技艺就已经嗲得连我身为女人都忍不住想要照顾她了。

谁能抵抗这样一个人对陪伴的要求呢？

反正事实证明，许友伦不能。

那是少妇第一次背井离乡，第一次到香港。她像林黛玉进贾府一样，脆弱、孤独，不断地需要各种照料。而她初来乍到毫不掩饰对陌生环境的无知和恐慌，恰好成全了许友伦内心积蓄已久的英雄情结。

他心底被需要的诉求在回香港之后一直无用武之地，在蛰伏之后碰上这样的人一撩拨，简直就是天雷勾动地火。

到今天，阅历已教会我相信，在爱情之外也可以有规模浩荡的相濡以沫或耳鬓厮磨。

然而，那是阅历教会我的，在当时我尚且没有那样的阅历。少妇和许友伦严丝合缝的互相满足，虽与感情无关，已足够把我原本风平浪静的异地恋搞得风雨飘摇。

正当我陷在小儿女的猜忌中郁闷的时候，我生命中的另一个主角朱莉及时出现了。

那天朱莉把我约在中国大饭店的 Aria 餐厅，她找了个角落的座位，等我一落座，朱莉立刻说了一句让我相当吃惊的话当开场白。

“我考虑了一下，建议你尽快跟 Allen 分手。”

我没掩饰地让脸上立刻浮出一个夸张的惊讶表情。朱莉接下来说的话，让这个表情像冷却的蜡一样凝在我脸上，凝了很久。

从朱莉接下来的讲述中，我得知许友伦正在悉心照顾的少妇，背景相当复杂。她的夫家的两名重要成员已被关押，且部分相关人等也因故被限制出境。所谓的“因故”的那个“故”，朱莉欲言又止，最后断定说：“算了，跟你说你也理解不了。”

我陷在震惊中，朱莉继续说道：

“那女的就是漏网之鱼，只不过她是个女的，又没亲自参与什么重大犯罪，所以上头还顾不上理她。但那也是迟早的事儿！Allen 糊涂，成天跟这种人混在一起有什么好果子吃！他就是天真。还当这是港片儿呢，这时候演什么行侠仗义，他都不知道他对面是谁！有些复杂的事他根本搞不清状况！”

朱莉说得掷地有声，我没能力怀疑她的措辞，在我对社会有限的认识里，也无法全然理解她描述的危险究竟有多危险。

“这种人，要我说，赶紧分了得了。以前你们俩也就是闹点儿小是小非，再怎么闹也闹不出个花儿来。所以你们要分要和，我都不会说什么。现在这种情况，性质全变了！他不是有钱没钱、有未来没未来的问题，他很有可能成了政治上有污点的人了！这种污点一旦沾惹上，以后根本不可能有回来混的机会。你趁早离这些远点儿！小枝，这个世界比你想象的复杂多了，不是靠谈谈情恋恋爱就能应付的。”

我认识朱莉以来，从来没听她说过这样的话，在她说那段话期间，我的脑海里不由得出现了朱爸爸的形象，虽然表面上他们父女失和，但朱莉跟她爸爸很多一脉相承的连接是如此牢固，牢固到她在给我建议时完全像被附了体。

看我持续吃惊和晃神，朱莉缓了缓，又说：“当然了，你自己的事儿你自己决定，反正你跟他说话联络什么的都小心点儿。他要是跟你说了什么你听不懂的事儿，千万别瞎接茬儿！最近他要是说往你账上挪钱，甭管什么由头，你可绝对不能收啊！”

我在听到朱莉的警告之后，不到一个月，就跟许友伦再次分手。不过，分手的理由，倒不是朱莉说的那些我不了解的这个世界的复杂。而是，出现了与此无关的变数，我自己内心产生了另外的复杂，虽然它们跟许友伦的世界忽然出现的光怪陆离不同，但，所谓人心似海，复杂的程度，又如何能具象成数据去比较或衡量。

朱莉跟我谈完之后，没多久就是圣诞了。

我没有跟许友伦说起过朱莉告诉我的那些话，事实上，我们也没什么机会深聊。自少妇出现后，许友伦很忙，我们因此很容易争吵，很容易冷战。

对普通的情侣来说，解决争吵和冷战的最佳方式是上床。“异地恋”不具备这种便利，所以我和许友伦只好任由那些争吵和冷战在冬天的雾气中冷冷地弥漫。

那年北京最冷的那几天，我正跟许友伦又一次冷战，彼时是全国人民的年假期间，之前本来的计划是利用年假去香港看他，结果我们在年假来临前出状况，我只好独自宅在家。

为避免应酬，我跟所有约我的人都装忙。其实我没什么要忙，只是和许友伦的冷战导致我的幽闭情绪发作，每当这种时候，我就失去了跟任何人见面的动力和欲望，这种情绪尤其在全民热烈过节的时候会更加强烈，我不想见人，不想做事。我可以整日整夜地待在房间里，吃速食，没完没了地看碟、看书，我会因为那些故事中情节的变化时而愤慨时而忧伤，我会在没有别人的房间里大哭大笑或是拍大腿大声称叹，或说我能说出的最难听的脏话骂人。我在别人的故事里无比动容，在自己的真实生活中则形容枯槁。

这么耗了两三天，一个睡了数次回笼觉而不愿意离开被窝的无聊上午，手机在枕边响起，把我从半梦的昏沉中唤醒。我拿起来一看，是一个由00和若干无规则号码组成的国际电话。

我认定是许友伦打来的，心头顿时涌起欣喜、怨恨等多重情绪，故意等了等才接。

“喂！我说怎么这么半天才接啊？你干吗呢？为了给你省手机费，我打到你单位，人家说你休年假了，你有假期为什么不回去看看爸妈啊你！我这是回不去，你能回去还不回！你这副个性什么时候才能改改啊！”

来电话的是我姐。

她打电话来当然不是特地责问我为什么不回家。跟以往一样，在以训斥的语气说完开场白之后，她就开始给我布置任务了。

任务的内容是我姐说她有一个老朋友最近回国，想去和平门、琉璃厂、潘家园什么的看看字画文玩，让我陪着去。

在长篇大论地嘱咐了一堆“注意事项”之后，我姐闲闲地结尾说：“我这个老朋友就是那个武锦程。武锦程，你还记得他吧？”

我听到这个名字，立即心跳加速，完全从睡得太多的昏沉中醒来。

武锦程，我怎么会不记得武锦程。

我没有告诉过任何人，武锦程是我这辈子第一个也是唯一的一个暗恋对象。

武锦程是我姐高中时代的男友。他们那年上高二，在同一个学校不同班，都是学生会的文艺积极分子。

最初，武锦程经常趁我父母不在家的时候到我家跟我姐约会。学生时代的约会刚开始都是小清新那一套，他们一起听歌，做作业，或持续不断地小声聊天，间或互相捏捏小手。我姐总是被武锦程讲的不知什么逗笑，她笑的时候十分娇羞，跟她平常出现在我面前横眉怒目的样子判若两人。我通常会被他们打发到另一个房间，所以听不到他们说什么，但我喜欢远远地透过门缝或房间衣柜的玻璃门反射出的影像偷瞄他们说话的样子。有时看得忘我，会不自觉地把自己也想象成谈话中的成员，我姐被逗笑的时候我也会跟着笑。再后来，我的想象中就渐渐只有武锦程跟我，我姐被我从那个画面中强行驱逐了。

有那么一阵子，我对生活全部的盼望就只有两个重要内容：一个是每周三晚上电视台播出的《上海滩》，一个是不定期出现在我家的武锦程。

武锦程、我姐和我父母都没发现我内心秘密绽放的少女情怀。或是说，我不管出现什么也不太被在意。

小时候我常常有一种幻觉，好像我在家拿着隐身草，每个人都看不见我，如果没有那些需要家长签字的作业和饭桌上被我吃掉的那碗饭，我的存在就更加难以被证明，也似乎更加没有意义。

大概也是因为从最初就疏于被理睬，我在刚认识几百个汉字之后就开始玩儿命看书，有什么看什么，文字成了我躲避人间冷暖的庇护所，在那儿，起码我可以自封为主角，获得幻想中被爱的机会，且不会有被撼动地位的危险。

武锦程出现的那段日子，刚好我正沉浸于满世界泛滥的琼瑶小说当中，武锦程成了我所有对小说的幻想中从未被替代过的唯一男主角。

我最喜欢的一部是琼瑶阿姨的作品中不算太有代表性的《剪剪风》。那个故事中的男主角柯梦南跟武锦程相似度最高：帅气、细心、有才华、重情义。连那几个字都接近我对武锦程“南柯一梦”般的苍凉幻想。

而故事中的女主角则相当接近我想象中的自己：敏感、坚强，看起来是平凡的，却有着不平凡的内心，不像琼瑶笔下其他多数女主角那么天生丽质到假人的程度。

我就那么借着琼瑶阿姨的笔墨遨游在一个个不现实的情境中，那些造作的对白和没事找事的苦恼完全符合我当时对青春的审美，几乎满足了我对男女之间一切不切实际的想象。

我也因此让我自己在小小年纪就过早活得相当苦情，同时，为了跟现实中的大人相安无事，我又必须使尽浑身力气掩盖我的苦情。就这样，在我的白日梦中，我跟武锦程经历过琼瑶式爱情的各种才下眉头却上心头的聚散两依依。而现实当中，只要他路过的时候看我一眼，微笑一下，就足够支撑我继续不为人知地倾慕、苦恼、成长，或是说，活着。

不夸张地说，武锦程是那个让我在青春初来乍到时及时找到人生意义的人。在暗恋他之前，有很多时候，我以少年叛逆催生出的悲观，常常不明白自己为什么要活着。

这大概是天性中带来的原罪作祟，我带着对爱的渴望来到这个世界上，而我的爸妈和我姐，都无暇爱我。因此我缺爱缺到像缺钙的人得了软骨症一样，每当这个病发作，我就好想搞清楚为什么要活着，每每寻结果而不得，我就会怀疑活下去的意义，直到，武锦程出现。至少，他和周润发一样给了我一个标的，让我借瞄准他而滋养心底的花朵，让我找到每天早上醒来之后咧开嘴对自己会心一笑的理由。武锦程比周润发更伟大的地方是他真人会出现在我周围。

我爱上了他，或说，我期望他爱我，这期望给了我一个支点，支持我呼吸，支撑我盼望。呼吸和盼望，不就是活下去的全部意义吗？

起初武锦程来我家都还尽量避开我父母，等我姐到了高三，有一天她回来高调跟我爸妈宣布说她最近英语成绩忽上忽下，对高考没底，需要找个人帮忙补习英语。我父母一听麻了爪，两个人在屋里，里三圈外三圈地瞎溜达了一通，没想出办法。我姐做了个无奈兼体谅的表情，说她已经想出办法了，让一个学习好的同学来帮她补习。

那之后，武锦程开始不避嫌疑地随时出入我家，经常带着作业到我家来跟我姐一起复习。似乎他的确功课好，也或者我姐因早恋的力量发愤图强了，反正他频繁出入我家不久之后，我姐的英语成绩还真就出现了徐徐回升的趋势，拿回来的阶段小考试卷上的分数也节节攀高。

我父母大喜，玩儿命对武锦程好。那时候我们家最昂贵的点心是溏心荷包蛋，我一个星期一般只能吃着一两回，武锦程则随时来随时都能吃得到。我妈有时候还会倚在门边上满脸堆笑地冲武锦程傻乐，而那一堆看起来仿佛重达两公斤的笑容在转脸看到我的时候一定会立刻消失。

我想我大概真的很喜欢武锦程，喜欢到不介意我妈在他跟我之间变脸似的态度急速更替，喜欢到不介意他比我多吃了很多颗我家的溏心荷包蛋。在那个时候，食物在一个普通家庭里还占据着重要地位。我们是一个有着太多深刻的“吃不饱”历史的民族，我们的DNA中有沉重的高比例的“饥饿”和“馋”。假如我们家其他三口人吃了什么没给我吃，我会真的生气计较、耿耿于怀，唯独对武锦程不会。只要他在我家，我就知足偷着乐，眼睁睁看着他爱吃什么吃什么，内心全是喜悦，全无任何计较。

喜悦到对食物没胃口，于我，那是人生中的第一次。

那年最美好的一段时光，是有那么几个星期，武锦程应学校安排要参加一个全市青少年书法比赛，他为了不耽搁帮我姐复习，就把文房四宝搬了一套到我家坚持练习。我姐对他写的那些很不以为然，而他临帖时凝神屏气的专注样子，甚而是他的眼睫毛在阳光下对着宣纸的方向微微抖动的小动作，在我眼中都惊为天人，基本奠定了我最初对异性的审美。

那个画面给我留下的印象太深，以至于好多年之后，我都能熟练背诵《兰亭序》，且但凡路过“永和豆浆”看见“永和”那两个字，我都条件反射地想到武锦程。只因当年看他临《兰亭序》看得太多，已像常吃的食物一样成为自己身体的一部分。

我们家那会儿只有一个书桌，武锦程写字的时候，我跟我姐就在桌子的两头各自做功课。我姐回回都是第一个做完马上撒欢儿，我则通常都得在我父母数落声中一直磨蹭到武锦程走后。有时他写到一半偶尔会回头看我，如果刚好发现我也在偷看他，他就对我笑笑，说："小兔子，加油啊！"

听到这话我都会赶紧低下头假装继续写，"什么都不说"是我给他的最多的反应。

"小兔子"是我的昵称，说它是"昵称"又徒有其名，因为我的家人根本很少这么叫我。

我因暗恋武锦程而感到自己年轻但过早疲惫的心终于找到临时栖息地，那里有一种我不熟悉但特别渴望的温暖感。

岂料我这段不安着沉溺的暗恋不久就无疾而终。更意外的是，打断它的，竟然是武锦程自己。

事情的发生是这样的。我人生第一次近距离亲眼看见两个真人拥吻是武锦程和我姐。

那是我姐高考后的暑假，一个午后，我吃完饭正在我和我姐共用的房间里睡午觉。我梦见自己在啃一个苹果，啃着啃着，我被梦里的吭吸声给吵醒了。我迷迷糊糊地睁开眼，发现那个吭吸声根本不是自己在啃苹果，而是我姐正跟武锦程在我前面不远处接吻。当时我姐靠着墙，武锦程背对着我，他的右手放在我姐左胸上的姿态给我带来的莽撞惊吓不亚于我后来看《午夜凶铃》。

我对他的暗恋被那个画面扼杀了。

在一个普通的少女清汤挂面的单思中，不大可能给这种短兵相接的肉欲提前留位置。我姐显然已经迫不及待地从少女长大成早春的女青年，她的身体受内心唆使，比同龄人长得略急，她的胸部在初中时就初具规模，高中时更是势不可当，早早完成了我一辈子都未能到达的丰满程度。而正被我苦苦暗恋的武锦程，显然和我姐心智程度相当。当他青少年的手像孙悟空偷蟠桃一样猴急笨拙地试图游戏我姐的胸部时，他不知道的是，那让他亲手断送了另一个少女对他苦巴巴的单恋之梦。

我的暗恋被猛然扑灭，随之而来的是无名的恼火。我不知道为什么那么恼火。或许，琼瑶小说大多没有关于性爱的教育，《红楼梦》里但凡腥气重的场面也都被严格地封锁在大观园之外。因此那画面口味太跳跃，跟我午睡的梦境无缝连接，出现得实在突然，让我一时无法应对和消解。也或许，我对它全部的想象都非常柏拉图，我不知道对于性的批判跟嫌恶究竟来自哪里，可它就是存在。我自己在忍不住的联想中被无知恫吓，继而，把整个负面的认知都转嫁给肇事人武锦程。

在这两个早恋之徒接吻和抚摸之后没几天，武锦程就收到了北京大学的录取通知书，并提前去北京的亲戚家借住，准备报到了。

我对他考上北大也感到五味杂陈，那是我对大学有限的想象中跟他最般配的学府。在我的幻想中早就提前构思过跟他一起漫步未名湖畔的画面。哪知，我的梦想成真了一半，他真的去了，去之前，先让我恨了他。

武锦程走之前来了我家，但没上楼，我从卧室的窗户看下去，刚好看到他跟我姐在院子里告别。

我的恼火在那时已被灼蚀成一团浓浓的惜别。我看见武锦程半低着头靠在他自己的自行车旁，两只手放在运动裤的口袋里，是那个年代凹造型的青少年自认为最潮的站姿。我姐在他对面也低着头，他们就那么静默地站着，站到仲夏的阳光最大限度地拉长了两个人的身影，然后，他就走了。

他临走骑上自行车前好像回头向上看了一眼。

说“好像”，是因为我一直不确定那是不是我的幻觉。当看到他的目光离开我姐开始向上移动的时候，我就赶紧躲进了窗帘，等再偷偷往下看的时候，就只看到我姐一个人坐在路边的马路牙子上。

我看着我家楼下的空地，红尘蔼蔼的街上静寂无人，已真的没有了武锦程。我伤心极了，为防止我姐发现，我趁她上楼之前把自己锁进厕所里掩面痛哭了好一阵，边哭边不断冲水，制造上厕所的假象和借助蓄水池的水流声当掩护，那样，我可以在短暂的几秒钟哭出声来。等不得不从厕所出来，为了掩饰哭肿了的眼皮，我又赶紧赶在我父母下班回家之前烧水洗头，然后故意把洗发水弄进眼睛里，就势又流了一阵眼泪。

还好，那天我只是被我妈责问我干吗洗头洗得那么频繁：“又浪费水！你个败家精！除了败家，你说说你还会干吗？！”等发现我眼睛里进了洗头水，她更气，训斥道，“一个上中学的人了，洗个头也不会洗！唉！你说说你还会干吗？！”

我姐只顾自己伤感，没发现我有什么问题，我又重新回到了手举隐身草的旧时光，内心无比孤独，只是这次的孤独，又多了一层从未得到就失去的冷冰冰的疼。

武锦程离开后的头一个月，我姐每天晚上不是哭就是写情书，要不就是重复地听歌，要不就是一边哭一边写情书一边听歌。她听的最多的是齐秦的《大约在冬季》，在那段我们姐妹共处同一屋檐下的最后时光，我借我姐的便利也听歌、哭、不睡觉和偷偷伤感。我姐对我表现出对她如此感同身受，相当惊讶，我为了掩饰，顺水推舟，演得像个过度在乎姐妹情义的善解人意者。我想她怎么也没想到，她失恋的时候，我也在失恋，她思念的时候，我也在思念，并且，我们失恋和思念的对象是同一个人。直到一个月后我姐也起程离家去了另外一个城市的大学，我们家这一场一明一暗的双重思量才算告一段落。

这真幽默。

武锦程离开后的一天晚上，从北京打了长途电话给我姐。我听她跟他在电话中又笑又哭又说了一阵，之后，我姐躺着垂泪听歌，我先睡着了。

夜里，我被床垫微微的抖动弄醒，我睁开眼，就着夜色，眼看到我姐身体僵在被子里微微颤动，她眼睛闭着，上牙咬着下嘴唇，咬了很久。我看得心跳加速似懂非懂，等她终于身体放松转身睡去之后，我还呆成一团，满心满脑子都充满疑问和奇怪的隐隐躁动。

长大之后，有时候回想起我少年时候的家，那感觉很难形容。我们一家人表面上看起来和所有正常的人家别无二致，每天全家人谈论最多的话题就是饭桌上吃什么、电视里演什么和隔壁家又出了什么幺蛾子，我们家永远有一种油烟和汗酸混合的混沌气，恨不得从门口路过就闻得出这家人有多节省。每年过春节的时候我爸也会有样学样地在门口挂个倒过来的“福”，上面再贴一张“家和万事兴”，然而我父母对“福”和“兴”也未见得真有什么切实的理想，他们只是在一种惯性里，门口贴什么字给邻居看比家庭成员内心想什么事更被他们在意。

我父母对我姐的各种小情况都一无所知，我姐是他们的骄傲，他们始终沉浸在对她优秀和单纯的想象中不愿醒来。我是他们的负累，他们也始终沉浸在对我迟钝和笨拙的认识中不愿醒来。

假如一切的遮蔽不存在，我不知道我的父母是否能接受他们最引以为傲的大女儿半夜不睡觉在被子里自慰，他们不太在意的小女儿整夜整夜不睡觉，执着地暗恋自己亲姐姐的男朋友。

我想他们会崩溃，倒不见得真为事情本身崩溃，但他们会为“别人怎么看待此事”崩溃。

中国的大人，多数人人生中在意的头等大事即是“别人怎么看待此事”，好像他们是附属品，附属给各种根本不相干的“别人”，自甘卑微地梗着脖子，忙得特别茫然。

因此我一直不太看得起“大人”的世界，为了不成为那样的大人而执拗在青春期里，东躲西藏地过着跟大人们彼此嫌恶的日子。

我姐在性方面特别早熟，而我则对内心情怀有着过度的渴求。我们都是表面上正常的怪咖，我们的相同点是都很孤独和无助，我们的不同点是渴望的内容有别，我们的解决方案，则同样是凭直觉在黑暗中摸索，尽量自行满足渴望。当一个被家长接受的少年不容易，当一个既被家长接受又被自己接受的少年更难。

对多数少年来说，青春都是相当残酷的，在青春的途中，找到一条顺利掩人耳目又息事宁人还能忠于自己的活路，是多么不容易。

我自己就长期自愿活在蒙蔽里，自愿否定人性本真里无法避免的性与贪欲，在青春初年，用了很长时间拒绝“坦白和透明”。我对自己向往过的进行修剪和摒弃，从而获得一种从众的安全感，在那里，一切虽是假的，假到真；而一切真的，则被批判和嫌弃，真到假。

任何人，不接受自己都无法真正快乐，我姐可能是个天生的“觉悟者”，我从来没听她批判过任何她喜欢或追逐的内容，她不停地恋爱，不停地索取，也不停地丢弃。她贪，贪得昂首阔步，她从来不掩饰她自己的欲望，也从不妄自菲薄地去否定那些欲望。正因如此，她活得比我自然和富足。她按照自己的规划过神行合一的生活，她让我相信，一个女人，只有自己跟自己相处得很好，才能跟男人相处得很好，才能跟外部的那个由男人主宰的世界相处得很好。

我姐的确是很会跟各种男人保持良好关系的人，她跟他们在一起的时候很投入，跟他们分手也是尽兴而归，再见仍是朋友，她那些互相行注目礼、保持基本关怀的前男友，当然也包括武锦程。

那年我姐也上大学，离家之后我就再也没有过武锦程的消息，在苦苦思念了他好多孤独的岁月后，记忆终于输给了时间。

想不到，这个人过了十二年，又没征兆地从天而降。

我姐在电话里跟我补充说武锦程大学毕业之后去了法国，她在地球另一头一边用中文反复吩咐我要招待好武锦程，一边用英语让她先生把儿子正啃的玩具从嘴里拔出来。

我很佩服她结婚那么多年，生了俩娃，还能保持捏着嗓子跟丈夫用装出来的柔美腔调，且使用敬语。重点是，她丈夫不知道她还同时在越洋电话中遥控着某个初恋情人的远行。

“你大学里不就是学‘艺术设计’的吗？学半天也没见你学出个什么名堂，这次是个好机会，你好好表现表现哈！”

我姐就是这样，她总是能把明明是要别人帮她忙的事三说四说就变成了她的“赐福”。而我，从小到大对她的抗争都是笨拙无力的，每每都是证明了我的情商低到了何等可怜的地步。

我总结过，我跟我姐关系不好主要的原因有两个：一个就是我在她面前屡战屡败，另一个就是长期以来我都认为她很虚伪。我们小时候，所有亲戚朋友、老师家长有口皆碑都赞美她是个好女孩儿。只有我知道她做了多少在我们的教育中被划为“坏女孩儿”的事儿。

而我，从小到大，在别人眼里都是那种不好也不坏的庸俗之辈，总是灰头土脸，连值得成为谈资的机会都相当有限。

“你注意分寸啊！武锦程现在可不是一般人！你可别给我丢脸！”这是我姐在电话里最后对我说的话。

我不知道她说的“分寸”是指什么。

反正，不管那是什么，接下来发生的事，都应当远远冲出了“分寸”的捆绑。并且，它们同时也远远超出了我和我姐的想象。

08

当武锦程那个下午如期出现在三里屯“男孩儿女孩儿”酒吧的门口时，我正坐在里面等他。他走近我前面的玻璃窗时，我心头排练过数次的开场白，像不小心掉进水里的蝇头小楷，顿时模糊了形状。

武锦程的脸保持着我记忆中的样子，他本来就有漂亮的如雕塑一样挺拔的鼻子和同样像雕塑一样立体的眉骨，以及眉骨之下略凹下去的眼睛。而他的脸颊则被岁月带走了多余的那一点点“婴儿肥”，与时俱进地侧出来一个与年龄、境遇相仿的硬朗的线条。他向里望过来时，隔着玻璃的反光没看到我，而我时隔多年之后再次看到了他的眼睛，他的睫毛仍旧是浓密的，远远就看得到阴影，他的瞳孔仍旧是黑色的，比例略超过正常人，以至于我很少看到他的眼白，他眼球的构成在睫毛衬托下早早帮我定义了“深邃”。那眼神频繁地出现在我暗恋的剧情里，而这一切他并不自知。我深吸一口气，准备起身去迎接他。他穿着经典的米色风衣，戴着墨绿和宝蓝色相间的围巾，站在北京冬天的街头，再次转头四下找我的时候，有一缕头发像洗发水广告一样被风吹得飘起来。那时傍晚的天边有些未尽的余晖，我甚至看到武锦程的一缕头发在青森森的夕阳下散发出的丝丝亮度。我在他出现之前还有过隐约的担心，担心他变了，变得受到世俗的浸淫，失去了十几年前的清澈。哪知，他确实变了，只不过是变得更贴近我对一个男人的清澈的想象，或，根本是瞬间再塑了我的想象。

我迎出去，他转头冲我微笑，他的笑容里有种莫扎特早期作品的腔调，热情得很适度，古典又不失俏皮。

我看着那笑容，听见自己心里有一个声音说："完了。"

武锦程在我的人生中出现了十天。

虽然只有十天，可对于我来说，它仿佛完全可以另立门户，成为并行在我生命中的另外一辈子。像有灵气的珠宝，很难说它们和人之间的关系，是谁在传承谁。

我们见面的当晚是西方的圣诞夜。

重逢自然以怀旧作为开场，说起我姐、我父母、我们的故乡。这些让久别之后的对话很快被晕染出他乡遇故知的温暖。

那天我们就近选在三里屯刚开的一家云南菜馆吃晚饭，落座后不久，他递给我一个纸袋，说："圣诞快乐！小兔子。"

"小兔子"这个昵称，连我自己都快忘了，忽然听他这么称呼，我心里酸酸地热了一下。

我不是一个对礼物有经验的人，许友伦多数时候买给我的都是实用品或食物，鲜少送我真正的"礼物"，因此我对礼物的自然反应是扭捏，又想起我姐咆哮的"分寸"，那扭捏就更是有点儿诚惶诚恐的小家子气。

武锦程想必是个送礼物的行家里手，他轻快地说了句："打开来看看喜不喜欢。"之后就低头吃他盘子里的食物，给我时间化解。

我拿出纸袋里的那只印着樱桃图案的钱包，一时不知当作何评价。

"真是不知道带什么礼物给你。"武锦程接过我的扭捏说，"我不是那么在意所谓'奢侈品'，我自己也不怎么用。不过你是小女孩儿，或许会喜欢这些花哨的小东西。呵呵。"

我轻声地说了"谢谢"。他笑了笑说"别客气"，又自嘲道："最近这些年，我自己的生活环境轻松了些，对奢侈品的看法也会改观，不会像以前，只一味硬挺着一身穷酸气去批判它。呵呵。”

我还在跟LV初见的仓皇中，对武锦程的话无言以对。

“以前看Chanel的传记，里面有一句说‘奢侈的反义词不是贫穷，而是庸俗’。”他看出我对奢侈品能讨论的有限，便把话题一转，“在我看，人生最奢侈的事，是能够一直保留最初对所谓‘文化’的热情。我小时候，使尽力气考来北京，后来，又全力以赴去巴黎。都因为这两个地方，在我想象中，都是满地‘文化’。在这种地方，只要愿意，就有机会过最‘奢侈’的生活。尤其是当你以一个旅人的心态对它们保持‘旁观’的时候，‘奢侈’像一个美好的情人，你可以尽兴地享受她，而你无法拥有她，所以特别珍惜，又不用担心拥有即会存在的负担。我实在想不出还有什么是比这更好的感觉。呵呵。”

他说到“情人”的时候抬眼看我，仿佛怕冒犯似的要检验一下使用这个词是否符合礼数。

我忙乱地应出一个“哦”，表示不介意。

“哦”是我当时能说出的唯一的字。

他帮我叫了一杯热米酒，换掉我自己要的可乐，接着说：“法国是一个有趣的地方，有时候她像一个系出名门的贵族淑媛，有时候，她又像一个历尽风尘的老牌妓女，这两种人相似的地方是都特有见识，对世界各有她们的俯视。这个城市有这两种见怪不怪的并存。所以，她不像纽约那么大剌剌地来者不拒，而是既挑剔又宽容，既可以接纳毕加索、拉威尔，也可以接纳村上隆。”

看我一抬脸有疑问，武锦程补充道:“就是这个樱桃图案的设计者。”

我点点头继续喝米酒，听他道：“在亚洲，村上隆被一些人奉为艺术家，但，像我这种自以为是的人，会认为他不过是个好运气的商人，对行销很在行。这不是批判，恰恰他这一点，值得欣赏。他不故作深奥，没有故作曲高和寡，没有艺术家最容易有的那种灵魂面的优越感，他也不隐瞒野心，‘不装’的结果反而更纯粹，所以他的作品里有单纯和童趣。我最初对村上隆好奇是因为他的背景，‘二战’的时候，美国的原子弹差点儿就投放在小仓，小仓是村上隆的故乡，日本至今仍用‘小仓之幸’这种说法形容‘侥幸’。京都和奈良当时也幸免于轰炸，对此做出贡献的就有我们的梁思成。梁先生认为京都古迹太多，应当保护。梁的立场是作为一个古建专家的立场，而非政治或战争的立场。这也是艺术家才有的胸怀和能力。美国轰炸日本，幸存的日本艺术家日后融入西方市场。日本侵略中国，而梁思成出于保护古迹的立场为古都谏言，都是出于‘人类’而非‘政治’的立场。这种纯粹度，大概也只有在艺术领域做得到。政治是征服的过程，以输赢为标准。艺术则是自我救赎和被救赎的过程。”

他说完每一段话都停下来对我微笑，那些笑容渐渐化解了我回话的压力。

那天我们走出云南菜馆时，武锦程对北京无处不在的圣诞氛围感到讶异：

“东京也是这样，圣诞节在亚洲越来越被重视。日本崇洋是他们没有自己的文化，我们其实没有这种必需。日本的文化产品无外乎来自两个主要的土壤：中国古典和西方现代。而在这两种文化中随便捡几样放在一起，就能出像那么回事的作品。这是一种聪明的捷径，日本人很会运用这种捷径，因为缺乏根基，所以格外珍惜。另一方面，也因为没有根基的束缚，他们更懂得‘拿来’之道，至少在艺术创作的领域。”

送武锦程回酒店时，他留我在大堂的冰激凌店吃甜品。他想起什么似的从背包里拿出一本书，递给我，说：

“来的时候在机场书店买的。今天看特别应景。我喜欢看起来‘简单’的作品，不论视觉、音乐或是文学，真正的艺术家到最后不会特别想要把自己包装得深奥晦涩难懂。不了解术语就难以接近的那种繁冗的艺术是一种自我绑架，任何时候，艺术的核心都应当是单纯的，故弄玄虚才是肤浅和没自信。”

那是杜鲁门·卡波特的《圣诞忆旧集》，我接过来，翻开看了几页。

武锦程说：“我猜你也会喜欢。虽然是一本很小的书，但读完之后，路上会想起很多。我小时候，父母离婚，我母亲是知青，早早返回北京当老师。我爸再婚，我跟爷爷奶奶住在一起。有好几年，都觉得自己被父母嫌弃。所以，其实你姐姐对我而言，不只是女朋友那么简单，还像一个家人。那时候，我对我的父母，有很多的不谅解。直到前些年，我爸突然脑梗发作过世，我才猛地懊悔。之后用了很多年的时间，一点点地发现，在我对他们的不谅解里面，有多少少不更事的自私。”

武锦程的话适时地勾起我的自责，心想：为什么在我过去的人生中有那么多的隐藏或显露的抱怨？抱怨父母不够爱我，抱怨社会太过严酷，抱怨男朋友不够浪漫体贴温柔。可究竟我对我的父母和社会又做了什么值得称道的贡献？更不用说，我那个正四处散仗义的男友，都不知道我背着他跟小时候的暗恋对象过一年中最重要的日子。这样的女人，凭什么拥有浪漫体贴温柔？

我正想着，听武锦程对化掉一半的冰激凌叹息道：

“我跟我自己的懊悔对抗了很多年，才渐渐接受。人这一生，有些很深的因果，并非是一些表象能解释清的，所以，反过来说，被拖欠、被辜负，有时候未必不是好事。要紧的是，一切都不可成为恨的理由，因为恨不会解决任何问题，恨只会让自己陷落得更深。唯谅解才有出路，不会谅解的人，就打不开心房，打不开心房，就不会爱，不会爱别人的人，也始终很难被爱。”

他这番话让我一颤，心下思忖：上天是何用意，让这样的一个人路过我的生活，送上这样的一番话？

我没有告诉武锦程，在他再次出现之前，谅解在我的青春岁月中尚处于未开化的休眠状态，从那个清冷的圣诞夜被敲醒一点点，之后它跟着成长发酵，成了我生命中每每遇到困境时最有效的自救元素。多年后，有一天我恍然明白，所谓“悲心”，就是关于谅解能力的训练，一个人不会因为是否得到他人的谅解而过得更好或更糟，但一个人一定会因为是否给予别人谅解而得到解脱或至少是放松。

窗外开始飘雪了，那画面像我小时候看过的一本漫画书《三毛流浪记》。其中一个章节中有对于腐败的富人阶级冬日生活的批判式描写：外面在飘雪，穷人的孩子食不果腹，富人的小孩还在温暖的房间中吃冰激凌。

想到这个我不觉苦笑，的确，喜欢批判，通常都是因为缺乏。那和拥有的多寡无关，只和拥有什么之后看待拥有的气量有关。

“在想什么？”武锦程问，我从胡思乱想中被叫回来，依旧什么都没说，笑了笑又低头。

“你还是像小时候一样，不怎么讲话，好像有很多心事。让人觉得必须要疼惜你，否则都过不了自己这关。”

武锦程用了“疼惜”这个词，再次刺中我心底的箭靶，天晓得，我长到二十几岁，从来没有人对我用过这么古早味的词汇。

他当时蜷在对面的沙发上，姿势慵懒舒服，见我不答，又问：“谁把你折磨得这么瘦，你小时候可是个胖乎乎的女孩。”说完就笑了，好像他自己讲了很好笑的笑话。

我几乎是贪婪地听他说我“小时候”，不想接任何对话，它们让我又迅速找回“小时候”的感觉，对他略仰望的暗恋，在那里，像一切经典戏剧的绝对主角一样，没有对话，只有独白。

隔天下午，我又应武锦程的要求陪他去了和平门。

我们在琉璃厂的一家店里滞留了很久，武锦程买了许多画册，他很兴奋，跟店主相谈甚欢。他对多数艺术家的生平都相当了解，我站在一边听他和店主像说亲戚朋友一样对答如流地说着艺术史和人物传记，他专注的样子像一个一流的演奏家，信手拨弄起了我心底的琴弦，那里死灰复燃的暗恋就随着乐声藤藤蔓蔓、不可收拾地蔓延开了。

等出了那家店，武锦程在路边买了两个烤白薯，我们坐在路边的台阶上，我边吃烤白薯边跟他一起看画册，他指着其中一幅作品说道：“据说画这幅作品的这位吴青霞先生，年轻时曾经主动追求过樊伯炎，当时樊已经和另一位女画家庞左玉谈婚论嫁。这三个人都是世家子弟，才情与见识相当。樊伯炎更是既通书画，又懂音律——现在再难出这样的人。呵呵，好在有吴青霞出现的那一段，否则樊伯炎这么风雅的一个人，岂不是暴殄天物。恋爱就是要碰对对手，否则情怀就成了无的放矢。所谓‘情投意合’，我在想它不仅是指‘感觉’，还应该指相爱的‘能力’是否匹配。”

他又说：“我始终觉得，男人主动是天性，是天经地义。女人主动则是情趣，是风韵。不过，须得要掌握好那个‘度’，要欲擒故纵，化有形于无形之间。直愣愣的就是蠢，是拙。而男人在女人隐藏的主动之下被调动出热情，才两不辜负——通常才女都懂得‘主动之道’——唯才女才对头脑和心灵更有要求。那个时代盛产才女，吴青霞、林徽因都是懂得主动之道的个中高手。虽然结局不同，但至少都没有太辜负自己。”

说完这番话，武锦程停了停，合上画册，叹道：“人一辈子最不可辜负的，就是自己。只是很多人分不清什么是‘不辜负自己’，什么是‘自私’。”

他这句话令我的食道暂时停止了蠕动，缓缓而下的烤白薯堵在心脏的一侧，憋了差不多有半分钟的样子才重新上路。我无法不把他说的话跟我对他的暗恋联系在一起，因此在恢复心跳之后迅速达到了一个难以驾驭的速度。

武锦程吃完他自己的烤白薯，转回头看我，若无其事，像哄小孩一样伸手拉我起来说："渴了吗？带你去喝茶。"

到了隔壁茶馆，他对着满墙挂着的画作赞叹道：

"艺术家最幸运的事就是把情感转为气韵传达至作品。很多时候，才华是情感的替身。基本功可以练习，情感则是艺术的源头。内心没有丰富情感的人，再熟练也只能是工匠。‘多情’是上天给一个人最好的礼物。曹雪芹倘若不多情，又怎么能写得出《石头记》。明清时候比曹公遭遇更惨、文笔更流畅的不是没有，怎么就没有人出其右。窃以为‘用情至深’是其中重要的秘籍。"

我从来没有在一天之内接收过那么多内容，为报答他的分享，晚上，我带他去牛街的一家著名的小店吃爆肚。

收银台边上有一个破旧的电视一直开着。

我们吃到一半时，各个台开始插播东南亚海啸的灾难消息。

一屋子食客都放下筷子认真地看新闻，看完各桌都发出感慨，但也不过十几二十分钟，就又把注意力转回到桌上的爆肚。

煮爆肚的大锅依旧沸腾，麻酱照样飘香，店家热情的吆喝声盖过了电视里的新闻，远在异国的天灾不过就是一道佐餐的话题，持续了没到半顿饭的时间。

人们往往会因他人的灾难自我怜惜地提醒自己死亡随时存在，那里的担忧是如此有限。所谓同情，不过是把别人想象成自己的临时角色，有限的触动里隔着“事不关己”的人性的沟壑。

到了周末，我们去逛潘家园。

武锦程在一个摊子上买了些古币，又跟摊主要了条红绳子，蹲在地上把其中的一枚开元“牙儿钱”穿在那绳子上，送给我。

他蹲在那儿捏着钱币对我解说道：“传说这个钱币上的月牙儿是杨贵妃在钱模上掐的指甲印。所以，‘天长地久有时尽，此恨绵绵无绝期’不只是诗意，还有预言。”

我也蹲下去，接过那枚古币露出惊讶的笑容。

武锦程看着我说：“你应该多笑，小兔子，你笑起来很美。”

我不好意思地低下头，他牵着我的手站起来，说道：“如果能回到古代，我就带你去现场听《霓裳羽衣曲》。中国文化有很多高级之处，其中很重要的一项就是在传承方面的‘唯心论’，且是‘意’重于‘形’。‘天人合一’的意思一定不是机械地记录成工整的数据然后代代相传。只有帝王将相、土财主才企图占有。文人雅士更在意的是‘知己’之感，是每一个‘此时此刻’的不可替代，那原本就带着悲情。苏东坡寄《前赤壁赋》还特别手信‘钦之爱我，必深藏之不出也’，这就是了。大艺术家都安于寂寞，艺术的最高境界是‘无常’，是‘转瞬即逝’。没有什么能真的留下来，能无限复制的都不是真艺术。情感也是这样，情感真正的沦丧是以厮守成为目的强行绑架。‘占有欲’是人类毁坏一切的源动力，艺术如此，情感亦然。”

我把那个泛着青灰色的钱币握在手心，跟在武锦程身后边，忽想到李白的诗句——“问余别恨今多少，落花春暮争纷纷”，又有“言亦不可尽，情亦不可及”。

心下叹息：其实，原来在的，扭身回首，还都在，而自古无解的，至今仍是谜题。武锦程说占有是破坏，在我来看，放手的人其实比强留的更在乎，只是，那终是为“在乎”才肯放手的。最隐忍的，往往都是用心至深的性情中人。

只叹息，不可说。

没两天之后就到了新年，我们在 2005 年的第一天早上相约去了法源寺。

武锦程像个合格的老师，给我讲了这座千年古刹从李世民的悯忠寺到雍正的法源寺的几度兴废。临走，我们在史思明立的碑前面站了很久，武锦程又对着碑文从头至尾一个一个仔细看了很久，对我感慨说：“繁体字才是‘字’啊，简体字把中国文字的精髓都去掉了，好像一个义士被抽筋拔骨，就算苟且活着，也早就失去风骨，丢了灵魂。”

走出法源寺时，武锦程又回头看了一眼，说：“说书的喜欢讲‘忠孝难以两全’，我倒觉得，忠孝没什么难以顾全，最难的是当‘忠’与‘义’在根本上发生冲突，以什么为准则，又何以两全。”

我们在巷口的一个卖小礼品的摊子上看到当年泰戈尔来中国的时候跟徐志摩和林徽因在法源寺的合影。

我当时刚看完连续剧《人间四月天》，对这桩公案很感兴趣。

武锦程买了那张照片，那不知道是多少张翻拍中的一张，影像已相当模糊。他端详着那张照片说：

“徐志摩不过是一个精力充沛、感情丰富的追逐者，浪子信奉的是‘得不到的永远最好’，所以不论是人还是他的诗作，格局都有限。这场情感纠葛中，若论人品，王赓更值得敬佩，他是‘西点’毕业生，对陆小曼完全是侠骨柔肠。一个男人爱一个女人爱到愿意自动出局，爱到还愿意参加徐志摩娶陆小曼的婚礼以平息他人的斥责，这需要的可不仅仅是涵养和气量。这些才女当中，最懂得忠于自己的是林徽因。她特别懂得‘拥有’的真谛是‘不要得到’，也‘不被得到’。”

武锦程和电视剧里的论调不同，我听了不解，就问：“那么，你说，什么才算爱情？”

武锦程想了想，答道：“这是一个很难回答的问题。每个阶段有每个阶段的爱情，只是，到爱的终极，爱情则是属于生命的，并不是属于生活的，信仰亦然。它确实应当存在于一种纯然和绝对中，然而，这种纯然和绝对，又是‘相对’的。”

看我不语，他又说：“事实上，很多时候，一个人对爱的探索，跟信仰的探索非常接近。如果一个人的心房中恰巧在同一时间出现了不止一份纯然和绝对的爱情，或是信仰，这不代表它们应当被质疑，这也不代表它们之间需要人为地抉择或硬性地将其混为一谈。要知道，道德和文化都难免于造作。”

我那时年纪小，听不懂他对爱情的定义，但就记得，那天，到最后，他说：

“神从来没有让人为爱而对立，‘对立’是人造的，一切可能引发对立的制度都属于人性而非神性，然而，‘爱’，‘爱’是属于神性的。”

我在后来很多次的人生惶惑中都会想到武锦程说过的这句话：“神从来没有让人为爱而对立，‘对立’是人造的，一切可能引发对立的制度都属于人性而非神性，然而，‘爱’，‘爱’是属于神性的。”

我在他这样的慨叹中把自己往领子里缩了缩，他把他的围巾解下来，给我围起来，然后轻声笑道：“一直讲这些，你会不会闷？”

我在他的围巾里用力摇头。

他隔着围巾捧着我的脸，对我微笑，说：“人一辈子也不过几十个新年，我们竟然可以一起过这珍贵的几十分之一，多了不起！”

我又在他的围巾里用力点头。那些天，我几乎不怎么说话，他的漫谈已让我心满意足。

那晚，武锦程带我去地安门满福楼吃涮羊肉，从满福楼走出来，借着食物御寒，一路走到景山，直到故宫。

冬天的北京，空气里总是有一种好像炭火燃尽后青烟袅袅的焦味儿。那条路，看起来青森遥远，自带着几百年余威未尽的肃穆。

武锦程叹道：“北京是一个太神奇的地方，一举手一投足，碰上的都是文化。文化有时候不用去‘懂’，它只要‘在’，已是天大的运气。”

我在北京寄居了那么久，一直低头奔忙，从未想过抬头欣赏，倒是自武锦程来了，才有机会去一些我从来也没去到过，或是去了也没特别在意的地方：潭柘寺、琉璃厂、法源寺、潘家园……我好像才真的开始感受到一点点这个城市被层层虚浮的假象掩盖住的那厚重悠远的本来面目。

必须承认，一路之上，武锦程说的大部分内容，对于二十来岁的我来说，都未必真的理解。我只是把他说的话努力记下来，存在心里，安放好。他对很多历史人物和古迹的见解都和我以往在学校课本上学来的不太一样，这又刺激了我的思考。多年之后再回望这一段，发现，接收到的不一样越多，对“不一样”的忍受度就越高，等再想到武锦程所说的“神性”，在我平凡人生单薄的感悟中，“神性”与“人性”最大的不同，或许就是在“神性”中，可以允许很多的“不一样”。

法国性感女神苏菲 ·玛索有次在接受杨澜采访时说："爱是一颗心遇上另一颗心，而不是一张脸遇上另一张脸。"

因喜欢一个人的容貌而爱上对方相对容易，同样，移情也容易。

然而，如果因对方的内心而爱上他，常常是一旦发生就直奔根深蒂固的不归路。我对武锦程，从小时候喜欢他的脸，到再见时爱上他的心，我的倾慕教我对他全无设防，也因此心里有一扇窗被他轻轻推开，那必定是爱的运气。如果世界上真存在"报答"，我想，他对我暗恋他的报答，就是让我相信了"神性"在"人心"中的存在。

我们度过了美好的十天，在那十天里，我也并不认为自己对许友伦有任何背叛。因武锦程出现，我后半辈子开始相信，一个人，就是可以同时爱着另外的不止一个人。而那些不同的爱，各自单纯，并没有任何的矛盾或对立。

所以，情感跟道德之间的关系是怎样的？我不知道。

我还不知道的是，多数时候，是认为对方移情的人比较痛苦，还是，认为自己移情的人比较痛苦？

优秀的作家扬·马特尔和伟大的导演李安在《少年派的奇幻漂流》中塑造了一个多信仰的少年派。在他成人之后，被问及多信仰会不会有问题，他回答说："就好像一个大房子里有不同的房间。"当又被问及"那会不会有怀疑"，他的回答是："怀疑让信仰更有活力。"

我在看到那些对话的时候，眼泪从 3D 眼镜后面夺眶而出，李安对信仰的思考，让我偷偷悬在心里多年的自责终于落了地。

这一幕，也让武锦程出现时的情景和他对我说的一些话再次跃然心头。

在那年，我延续着少年时代就种下的暗恋，虔诚地记住了他说过的很多话。那些话，跋山涉水，在我看《少年派的奇幻漂流》时再现，带来的触动，像金阁寺或巴黎圣母院的钟声，它不用很洪亮，就能敲醒心头的某一处一个早已等候多时的“悟”：原来，我们生命中有过那么多珍宝，我们不知道它的存在，只因我们不了解那些珍宝的价值。那些珍宝，不是任何别人或他物，而是，每一个阶段谦卑地认真地活着的我们自己。

武锦程在北京的最后一晚，我送他回酒店。

到酒店门口，我作势要走，他挽留说：“辛苦你这些天陪我，跟我来，有东西给你看。”

我心里对要跟他回他的房间闪出轻微的世俗的顾虑。他看出我的顾虑，温和地笑说：“我知道这些天你辛苦了，放心，不会让你留很久，只是有礼物给你，小兔子。”

就这样，“小兔子”像一个咒语，我再次被降服。

进房间后，武锦程先忙着用电水壶烧开水帮我沏了热茶，递过来说：“快暖暖手。”

我坐定，看着他在我不远处忙着翻行李的背影，想到不久要告别，有点儿伤感。

“有点儿伤感哈？又要告别。”他头都没回，却像懂得读心术一样把我心里刚想到的话说了出来，我吓了一跳。

“唉，人生就是这样，总是在告别，不是跟别人，就是跟自己。”他说着转身走过来，坐在我对面的沙发上，把一个盒子递到我面前，打开。

那里面是一条项链。

“不是什么贵东西，但我一直觉得它很有意义。”武锦程边说边把项链从盒子里拿出来，“是我来的时候在圣心教堂买的。张爱玲说

‘西洋人的最高境界是见着了神’。呵呵，或许吧，每次去圣心教堂，都令我相信神的存在。”

那是一条精巧的项链，项链坠是银质的，上面有一颗心，涂成红色。我顺从地任由武锦程俯身过来帮我把那条项链戴上，然后他看着我，微笑说：“嗯，跟我想的一样，这条项链很‘你’。”

我不好意思地把视线从他眼中移开，项链初来乍到，凉凉地伏在我脖子上。

“我回国之前，一直在想应该要送什么礼物给你。看到这条项链的时候，就很确定。虽然很久没有见你了，但在我的想象中，你大概很符合这种调调，安静、别致。”

武锦程说完站起来，走到桌边，桌子上有一瓶已经被喝掉一半的轩尼诗，他打开，给自己倒了半杯。

我在与他告别的情绪中，忧愁地沉默。

武锦程端着他的酒杯，走到书桌旁，拿过来一本书，递给我，轻声说：“还有这个，打开来看看。”

那是一本《人间词话》，我翻开扉页，在上面，有武锦程仿宋徽宗的字体写着的半阕词：“天遥地远，万水千山，知他故宫何处？怎不思量？除梦里，有时曾去。无据，和梦也新来不做。”

我才用了好大心力让圣心教堂的项链和我身体的温度统一，又看到这些，无法承受，眼泪冲出来。

武锦程轻叹一声，端着酒杯站在窗边，望着楼下的三环踌躇了一阵，说：

“我一直在顾虑，要不要告诉你。”

他又给了我一个煎熬得恰到好处的沉默。然后才说："其实，这次见你，是我请求你姐姐安排的——当然，她不知道理由。呵呵，想想看，我出国之前在北京住了那么多年，何以需要找人当导游。只不过，你姐姐不敏感，或是说，她懒得敏感——这是她可爱的地方。"

我惊讶极了，抬头看他。

他仍望着窗外，说："我刚到法国的时候，交过一个日本女朋友，是一个学电影的女孩。我每天都陪她在家看电影，各国的，各种类型的，各个时期的都有。有一次，她在家放了一个日本电影，叫作《姊妹坡》。里面有一个妹妹，气质很像台湾女作家三毛。剧情有一幕，那妹妹在得知自己罹患绝症的时候，跑去向她姐夫坦白，告诉他，她曾经暗恋过他。当时，不知为什么，我想到你。"

听他说完这句话，我忽然好像感觉不到自己的体温。

他接着说道："我不希望世界上值得纪念的关于爱的画面有一半以上都跟绝症或绝望有关。人害怕表白是担心会'输'。可是人不管怎么活，都一样是坐看时光流逝，我们都会变老，然后死去，殊途同归，又有什么输赢可言？"

他低头把玩着酒杯，叹了口气说：

"是啊，小兔子，我早就知道你对我的好。我没有回应是我自己太年轻，不懂怎么回应。但时过境迁，回想起来，我对此全部的懊悔是，我不可以就那么走了，我始终欠你一个告别。"

他的每段话后面，都会留一个气口，好像完整乐谱中的休止符，那些停顿和乐音一样有耐人寻味的内容。

"我之前一直在'出走'，用尽力气从一个又一个地方离开，我不知道我在不满些什么。直到，有一天我发现，我对外部世界的不满，只是对自己不满的转移。然而，不知觉，已走得太远，走得太急，等我跟自己和解，却再也回不去了。或是说，世界上也并不存在回得去的‘故乡’。你离开的，都是你再也无法复原的地方。你被自己的努力碾碎，丢在来的路上，灵魂好像成了风沙，看似满天满地的，可什么也抓不住，而，所有经过的地方，都成了‘沿途’或‘驿站’。自己把自己弄丢了，这真让人惶恐。你了解吗？”

尽管这是一个疑问句，然而问的人并没有看我。我默默地，一知半解，并为自己没有在最后时刻成为他的知己而懊恼。

“所以，恐怕你不知道你对我的意义，你不只是我学生时代恋人的妹妹，你不只是默默喜欢过我的小女生，你是手里握着我故乡气息的故知。故乡的意义包含少年时不想说穿的秘密。没有失去之前，会以为那些随时都放在那儿，唾手可得。经验总有一天会教会一个人：你不可轻视一切情义，因为，如果没有那些情义，你甚至无法证明‘你’是谁，你也无法证明你真的到过那儿。”

法国或许真是一个盛产“哲学家”的国度。武锦程的那一段独白，让我心悦诚服地搭上了好几年的脑细胞去思考和回忆。

“所以，小兔子，你出现在我离开之前，你的样子清楚地活在我少年时代的记忆里。我能抓住的记忆寥寥无几，如此一来，我更不能让自己感到有亏欠。我知道，那年，你悄悄地把我放在心上，与世无争，你从来没有对我做过任何不好的事。你对我的喜欢那么安静、那么乖巧，小小的，像一朵没开完全的牵牛花，没有任何企图和打扰。我不可以就那么走了，不管你是不是在乎，我都不能让自己觉得，始终欠你一个告别。”

最后这句，他又重复了一遍：

“是的，我始终欠你一个告别。”

这几个字，骤然间让我相信真的有“时光隧道”，因为少年时代的影像已飞速地重现在眼前，密密麻麻地取代了真实，把我紧紧包围在其中。

我好像看到少年的自己从门缝里看他说话，趴在桌边看他写字，最后站在窗边，战战兢兢地经历人生中第一个摧心肝的告别。而我还以为，那只是我独自的贪恋和独自的告别，我只消把一两滴洗发水倒进眼睛里，就可以向家人说谎，向整个世界掩饰我哭红了眼睛的伤怀的告别。

哪知，我以为秘密的暗恋，那个被暗恋的当事人，一直都心知肚明。

我的心再次猛地一沉，我甚至觉得它根本就离开了我的身体，沉到了地理书上说的某个燃烧着的地壳下的深处。

有一次我在电视里看到女登山家王秋杨讲她某一次在登山的过程中遇险濒死的经验。记得她当时说了一句话：“比失去体温更痛苦的是身体回温的过程。”

我从来没有户外徒步的经验，但当武锦程告诉我“欠你一个告别”时，我的内心仿佛经历了一次“回温”的过程。我原本习惯在不被在乎的低温里贴着墙边与世无干地生存，然而，没有任何预告，一个当场的解密，让神魂仿佛乘着焰火飞进一簇闪电里。它太惊艳，一时让我目不暇接，我无望地想，如果可以选，我宁可永远当一个被忽略的暗恋中的卑微小孩儿。像安徒生笔下卖火柴的孤苦儿童，如果火柴中的幻影真的实现，她未必有承受的能力。当一个人活在幻影中，所有真实的感受，最坏的不过是持续的失落和麻木，而不是猛然被发现，猛然被重视，又猛然被夺走。不管愿不愿意，都必须面对心被挖出一个洞的那种锥心的痛，这种痛，即使一分钟之内，将一整瓶洗发水倒进眼睛里也掩饰不了。

没有足够“获得”经历的小孩儿，经不起那么多“猛然”。

想到这儿，我不由得抽泣。

“对不起，请相信我的本意不是要你难过。”他走过来，站在离我一米开外的地方，看我。

我伸手把他手上的那杯轩尼诗夺过来，假装豪迈地大口喝下去，然后就持续咳了好几分钟。

他缓缓靠过来，很轻很慢地抱着我，我们之间隔着那条有一个红色心形图案的项链和那本扉页上书写着赵佶半阕词的《人间词话》，我放任眼泪在他的肩头奔涌而出。

我忙掩饰着用手背胡乱抹了抹眼泪，往后退了半步说：“我还想喝酒。”

武锦程就去添了酒，也另外倒了半杯给自己，我们没有再说什么，只是频频举杯，努力地给对方挤出微笑，任酒力帮我们稀释了告别中的五味杂陈。

中途他走过去打开床头的音响，随意停在一个电台，我记得，那里正在放卡朋特的 *Close to you*。

他牵着我起身，我们就随乐声在房间里拥着随意挪动舞步。我的心跳随酒精的侵入加快，迸发出不受控制的期待，一点点从心里燃烧出来。他像知道答案一样依了那期待，低头，靠近，吻我泪汪汪的眼睛。我仰起脸，眼泪涌出眼眶，他的嘴唇顺着泪痕缓慢地滑下来。

武锦程的嘴唇有一种被温柔的假象包裹着的强悍，那些试探和入侵让人不由分说地就在他的力量下依从，却又清楚地感到被呵护。他舌尖的韵律让我心头不期而至地闪现出少年时他写字的样子，他手下的笔尖在宣纸上似乎就是这样的一种游刃有余。

这力量搅动、翻滚，我体内那些无名的细胞开始不由分说地躁动起来，它们带着不知多久之前种下的念与望，幽微难言地，经酒力助长，刹那茂盛出一个悍然的天地，四处沸腾着兵临城下的炙热。那感觉，像要在火堆里溺死，是最底里的彼此不容，最深刻的彼此不舍。

唉，这世上的事，真真是，有多少的不容，就有多少不舍。

我想要那种被吞噬的感觉，好借着疯狂解开那个被遗忘的时光中不知谁留下的一个死结。为了它，我决定对自己的心彻底松绑，我在那时那刻最想要做到的事情就是为了他忘记我自己，哪怕接下来一秒是万劫不复，也没有恐惧。

人生最宝贵的时光，就是有人在一些时刻，让你愿意为了他而甘愿忘记自己。

什么重要什么不重要，都没有全然忘我后的“自在”重要。

“我不可以。”他说。

这就是他那天的决定，他松开我的时候，我还处于幻想最强烈、身体最炙热的时分。

并且我知道，他也是的。

“我不可以。”他又重复了一次，好像安抚自己似的抱着我说，“我不可以伤害你。你这么年轻，你还应该更入俗，好好过女孩子该有的快乐日子。”

接下来，我们是怎么回到被理智统治的现实，我不记得了。

我只是记得半夜，我在武锦程的房间醒来，身上盖着他的大衣，他则窝在对面的沙发上，已熟睡。

他的脸侧在沙发的靠背上，我不敢多看一眼，唯恐刚苏醒的决心又半途而废。

我理了理头发，抱着他送我的《人间词话》蹑手蹑脚地走开，等出了门就一路狂奔，不管脚下有多少跌跌撞撞，都一步不敢停地从燕莎附近的酒店一直跑回东直门的家。

仓皇的途中，我想到前一个白天，在潭柘寺，武锦程对着门口的那两棵百年的银杏树慨叹说："你说，这两棵银杏树，几百年以来，帮世人见证了多少悲欢离合，所以即使在凋零的季节，你依旧可以清楚地感受到它们内在的生命力，这是多了不起的仁慈。"

我当时仰望着银杏树，听到他那句话，我感动地想着，这个人，即使我们见面的时间如此有限，仍不妨碍他是我一生的知己。在那个夜半的寒风里，我一边奔跑一边更加确定，即使他在我背后离开得越来越远，仍不妨碍，他就是我一生的知己。

那晚大概很冷吧，我记不清了，我只记得自己像逃命似的一路狂奔，好像害怕一旦停步就会忍不住要回头，跑回去要求武锦程继续催眠我不再醒来。

我朝着自己渴望的反方向跑开，背后，是已呕心沥血的告别，那不可回头的路上，铺满彩色的花朵和微笑的骷髅，它们绽放悦动在我的生命里，闪动着武锦程告诉我的，那种转瞬即逝的光辉。

……

武锦程回法国之后就再也没有过任何消息。我对此也没有追究。他的从此消失对我来说是一种完美，像一场奇幻的梦。我像失去舞鞋的灰姑娘，只有在镜子里看到脖子上那条来自圣心教堂的项链时，才确定有这样一个人，他真的来过。

为了武锦程，我跟记忆之间互相鞠躬尽瘁。

可是哦，有谁真的想要过每天都鞠躬尽瘁的生活？

那天在潭柘寺，武锦程说：“佛教中讲的人生之苦，苦在‘生，老，病，死，怨憎会，爱别离，求不得’，所有这些的源头，都是‘开始’。早知会结束，又何必要开始。没有开始，就没有结束，就不会有苦。如果说人跟人之间需要修得缘分才得以遇见，那什么能教人了解，要怎么修炼，才可以和真正有缘之人，如何都不必遇见？”

我当时并不懂得“要怎么修炼，才可以和真正有缘之人，如何都不必遇见”的意味。

在他走后，我又经历诸多人生变故，等再想到这句话，才慢慢明白，人跟人之间最大的圆满，不是“永远不分离”，而是不再有拖欠的告别，甚至也不再有记挂的终于“了结”。

我在农历年到来之前把樱桃包收进了存放小秘密的那个抽屉最里面的盒子里，盒子有锁，我上了锁。在关上抽屉的瞬间，我想起武锦程在我喝醉睡着之前说过的最后一句话：“感情是最不能拖欠的，不管是爱上，还是放下。”

他说这句话的时候黑色的眸子里仿佛连映出另一个世界，我看到那儿有一面湖水，水中漂荡着待放的暮蓝色的莲花。

为了他千里迢迢特别来跟我告白并告别，我远远地对着他给我的记忆行礼，几乎是虔诚地，在对他的心情上从头到尾彻底地用到了他告诉我的“放下”。

人的潜力无穷大，我从此没有因想到或对人提起武锦程而感到任何痛苦伤感，唯一的一次感慨，是 2005 年秋天，罗大佑在北京开演唱会。

朱莉买了票，请了我们一堆人一起去看。

当《将进酒》响起的时候，不知为什么，我想到武锦程。

有生命力的音乐总是具备某种“有容乃大”的气质，让每个个体，如果愿意的话，可以在那音乐里，找到自己所想，享受跟音乐本身无关的私密的感怀。

“多愁善感的你已离我远去，酒入愁肠成相思泪，蓦然回首，想起我俩的从前，一个断了翅的诺言……”

那一瞬间“武锦程”和“我”，是同一个念想的一体两面，那个念想，叫作“青春”。

09

我在那个午夜跑回家之后就一直把自己关在房间里，不开手机，拔掉电话，不停地从一个昏睡转入另一个昏睡。睡到筋疲力尽，就勉强起来喝点儿水，或是最多两天吃一包泡面。

我没有忧伤，我只是那些天情绪太满，消耗了太多心力，需要不停地睡觉来补给，也试着用更多的梦让自己彻底醒过来。

不知道过了多少天，有个傍晚，我被外面的爆竹声吵醒，挣扎了许久，难以立刻再入睡，只好艰难地离开那张好像要跟我长在一起的床，昏沉地到厨房给自己煮了几个速冻饺子。

吃饺子的时候我打开电视，看到一堆美丽的人在跳一个叫作《千手观音》的舞蹈。我的眼睛在昏睡的那些天持续干涩，终于在看到那个画面时被治愈。

翌日早上，我跟每年一样，打电话给父母拜年。

如我所料，我妈先是跟我抱怨了天气、亲戚和物价，然后又批评了我。批评的内容跟每年差不多，无非是“没工作，没户口，没人要，你可怎么办”！

我想起武锦程回忆到我家时对我妈妈的形容：“每次看到你妈妈我都很踏实，她总是对我笑，笑起来好像邓丽君。”

于是我在我妈妈的数落中插嘴道：“妈，你觉不觉得，你长得像邓丽君？”

“……”我妈先是错愕地沉默了几秒，听得出有多不习惯我跟她示好。

我赶忙巩固道：“我觉得挺像的，呵呵。”

等我妈再开腔时就听得出笑意盈盈：“我就是脸圆嘛！不过年轻的时候也有人这么说过。呵呵。唉，人老咯，还邓丽君呢！”

我趁她高兴，在电话里又跟她说了些有一搭没一搭的闲话，我妈已经不自知地小声哼起了《甜蜜蜜》。

那是我记忆中我妈跟我说话心情最愉快的一次，甚至比我第一次给她交工资时还要愉快。

我为此默默感念武锦程丢下的那个关于“谅解”的话题，也许他是对的，如果一段关系陷入僵局，主动谅解真的是唯一的出路。

我趁有感慨又打电话给我姐，那是我第一次在节日里主动给她打电话。

听得出我姐接到我电话有点儿意外，她还是用跟我妈一脉相承的数落表达了她的愉快，说：“你就别给我添乱了，我这儿带俩孩子还要伺候你姐夫，哪有心思过节呀，要不是中国店的菜涨价了，我都不知道中国年到了。再说了，这一家子人，除了我，就仨老外！过什么年，他们懂个屁啊！”

听得出我姐的幸福洋溢在抱怨里，结束对话前，她又想起什么似的说：“哎，对了，上回我不是跟你说武锦程要去北京嘛，后来我把你电话给他，他过了几天又来电话说他改主意暂时不回中国了，我一忙，也忘了通知你。唉，没办法，他现在就是一法国人！法国人就这德行，太随性！什么都是想起一出是一出！他什么时候要再说去，我再随时跟你说吧！哦，对了，圣诞节他倒是还特地给我寄了个 LV 的包，我问过人了，说是限量版，还不便宜呢！唉，我这些男朋友里还是武锦程最会来事儿，当时还不如嫁他呢！咯咯咯……”

我只管听着，除了频频称是之外，没多说什么。

挂了我姐的电话，我坐在床边发了一会儿呆，然后机械地开了手机，过了一两分钟，噼里啪啦进来一些短信。其中许友伦的最多，都是用变化不多的辞令表达一种关切："怎么了？""还好吗？""你没事吧？"

我等到那天电视里开始唱《难忘今宵》，才给许友伦回了简短的短信说："没事，一切都好，祝你春节快乐。"

然后就再度关机，试图继续我的昏睡。

大年初二中午，我被朱莉派来送年货的司机叫醒，我收了年货，打电话过去说谢谢，她问我怎么了，我说没事，她也没追问，只说："想跟我说的时候就找我吧。"态度和语气如任何时候一样，仗义且简约。

等挂了电话，我拿出朱莉送的年糕，切了半块蒸熟，吃撑了，没别的事做，进浴室又洗了半小时澡打发时间。

才洗完在吹头发，门铃又响了，我听了听，没理。心想大概是拜年的人走错了门，除了朱莉，不会再有什么人上门找我。谁知那门铃执着地又响了一阵，我只好去应门，等门打开，看见许友伦站在门口。

好多年之后，许友伦都对他自己的这一"义举"念念不忘："我从来没有为任何一个女人那么坚定过，想都不想就一定要见到这个人！你还总是说我不够爱你。说没用啦，做得到比较胜过会说啦。"

他说得没错，实则也没有什么人对我表示过类似的在乎。许友伦进门之后二话不说就从他带来的一堆东西中选了一袋拎进厨房。半小时之后，端了一碗牛丸汤出来。

食物是许友伦表达爱护我的主要方式。他每次从香港回来，箱子里有一半都是吃的。有一次我随便赞扬了一句荣华月饼，等他再来时就带了两大盒，足够我吃一个月的。那之后我只要一看见咸蛋黄就胃酸，仿佛胃连着心。

我对着汤和端着汤的许友伦，情绪纷乱，一时不知说什么。

他走到我旁边，坐在我坐的椅子上，又把我放在他腿上，一边喂我喝汤，一边笑着说："你还在为那件事计较吗？"

听他这么一说，我才想起世界上还有过"落魄嗲少妇"那么一档子事。

我没说话，许友伦一边吹勺子里的牛丸，一边低着头说："那几天找不到你，我就打电话给 Lily。她都骂我了哦！我懂得的，你担心我嘛。放心啦，我哪有那么糊涂！"

他就那样自言自语地说着两个星期前我们冷战的原因，我茫然地咬了一口他送到嘴边的牛丸，牛丸很 Q，汁很足，味道浓郁，然而依然无法救醒我的胃口。我心里奇怪地想着，人是多么活在主观世界的动物，十几天前还能成功撩拨起我的嫉妒和猜忌的那些人和事，瞬间失重似的从我心里飘起，就那么随风而去了。明明那些人还在，那些事也还在，我就是全然不在意了。

我在某一个瞬间，忽然冒出一个念头，如果要面对内心的诚实，我最想做的事，是跟许友伦分享武锦程那几天带给我的所见所闻、所思所想。

我当然没说。

许友伦不是王赓，我更不是陆小曼。

许友伦不知我的心思，端着汤继续跟我闲话家常，我听他说起他老板、他的新年计划、他的宏伟目标。他的每一个字我都听得见，但我也清楚地感到自己灵魂出窍，去到了一个不大关心什么老板、新年计划和宏伟目标的所在。

转而，我又为自己灵魂在出窍、身体却在许友伦怀里而感到心酸。

他又独自说了一阵，看我吃得慢，扭头看我，又伸手在我脸上捏了捏说："你瘦了好多，是我的错。我们距离那么远，我不该让你没有安全感。"

我趁势抱住他，心有戚戚焉。被《千手观音》治好的泪腺熟练地重操旧业，我开始哭起来。

他又碎碎念："好了好了，又哭，你就是个泪宝宝。好了好了，不哭了哦，都是我的错，都是我的错，我是疼你的。"

我只是不停地哭。

他试着用情侣的那一套，而我没任何心思用身体去制造天下太平的假象。

他徒劳了一阵，忽然，好像想明白什么似的，扳着我的肩膀，把我推到面前，看着我，又抬手摸了摸我戴着的项链，一脸狐疑地问："你……"

我什么都没说，那条项链自从跟我统一温度之后，我已经忘了它的存在。等被许友伦碰到，我才想起来。但我没打算辩解，只是直勾勾地看回他，没有再哭泣，也没有特别的表情。

他皱了皱眉头，坐正，好像研究着我的眼神，研究了好一阵，说："你，难过，不是因为我，对吗？"

我依旧沉默，眯着泪眼，保持着跟他对视，不理会四处乱走的灵魂。他不相信地看着我，自忖道："不会的，我们两个星期前还在吵架。

不会的，没那么容易变心。”

我仍是不说话，不哭泣也不动，就待在那儿。

他嘴巴张了张，要说什么又没说出来，把解开的扣子又扣回去，有点儿嫌弃地把我挪开，从椅子上站起来，走到他自己的外衣那儿，从口袋里摸出烟和打火机，点上。

我们在他的烟雾中沉默了好一阵，最终他走过来，握着我的手，头低下去看着我租住的那个房间的合成地板，许久，才下了决心似的咬着牙说：“我知道，这阵子，你都不容易。不管发生什么，算我的！你知道，怎样我都是爱你的。”

他指尖的烟草味道提醒着我对他的情感，那份情感如此真切实在，以至于我无法对这份情感说谎。

我回握他的手，再把那双手捧起来，紧紧贴着我的脸，想要在那一刻将自己的气息跟那手上的气息连在一起，然后把它们装进水晶的瓶子里，收好，不管人去了哪里，那一份深情的气息都在，且再也不分离。

就那样，过了很久，我抬起头，看他，也在他的眼光中看到我自己。

我看到自己鼓足勇气，听见自己对他也是对我自己说：

“友伦，对不起，我，回不去了。”

我又失恋了。

只是，和上次不同的是，这一次失恋之初，心里是满满的。

我因此悟出一个道理，令人痛苦的，不是“失去”本身，而是，如何面对“失去”这个结果。

“道理”就是这样的，别人告诉你的，永远只是纸上谈兵，自己实践出来的才实用。

我彼时正以人生中首次坦然对待我的失去：失去武锦程，再失去许友伦。我正视着我的失去，接受着这份失去。这一次，失去并没有让我痛苦，反而，正视和接受的过程令我获得了一些意外的力量。我说不清那是什么，我只是感受得到它们与我同在。

那年开春，公司临时接了个联排别墅项目的招标，本来时间太紧根本没抱什么希望，结果，或许是运气来了吧，我做的“普罗旺斯”系列设计竟然被开发商看中。

我首次在公司得到重用，拿了红包那天，我把武锦程送的樱桃钱包拿出来，装了一卷现金，请朱莉吃饭。

“女人真是爱情动物。那个法国人出现过之后，你从一个城乡接合部、长着苦瓜脸的女文青，猛然就奔左岸去了。最近每次见你都是一副冷着脸、仰着下巴、谁都不放眼里的德行，那个自信啊，我都觉得应该有人随时在你旁边唱段‘香颂’，哈哈。”

朱莉没有见过武锦程，只是听我说过几次。

那天特地请她吃饭，也是想跟她说，我对“普罗旺斯”的全部认识都是那些天陪武锦程游荡时，在路途中他告诉我的。

是啊，有时候“向往”的过程更美，我把自己对普罗旺斯的幻想，转化成梦境、薰衣草、《山居岁月》、凡·高和雅维农音乐节，在枯燥奔忙的城市中，这些田园生活像一个看得见摸不着的海市蜃楼，很容易促成商机。

那是一次正面的刺激，我好像首次对工作有点儿“开窍”的感觉，接下来又中标的那两个项目，我用到的设计内涵也都是从武锦程告诉我的那些典故里搜索出来的灵感。

我之前长期被公司唾弃为没用的“酸文假醋”，忽然被证实有一定市场，老板很识时务，又去接洽了几个同类型的项目。

除了公司的事儿，朱莉又帮我接了一些私活，我老板碍于对朱莉她爸的崇拜，对我接私活也听之任之，我很知趣，不仅不影响公司工作，还投桃报李地伺机把给我私活的“上家”介绍给我老板，双赢的局面稳固了我在公司的地位，我在很短的时间里获得了这辈子都没有过的职场自信。

作为我人生中的“贵人”，朱莉不辱使命，以我当时压根儿没看懂的方式又帮我开拓了局面。

朱莉在她去上课的班上结识了很多企业老板和社会名人。那些人跟她的情况差不多，去上课的目的主要是广结人脉。

他们班每一到两周都有不同内容的联谊活动。朱莉让我牵头，把组织活动的事儿分配给了我所在的广告公司。

当时地产业蓬勃到呈现出井喷的态势，开发商和购房者双方的角色也都渐入佳境，漫无目的地四处铺广告渐渐被稳准狠的公关网络代替，尤其对高端地产项目，宣传和销售方式上寻求突破成了广告公司或公关公司的重要功课。朱莉以她的聪明和见识帮我们开拓了一个新方法，组织有购买力的所谓“高端人群”在不同的地产项目中办主题活动。这样很轻松地解决了高端地产项目短距离对接目标客户的问题。其中一个开发商有好几处不同特色的项目，他看出朱莉的厉害，就以九五折到九折的优惠请朱莉组织“团购”。

朱莉把这个业务丢给了我们公司，她又把当时在北京比较有名的几个俱乐部的成员都组织起来，不单是俱乐部内部活动，也做俱乐部之间的联谊。我在三个月里帮我老板在不同的项目间组织了五六次各种不同内容的活动，从艺术品拍卖、文玩赏析讲座，到奢侈品限购、Casino、歌剧包场、高尔夫球比赛等。

所有活动都经过精心包装，设计出了隐形的门槛。先富的人最急需证明自己与众不同，钱和精明跟智慧不成比例的人特别需要用“阶级”掩饰精神上的“阳痿”。一旦找到一个人群的“软肋”，事情的操办就简单了，他们在那儿认识他们想认识的人，我们在那儿卖掉我们想卖的房。

几次活动之后，效果之好超出了所有人的预期，经由我个人就卖出去十几套所谓的“豪宅”。

虽然不久后其他地产公司纷纷效仿，但作为领先创意，我们这一套方法已经让我的公司和服务的项目占据了先机。

这个过程也是一个开阔我眼界的过程，我活到快三十岁似乎才知道，原来世界上有那么多不一样的人，过着完全不一样的生活，有着各自天差地别的习性。

这些冲击扩张了我的心胸，也刺激了我对现实生活的野心。

那半年，在收到公司的红包和销售佣金后，人生第一次，我有了过百万的存款。在那之前，这个世界上属于我的现金从来也没有超过三千块人民币。

那是我过得最轻松的一个年头。

我又听从朱莉的建议，用存款的三分之一付了一套两居室的头款。

有一天结束了一个活动，回去的路上，我们坐在戴磬的车上，朱莉调侃着对我说：“小枝，你现在也是一个在北京有房的人了！”

我感激地说：“如果没你，我怎么会有这些。”

戴磬跟着大声道：“如果没你，我拥有什么也没意思！”边说边扭头看朱莉。

朱莉放声笑起来，一边伸手推了一下戴磬的脸说：“你不许贫！给我好好开车！”

她像平时一样，对所有的赞美和奉承都照单全收，安之若素，坦然得让说的人也跟她一样坦然。

2005 年是我到北京之后过得最满的一年。我不知道可不可以用“充实”这个词。如果，“充实”的意思，就是让人投入“生活”而淡忘“生命”的话，那么，那一年，我确实是“充实”的。

我慢慢地开始享受“社会角色”带给我的责任和权利，它似乎越来越让我知道“我是谁”——那个在我青春初年深深困扰过我的问题。

是啊，“我是谁”？我曾经因为苦苦思索这个问题久久找不到答案而几乎要在心里挖出一个通往地球另一端的深坑。因此，当我第一次听说“黑洞”这个词的时候，我一点儿都不觉陌生，它根本就是我在思索“我是谁”的时候内心最切实的感受。

“我是谁”这个问题，令我理解了“黑洞”的存在。

为了要填满那个黑洞，我不断地渴望被爱。“黑洞”是我思索“我是谁”时形成的终极恐惧，“被爱”是唯一的抵御，能让我在那个黑洞的吞噬中找到暂时的躲藏，掩耳盗铃地回避那个看不到尽头的旋涡。

因此，有那么一段时间，我对被爱的渴望是近乎歇斯底里的，只因它紧系着我的终极恐惧，似乎，唯有被爱才能得到拯救。

然而，“被爱”感又是多么虚无，它像天空的蓝色一样如此明确而又如此抽象。没有任何感觉可以像“被爱”一样同时集“明确”与“抽象”于浑然一体。每当你以为你明明就拥有它的时候，片刻又会迷失在途中；每当你完全疲惫了打算要彻底放弃的时候，又恍然发现不知何时，它已再次悄悄将你包围，让你置身于它的庇护，仿佛真有《赞美诗》里四部和声出的“永生”。

这是多么残忍的事，你自认为跟它同在，可，你却无法证明它的存在。我们都是前世发过誓的飞鸟与鱼，“Always together, forever apart”。

好在，关于“我是谁”，关于“黑洞”，关于“爱”或“誓言”，这些恼人的无解的思考常常会止步于现实中再具体不过的那些由“生存”“生计”，甚至“生意”等“生字辈儿”组成的“生活”。

我因着际遇，从2005年开始被推进更具体的“生活”，在那儿，各种具象的事务占据了更多内心的地盘，让原本的烦恼无处遁形。我忙得没空纠缠于终极恐惧，每天不断打电话和跟我见面的人也让我不需要特别去追究就清楚地知道“我是谁”。

嗯，关于“我是谁”，那年的履历中有着清晰的答案：林小枝，女，二十七岁。未婚。某地产广告公司设计总监。祖籍：山东。居住地：北京。个人资产：存款七位数；物业一处，三环内，面积：一百二十平方米；机动车一辆，品牌：本田。

在那样的一个好年景里，我顺应形势成为拥有人生“第一桶金”的北漂，提前跻身定位模糊的“中产”行列。如果，一个人，在这样衣食无忧的情形之下，还要吹毛求疵地成天琢磨那些无关温饱的“终极恐惧”的话，就不仅矫情，简直是没良心了。

“良心”比“被爱”更容易把握。

就这样，我把那个在生命中探寻“我是谁”而不得的惶惑小女孩儿藏在心底，放好。再把越来越多注解着生活的那些标签都贴在脸上，它们让我忙碌地麻木在生活的快感里，如果那时候有电视台在街边采访我是否幸福，我的回答一定相当确定。

2006年到来之前，有一天我加班到很晚。等那天所有的工作处理完，我跟平常多数时候一样，处于身体疲惫而大脑亢奋的矛盾状态。

我离开办公室后不想回家，就独自去看夜场电影。

那些天正在热映的是遭到很多人诟病的《无极》。

说实话，我并不觉得有那么差。事实上，当电影刚一开始，大屏幕出现片名的英语翻译为“The Promise”的时候，我就已经被它感动了。

我心底的那个主管“生命”的小女孩儿在那两个小时里偷偷溜出来，徜徉在那样的一个故事里，借它，重温了原始的渴望和最初的恐惧。

我在黑暗中默默地流泪，在眼泪的重影之中投进那个影像中的世界，反而，旁边座位上他人每二十分钟就出现一次的嘘声倒成了幻觉，变得不那么清楚，也无法干扰我。

那天晚上，我梦见许友伦，梦见他已经跟别人在一起了。

在梦里，他对我说：“我不可以再来看你了，因为我对她许诺了。”

“那么，你对我的许诺呢？”我凄然地问。

我在没答案的追问之后开始哭泣，哭泣在《无极》般的影像里，那些说不上什么朝代的桃花、鸟笼、未兑现的誓言和山涧中停不下来的像是要逃离黑洞般的奔跑，都值得我不想醒来，就那么在梦里揪心地哭泣。

那是一个悲戚的梦，悲戚到醒来之后，我有点儿怀疑那一年中大多时间我在真实生活中感受到的充实和喜悦是否真的有那么充实，有那么喜悦。

早上醒来之后，我趁着脸还在浮肿、心还在悸动，尚且没被“理智”主导的时候，受内心主使给许友伦打了个电话。

他香港的手机和内地的电话都成了“空号”。

我正愣在那儿，我老板打来电话，亢奋地说，Tiffany刚确定要在我们代理的一个“只限九十九席”高端项目里做一个订婚钻戒的展示会。

“Tiffany会跟我们交换VIP的名单，买得起钻的都买得起房，买得起房的都应该买钻！你赶紧找朱小姐聊聊，请她帮忙叫几个‘大脑袋’过来压压场。做好这一单，我代表开发商送你跟朱小姐一人一个Tiffany，根据销售情况决定克拉数！好好努力啊，‘拥有自己的钻，让小白领们戴银饰去吧’！”我老板在电话里试图卖弄俏皮。

尽管那句话一点儿都不俏皮，但我被激发出斗志，心里的幻影从模糊的梦境变成了一颗闪烁的钻石。我抖擞精神，哼着“钻石钻石亮晶晶”去上班，把《无极》、“The Promise”和关于许友伦的那个悲伤的梦都甩在脑后。

10

就在我几乎要彻底忘记许友伦的时候，我们又不期而遇。

那是那年夏天快结束的时候。

《超级女声》决赛那天，朱莉和戴磬伉俪组织我们一堆人去丽都广场看大屏幕的直播。

那阵子朱莉和戴磬见谁都拉票，两个人整天都在争执冠军到底应该选李宇春还是张靓颖。

“我知道你是‘玉米’！你长得就跟‘玉米’似的！”朱莉攻击戴磬的时候从不手软。戴磬在婚前婚后唯唯诺诺了多年，唯独在“投谁的票”这事儿上立场坚定，丝毫不肯妥协。

当湖南卫视的主持人最终念出李宇春的得票数时，整个丽都广场沸腾了。戴磬得意忘形地冲到其他桌去跟其他“玉米”拥抱欢呼。

不知道为什么，我从头到尾对这个娱乐事件兴趣缺缺，所以始终是个旁观者，饶有兴味地看着我认识的这些大人玩得忘我。

当戴磬满场跑的时候，朱莉站起来去洗手间。看她远远地返回后，我收拾好我们落在桌子上的几个手机准备离开。朱莉在不远处碰到熟人，她回头找我，给了我一个眼神。夜色中，虽然有灯光，我也看不清楚，只是凭我对她的了解，约略感觉到她好像想要对我表达什么。

这时候戴磬从另一个方向兴冲冲地跑回来找他失意且生气的太太，看座位空着，就大声叫我：“林小枝，我老婆呢？”

远处那个跟朱莉打招呼的人应声扭身向我看过来，我才明白朱莉刚才那个模糊的眼神的意思大概是不想让我看到那个人。

那个扭身看我的人是许友伦。

朱莉不想让我看到他，并不因为是他，而是因为他身边带着新女友。

我已别无选择，只好跟在戴磬身后一起走过去打招呼。

许友伦比我记忆中胖了些，或，也许只是因为笑得太满把脸笑成了正圆形。他的一张笑脸在夏天夜晚的灯光下泛着亮光，不知道是出油了还是所谓的“容光焕发”。

我也只好对他挤出笑容。

他没怎么跟我对视，好像跟我不太熟，不值得对视。

许友伦的女朋友是个接近二线的女演员，想必他很为她骄傲，再三大声地向我们介绍，并趁机大声地说出那女演员新近主演过的影视剧作品。

想必女演员也很为自己骄傲，在接近午夜的户外，仍戴着墨镜，且看到我们只是很矜持地抿嘴一笑，只有许友伦介绍朱莉是“朱副部长的女儿”时，她才站起来伸手跟朱莉握了握，势利得相当坦然。

许友伦在向他新女友介绍我的时候，只是一带而过地说：“这位是朱莉的朋友，林小姐。”

我冲她微笑，她没有特别的反应，我在她的墨镜中只看到我自己在夜色中的身影，我克制着不想有任何感慨，因为任何感慨出现在反射着我自己身影的墨镜中都像极了一部乏味的独角戏。

朱莉体贴地张罗我们及时离开。

告别时许友伦大声地说着：“我和 Michelle 在顺义养了几匹马，改天请你们一起去骑马！”——Michelle 是那个女演员的英文名。

他的态度热络，好像那一幕真的会发生。

等我们走远，朱莉小声学着许友伦的腔调，揶揄说：“还‘我和Michelle’，呸！他再嚷嚷得大声一点儿，我敢保证住天津的人民群众都能听见这儿有个港屄当了暴发户，泡了女明星还养了马！”

戴磬捧场地笑起来，搂着朱莉说：“老婆你真幽默！”

我没笑，还处在跟旧时恋人久别重逢的内心余震中。

人真奇怪。那时候，是我要跟许友伦分手的，分手之后，我并没有第一次分手时那么多翻江倒海的悲情。可一旦看到他活人一个出现在面前，我内心又固执地认为，这个人，明明是我的，就算我们放弃了彼此，也不等于，他就可以明目张胆地属于别人。

我坐在朱莉的车里，陷在一个自己跟自己较劲的纳罕中。

戴磬和朱莉因为我刚碰上许友伦，揣摩着我大概会感伤，因而暂时放下了他们的立场。车里安安静静的，等上了四环，戴磬打开电台，某个夜间节目倾泻而出德彪西的《月光》。

那阵子连续听了太多遍李宇春版的《我的心里只有你没有她》，猛地换成德彪西，世界好像都变了个色调。

“喂，你没事吧？”朱莉伸手关小了《月光》，回头关切地看我。

“我没事。”我笑笑对她说。

“那就好，你应该没事！”朱莉说。

“他什么时候回来的？”我问。

“有两三个月吧。”朱莉回答。

“哦。”

“你不会怪我没告诉你吧？”

“怎么会。”我说。

“我没说是因为我很生气！”

“为什么？”我问。

“唉，我都懒得跟你说。你知道吗，Allen 现在是一个港资公司在北京的首代，那家公司看好内地市场，辗转托人找到我爸爸那儿了。结果那个陈伶伊多管闲事，推荐了 Allen。人家反正要还我爸人情，刚好有这么个肥缺，就顺水推舟接受了。所以 Allen 现在是年薪两百万的首代，待遇相当不错，公司给他安排的车都是宝马七系。你说这事儿多恶心，Allen 本来是我的朋友，现在是借我爸爸的关系得到的这个机会，可是我竟然是后来才知道的。这个陈伶伊，我就知道她没少用我爸的关系！”

“许友伦做事应该还可以吧？”我问。

“我根本无所谓他做事可不可以！再说，那家公司进内地是一个长线的决定，他们目前只需要一个既了解香港也了解内地的专业人员先占个坑，并不真需要他做什么决策，所以是不是他关系都不大。我主要是生气姓陈的到处借花献佛，简直就是鸠占鹊巢！”

“这么说他们一直都有联系？”

“那肯定的啊！”

“哦。”

我和朱莉表面上在聊同一件事同一个人，内心在乎的重点完全不同。

“今非昔比啦！”朱莉叹道，又说，“Allen 到底还是个虚荣的人，自己才刚站稳，就学别人去泡什么女演员，真把自己当单身新贵钻石王老五了。唉，女演员多不靠谱啊！哼，从一个男人选什么样的女人就能看出他内心究竟是个什么样的人！”

“所以，我从里到外都是一特牛 × 的男人吧，亲爱的？”戴磬旁听了半天终于找到插嘴的机会。

“没错，你丫眼光一流！”朱莉笑道，凑过去在戴磬脸上亲了一下。

“女演员也不错啊，起码比我一个无名小设计强。”说完我自己都嗅出酸味来。

“你错了！还真不是！”朱莉转脸看着我，诚恳地说，“我打赌许友伦跟女演员没跟你在一起有意思。男人选女人有两种目的：一种是拿来显摆和‘收藏’的，这跟他们弄个名表、买个游艇意思一样，这样的长不了，占上了也就放那儿了；另一种是从长计议的，要能吃得来，聊得来。尤其‘聊’，能聊得来这事儿太重要了。吃饭、做爱都有腻烦的时候，只有聊天儿可以不断翻新。我保证他跟你能聊的跟女演员都没法聊。啧啧，你多作啊，现在更作了！喂，你别这么似笑非笑地看我，你现在这表情，如果让斯皮尔伯格看见，没准儿《艺伎回忆录》就不找章子怡，改找你了！哈哈哈。”

“我看看，我看看！”戴磐给朱莉捧场，扭头飞快地看了我一眼。

“我说正经的，”朱莉转向戴磐问，“老公，你说，如果给你机会，让你选，你会选那个女演员还是林小枝？”

“我？我当然是甭管谁放在面前，我都雷打不动地选我老婆你！绝对的！坐三天三夜老虎凳，灌一桶辣椒水，拿铁钳子使劲儿掐我，让我选，我还是选你！金不换！”戴磐笑道。

“选我还要先用刑啊！”

“用刑我也选！”

“行！你又一次成功通过智商测试！”朱莉也笑，又转脸跟我说，“你放心，他们也长不了！女演员的胃口不可能止步在一个没多少真实力的小首代这儿。再说，还不知道他能在这个位置上坐多长时间呢！”

“咳，”我笑笑说，“管他呢，他好就好呗。反正，都过去了。”

朱莉和戴磐，似乎还说了些什么，我走神，没听，只是敷衍地说了一路的“是”或“呵呵”。

我自己心里并不确定，是不是真的“都过去了”。

为什么我还是会觉得许友伦是我的，即使我眼见为实地看到了他跟一个女演员在一起，我依旧固执地认为“许友伦是我的，不管他是不是什么首代，不管他有没有前途”。

可，又是什么给了我这样的固执？

我兀自想着：我并没有要他在我的心里跟另外的人对立。我说我回不去了并不代表放弃，它就是单纯的“回不去”。如果，许友伦对此有再多一点点的了解，或是懂得，他只需要把我放在那儿，让我自己待一阵子，理清楚。等那一场梦境的硝烟散去，我们还是可以好好地往前走，过生活，不必“回去”，只消“往前走”。

我知道这样的话，听起来相当自私，甚至有点儿浑蛋，就像许友伦无法要求我的心里只有他、没有他，我也不能要求许友伦就在那儿静静地等我。我们只是自私的女人和自私的男人，在不安定的世界，过尽量自保的生活，并在过程中，一再错过。

再次见面打乱了我自以为坚实的平静，我用了很长时间也没理清楚，打乱我平静的，到底是许友伦的再次出现，还是他再次出现时身边又多了个别人。

我们应该要怎样区分清楚“自尊”“好胜”“骄傲”这些元素在一份情感中起到的或好或坏的作用呢？

反正我没分清。

从那天起，有好一阵子，我像是得了强迫症一样，玩儿命在网上查找关于那个女演员的各种资料和消息，还一天多次地看她的博客，企图在她那些自恋的图文中找到任何跟许友伦有关的蛛丝马迹。

必须要承认，她脸长得比我漂亮，三围都比我更性感，比我获得多得多的来自陌生人盲目的追捧和爱，且，如果对外公开的年龄是真的话，那她还比我年轻。

我只能试图以特别世俗的角度去鄙视她的职业：

“哼，女演员，胸大无脑！”

“哼，八成不正经吧！”

可瞬间，这两个勉强挤出来的理由也被自己否定了。

对一个普通男人来说，如果在“大胸”和“大脑”之间做出选择，那么又有谁吃饱了撑的会选只能给生活徒添烦恼的女人的“大脑”！而，在女人一生中的很多时间里，“不正经”都未必是全然的坏事吧。至少，可以肯定的是，“不正经”是门手艺，不是所有的女的想不正经就能不正经。我敢打赌，那些道貌岸然举着“正经”当牌坊的人，对“不正经”心生向往的不在少数，只不过碍于有贼心没贼胆或技术欠考究罢了。

多半时候女人痛苦的根源都来自“比较”。一个我只在夜色中见过模糊一面的女演员，成了我比较的标的，动摇了我得之不易的安稳。

我知道，我对她全部的好奇，都只是出于想要了解“许友伦跟她一起，有没有比较更快乐”。

为什么我要了解这个？

我不知道。

我也时常精心打扮之后出现在以前许友伦频繁出没的地方，以期“邂逅”，我很想知道他过得好不好。我设想着我们再次见面时的情景，我在心里为可能发生的对白打了很多草稿。

如果两个人的关系是一场博弈，我不能允许李宇春夺冠的那晚成为我们最后一次“过招”。

在急于想要知道更多内情的过程中，我陷入了一种轻度的、遮遮掩掩的疯狂，以至于当 Chloe 忽然出现，约我的时候，我二话不说就答应跟她见面，完全丧失对朋友的基本敏感，忘了考虑朱莉的感想，只因当时我认为，Chloe 能给我带来更多许友伦的消息。

那是 Chloe 结婚之后我们首次见面，必须承认，她比之前美了很多。

那种“美”不是漂亮，而是一个女人在长期处于“气定神闲”的状态后获得的自如和光彩。

“不知道为什么，我还是把你当成‘自己人’，不管你是怎么想的。”

这是 Chloe 见到我之后的开场白。

那天她的一个决定，确实证明了她可能真的把我当作某种意义上的“自己人”。

我当天去见她，本来完全只是出于想探听许友伦消息的狭隘目的，并没有料到，那次见面，竟然是我人生的又一个重大的转折。

Chloe 当天大部分时间都在跟我分析国内经济形势，我没认真听，主要是我听不太懂。

“所以，”她最后说，“为了避免嫌疑，我要用你的名字开一个股票账户，等一会儿办完账户，明天我就会打一笔钱。你知道这意味着什么吗？”

我点点头，其实我也并不知道那究竟意味着什么。我的点头只是在她官太太的强大气场之下的条件反射。那一刻，我沮丧地发现，她在我心里又恢复了当年当我“老板”的那种阵仗，而且，比那时候更来势汹汹。

到第二天，当我发现那个在我名下的账户里真的出现了七位数的款项，我才恍然明白，Chloe 之前的那么一大篇铺垫并非在向我炫耀她从她当干部的丈夫那儿学来的常识。

之后一个月，我目睹了那七位数在短短的时间里变魔术一般不断在我的名下钱生钱，我内心深处最不发达的那根跟理财有关的神经终于像受到电击一样，猛地醒过来。

我看着那些数字不断翻滚和变化，依稀明白了 Chloe 说的“内线”代表什么意思。也终于弄懂，她对我的信任意味着什么。在我看来，说那是“信任”，倒不如说那是她对我的了解。我当然没胆量对她在我名下的资产动任何念头，但，跟风的胆量还是有的。那应该算是我这辈子碰上的最大的“秘密”，我不敢跟人商量，实际上，我也找不到什么人商量，唯一适合商量这事的人是朱莉。可是，我已经在不自觉的时候把自己放在了一个“背叛”她的位置上，失去了跟她商量的机会。

我揣着这个秘密心跳加速地失眠了三个晚上。等第四天一早，毅然做了一个决定：我用我妈的身份证新开了另一个账户，把所有存款都放进去，有样学样地紧跟 Chloe 的步伐，不为人知地打理我自己的“老鼠仓”。

股市带来的刺激一时取代了许友伦和女演员带来的情感刺激。我在账户下的数字翻了五倍之后实在忍不住兴奋，给 Chloe 打了电话坦白。

“很好，你终于开窍了。”她的评价言简意赅，完全是一切尽在掌握的语气，对于我没有跟她商量就擅自另开账户跟风也没有指责。

隔天我应邀去她家庆祝。

那个家，之前我去过几次，都是去找朱莉。才不过一年，整个的陈设已经被 Chloe 改成了另一种风格，也因为她的打理而呈现出完全不同的气质，甚至连气味也与先前有别。简单地说，就是更像“家”了。

朱莉是独女，在家只是纯粹受宠爱，而 Chloe 进驻之后显然花了些心思宠爱朱莉的爸爸。从墙上的墨宝到书架上陈列整齐的著作都显示着 Chloe 对她先生的崇敬之情。在她嫁进朱家之前，这些东西都是常年随便堆在墙角的。而已更换的装修和家具都让以前这个大而无序的家显得宜居且舒适，富贵中透着可贵的矜持。

Chloe 在成为朱太太之后特别像一个合格的古典家庭妇女。她以爱丈夫为要务，坚持练书法、学古琴、参加烹饪烘焙班，以期从精神到肠胃都最大限度地满足她丈夫。除此之外，她还要求自己每天有一定的阅读量，并坚持看当时热播的《百家讲坛》，好让她跟他的家常对白也言之有物。总之，看得出她生活的重心就是为了让自己更好，让自己更好又是为了让朱爸爸的生活更有品质保证。

我后来也多次见识了 Chloe 对她丈夫毫不含糊的、随时随地的体贴和不太掩饰的崇拜，她的样子让我忍不住联想到我妈。我在对比中想到，似乎，婚姻幸福的女人和婚姻不幸女人的主要差别只有一点：婚姻幸福的女人甘心地对自己丈夫低头，出去对别人都仰着头，婚姻不幸福的女人则主要对丈夫仰着头，出去随处跟别人低头。

晚年意外获得照顾和温存的朱爸爸自然是乐在其中，因此对年轻的太太偶尔借他之名做些不算出格的事，他也不多计较。

Chloe 除了当好朱家的贤内助，在自我塑造方面也挺有计划，虽然不再工作，但一点儿没放松对自己的要求，除了及时抓住机会建立人脉，也不忘个人形象的提升。我跟她见面之前就知道她才刚出版了一本书，书名叫《嫁得早不如嫁得好》，已经登上各大小书店的排行榜，她以完美生活、模范太太的姿态出现，成为很多恨嫁剩女的白日梦榜样，一时间洛阳纸贵。

我不知道她用我的账号炒股的事在婚姻中是否透明。我没多问，作为受益人，我知道应该保持受益人的分寸。

朱莉发现我跟 Chloe 过从甚密之后很愤怒。

我能理解她的愤怒，但我不知道怎么跟她解释，或说，我在那个阶段有点儿无暇跟她解释。我正在用全部的心力努力应付着一个现实：几夜之间，我好像成了一个有钱人。

“有钱”是一个相对的概念，我不知道近千万对不同的人分别意味着什么。反正，对 2005 年年底的我来说，那就是我当时对“有钱”的认知。在我的个人理财生涯中，我的存款首次达到了一个从未有过的高度，重要的是，到达的速度之快，带着一种梦幻般的眩晕感。

几个月后，出于挽回与朱莉的友谊的决心，我痛下决心，终止了和 Chloe 的“合作”。没想到的是，这份良心发现，也凑巧让我及时从股市抽身，免于最终被套牢的厄运。那是后话。

我用了人生中的前二十七年去奋力瞧不起我眼中的“有钱人”，直到有一天，我自己也终于跻身这个行列，才发现一个真理：永远也不要瞧不起你从未真正拥有过的生活，永远也不要瞧不起你从不真正了解的人群。

在我自己拥有足够数量的存款初期，我确实过了一段空前舒适的生活。我租了高级公寓，买了一部跑车，雇了一个在美国大使馆为参赞家工作过的小阿姨当“管家”。她进驻之后，我的生活质量明显得到提升，除了居住环境随时都保持得像个样板间一样整洁之外，她还会换着花样给我煲汤和做点心。并且在每天早上准备好我的早餐之后，还会递上一份已经用熨斗熨过的报纸。那段时间，我家单熨斗就有好几个，其中一个专熨报纸，绝对不会跟其他的搞混。

我很快就适应了这样的生活，有一次出门，在向“管家”布置要买哪个牌子的海盐、哪个牌子的饮用水时，我忽然想到 Chloe，想到她以前交代给我的那些在我看来矫情至极的要求。我感慨，原来，只要有条件，矫情只不过是保证生活质量的必由之路。

在成为“有钱人”的过程中，我也认识了很多新“朋友”，他们主要分布在时尚行业和演艺业。其中有一个杂志社资深编辑，我大学刚毕业的时候还去过她那儿面试，她在迟到了两小时后只出现了五分钟，用不到三句话就把我打发掉。当我当着一饭桌的人学她当时鄙夷我的表情之后，从此她就再也没出现过，而且那桌上其他人都在我面前坚定地表示过立场，说“丫就是一傻帽儿”或“那个Bitch！早烦她了”。

我从来也没享受过如此被重视的待遇，有好多原来只在电视里见过的人忽然“姐”长“姐”短地簇拥在我周围，那种莺莺燕燕的腐烂气，最初令我相当开心。

作为交换，我请他们吃饭、唱歌，带着昂贵的礼物参加他们名目繁多的 Party，并且三不五时把从 Chloe 那儿打探到的股票消息向他们透露一二。

自李宇春夺冠后各处的选秀比赛层出不穷，因此还常常会有人把各种穿着马甲戴着露手指皮手套的年轻帅哥带到我身边，都说是各大比赛的“地区前十”或“全国前五十”。我经不起旁边人的吹捧和起哄，给好几个这种做明星梦的孩子赞助过参赛费。说心里话，我从不相信他们真的能成什么气候，我只是在众人面前被架起来之后不知道怎么找台阶下。

乍富的人最大的担心就是怕让别人看出自己有钱有得不是特“资深”，所以我尽可能地演豪迈，每次出门都换不同的“行头”显示财富，单是各大牌子的“限量版”手袋就需要一个独立的柜子放置。

正当我徜徉在当有钱人的热闹生活中，就快要把许友伦彻底忘记时，他又出现了。这一次，他出现在八卦新闻的头条。

那天我正跟一个长期陪我逛街吃饭的男模在大班做足底，按摩师拿来了几本娱乐杂志给我打发时间，我要了一堆免费食物饶有兴致地正在看八卦。没想到在其中一本的封面上看到了许友伦演员女友的大幅照片，还配着耸人听闻的标题，上面写着“××豪门梦断，金龟婿锒铛入狱”。我大吃一惊，刚咬的那口猪扒包险些卡在嗓子眼儿上，等定睛再看，竟然看到许友伦的照片出现在标题的上方的一个小圆圈里。那是他人生首次登上杂志封面，狗仔为追求效果，特地用了一张他瞠目结舌的抓拍照，看起来相当滑稽。

自从跟着 Chloe 投身股市之后，我已经有很长时间没有关注过许友伦和他的女演员，没想到他们以这种方式再度出现，我吃惊之余，赶紧翻看内文，过滤掉那些八卦新闻对色情暴力惯常的联想和瞎编之外，我看到跟许友伦有关的部分写着“北京朝阳警方捣毁赌球团伙”“许某原为知名港商，世界杯期间非法聚集参赌人员参与赌球，下注金额高达上千万”等字样，那些内容对我的人生又是一次不小的冲击，在那之前，我认识的人里面没有任何人跟“警方”“捣毁”“非法”这种字眼有关联。

这些内容不像是娱记想编就能编出来的，我很吃惊，赶紧草草结束按摩，打发掉男模，独自回家后打电话给 Chloe 求证。

“我已经知道了。”她以平淡的语气、批评的态度向我证实了这篇八卦的部分真实性，“听说根源就在那个女演员，说是 Allen 跟她在一起给她买了不少东西，又是珠宝，又是房，前阵子她又让 Allen 给她买一辆保时捷。Allen 真是疯了！没能力，拒绝就好了嘛，还贷款买！死要面子活受罪！大概因为账户亏空，竟然想到去赌球！这下好了，人财两空，还搭上名声。人哪，什么时候都要量力而行！谈恋爱也一样！”

我一听许友伦去赌球的动因之一是为了给女朋友买保时捷，联想到我们在一起的时候，他每次欢天喜地地带给我的礼物单价通常不会超过五百块人民币。我心里说不清什么滋味，感叹，人的潜能和多面性，有多繁复，有时候自己都不见得真知道。只能说，遇见不一样的人，就会被塑造出不同的自我，说不定会吓自己一跳的“自我”。

不论我的感慨中是否有吃味的成分，当 Chloe 说到“人财两空”这个词的时候，我还是为许友伦担忧了。

好在，事后证实，许友伦只是“参与者”而非“聚集者”，并且也不算是“现场参与”。只不过刚好他跟女演员的绯闻在先，就被当作反面教材，成了被同时推上娱乐版和社会版头条的典型案例。其后不久，女演员开了发布会撇清关系，声明自己跟许友伦只是“普通朋友”，是“完全不知情的受害者”。她在发布会上声泪俱下，为自己因一个赌徒名声受损愤慨，并恳请大家“放过她”。我在娱乐节目里看到女演员哭诉的时候一阵恍惚，如果不是之前见过她跟许友伦在一起，如果不是 Chloe 告诉我真相，我大概会相信她睁着泪眼说出的谎言。这样一来，这个事件成了有起有伏的多幕闹剧，许友伦作为折子戏的一角，成了唯一的反面角色，他出场的意义似乎只是衬托了女演员的无辜，他的胆大妄为再次被提起，再次被唾弃。

11

等我跟许友伦再次见面的时候是2006年年底。他因欠钱上报纸又丢了工作之后，不好意思回香港，就暂时漂在北京。

我听说他欠债，思前想后了几天，最后还是给他账上汇了三十万让他周转。他的账号信息还是我们当年异地恋时他留给我的。那天他从香港来看我，我们耗在家里难舍难分，到最后时刻他才出门，在赶着去机场时想起忘了还内地的信用卡，就留了现金让我帮他存进卡里。

我的旧手机里留着他当年发给我的全部信息，没想到那些信息除了供偶尔伤春悲秋的怀旧外，还有这么具有实效的用途。

三十万这个数字，不是凭空来的。

我无从知道许友伦欠了别人多少钱。三十万是张爱玲离开胡兰成时留给他的钱数。我蓄意选了这个数字对自己纪念，纵使那些时候的生活被纸醉金迷点缀得面目全非，内心深处，我还是固执地为自己保留了冷而孤寂的一席无人知道的文艺之地。

许友伦收到钱之后给我发了短信，只有简短的五个字，问："小枝，是你吗？"

我回得更短，答："是。"

又过了半天，才又收到他发来的另外三个字："谢谢你。"

我也只回了三个字："不客气。"

一个月之后，他约我出来吃饭，席间跟我说："今天是感恩节。"

我回答说："咳，我们又不是外国人。"

他勉强笑了笑，抬眼看我，好一阵，才说：“你样子变了好多。”

我说：“你也是。”

他低头吃东西，有一口食物在嘴巴里起码咀嚼了四十几下才吞下去，没抬头，继续盯着盘子对我说：“你放心，钱我一定会尽快还你。”

我喝了一口酒，说：“钱不是问题，我给你的时候就没有要你还的心。”

等吃完饭，我看着他在我面前点烟，抽烟，然后自然地伸手把吐出来的烟从我面前挥散。他瘦了很多，颓废的样子让我有种久违的心疼，我不知道如何安慰他，只好故意继续喝了很多酒，饭后邀请他开我的车送我回家。

他的出现照亮了我的寂寞，我不知道哪个才是真相，忽然掉进一个不料的恐慌里，又不能说。等到了我家门口，我晕在一个就是不想让他走的念头里，想不出足够好的表达，只好硬来，借酒装疯，在车里对他色诱。

我用夸张的态度制造着不计较过去也不想未来的无所谓的架势，仿佛色诱是一件迷彩服，能花里胡哨地遮掩住我单调的寂寞。

不知是因为没走出赌债阴影导致没心情，还是出于不趁人之醉的君子之心，许友伦没让我的色诱在糊涂中得逞。

我回家气馁了两天。

那个周末我被一堆人约去K歌，夜里，正烦躁着，收到他的短信：

“我回港时给你买了鼻炎的药水，上次忘记给你。”

这几个字看得我患鼻炎的鼻子微微一酸，我盯着手机屏呆了一阵，回复他说：“正在发作。”

我有过敏性鼻炎，入冬就会严重些，发作的时候严重了会引发头痛，这个不算大病的顽症，我从小到大，只有许友伦在意过此事。

我扫视了一眼周围闹哄哄的人群，他们和平时一样，唱歌的，大声聊天的，玩儿色子的，拼酒的，所有人都情绪亢奋得莫名其妙。这些人有一多半我都真的不认识，他们身上的香水、汗腺分泌出来的味道，与满屋子那年流行的芝华士兑绿茶的气息凑在一起，忽然成了一股子恶臭。

不知道为什么，我一时对这个味道再也无法多忍受半秒。

我从那个包间走出来，没跟任何人打招呼，也没像平时一样替他们结账。等到了大厅，看到许友伦又有短信来："你在哪儿，我送过来给你。"

我走出去，深吸了一口户外零下五摄氏度的清洁空气，回道："你在哪儿，我来拿。"

那天我在工体的一个马路边接到他，他上车后，吸了吸鼻子，说："你又喝酒了？怎么还开车？多危险！"

我笑说："所以才找你救命。"

接着就顺从地跟他换了位置。

他问："送你去哪儿？"

我说："香山。"

他没问为什么，就朝香山的方向驶去。

我们一路都没说话，等到了香山脚下，许友伦找了个路边的树下把车停下来。

等又沉默了一阵，我问他："你还记不记得，非典那年，我们常常来这儿。"

他隔了几十秒才回答："记得，怎么会不记得。你那时候读了那么多书给我听。"

"嗯，你带我吃了那么多好吃的，我又没有别的能报答你。"

"呵呵。"他勉强笑笑。

"友伦，你记不记得，那时候，来香山的这条路，两边的很多树上都有许愿签。"

"记得，我记得我们也绑了。"

"都许了什么愿，还记得吗？"

"不记得了。"

"我也不记得了，但我记得，那年，在我最难过、快要挺不下去的时候，你跟我说，都会过去，要有信心。"

"呵呵，是吗？我不记得了。随便讲讲的吧。"

"哦，可我还记得我在许愿签上写了什么。"

"写了什么？"

"我写着：如果活下去，就要跟许友伦相爱。"

"……"

"所以，我的愿望实现了一半。至少，我们都还活着。"

"……"

"你对我说的话，我也听进去了，要有信心，有信心就都过得去。"

"……"

"友伦，你懂我意思吗？"

"唉，"他轻叹了一口气，没接我的话，过了半晌，问，"你介不介意我抽烟？"

"奇怪。"我说。

"什么？"他问。

"你以前要抽就抽，从不会问我。"

"呵呵，人衰嘛，就活得比较小心一点儿。"他笑说。

"友伦，"我侧身，伸手去握着他的手，说，"非典那年，我碰到这辈子最困难的处境，如果没你，我真的不知道过不过得去。是你陪我熬过来的，我才有今天。如果现在是你人生的低谷，就算我还你人情，请给我机会让我陪你，好不好？"

“小枝，”他终于慢动作地回握我的手，说，“SARS 的时候大家情况都没差别的嘛，要死一起死，也没有什么我陪你你陪我。就算我不陪你，我也飞不出地球。现在状况不同啦，你发达了嘛，我都为你骄傲。可我又欠债，又丢工作，又丢脸，还有案底，还上报纸。”

“我不在乎啊。”

“我在乎嘛！”

“那你，在不在乎我？”我一字一顿地问。

“……”他再次沉默。

“你回答我，友伦，你有没有一点儿在乎我？”我凑近看他，眼睛都不眨地等他回答。

过了很久，他才回看我，说：“在乎啊，何止一点点。唉，怎么会不在乎。傻瓜。”

他叫我“傻瓜”，我听出旧情复燃的可能，趁热道：“那就好咯，既然你在乎我，我也在乎你。我们彼此这么在乎，还需要计较什么呢？”

他好像被我问住，又呆了呆，才解嘲似的说：“你真是傻瓜。”

“大佬。”我试探着，像以前一样，用他教会我的唯一一个广东话发音叫他。

他终于露出笑容，虽然是个苦笑，说：“你真的是……傻瓜。”

“所以，你才不可以不要我嘛，大佬。”

他伸出另一只手俯身过来在我脸上捏了捏，微微皱了眉说：“奇怪，说真的，不管哪个时候，我都觉得，我们还是有缘分的。”

“奇怪，我也这么觉得。”

“好咯，那我现在可不可以抽烟了？”他笑，这一次，笑得轻松多了。

“可以是可以，不过，要先答应我一个条件。”我故作严肃地说。

“什么？”他问。

“亲我先咯。”

……

我们再次和好。

他没问过我上次我们分手时我的生活里究竟发生了什么。

我没问他跟女演员最终怎么了，他也没主动提。

也许是没来得及提，因为这一次我们的再度复合只持续了几个月，就又分手了。

事后我把那次分手的主要原因归结为“不熟练”。

那时候，我们都处在一个自己不熟练的情形中，我对新富的不熟练，他对走背运的不熟练，我们对彼此在这段情感关系中忽然要扮演不同角色的不熟练。比方说，连小到要给他“家用”这一件事，都是我们之间一直没磨合好的一个难题。

我终于领会张爱玲说的那句话：“能够爱一个人爱到问他拿零用钱的程度，都是严格的考验。”

我也终于领会到，予以他人帮助，和接受他人帮助，都需要能力和情商。而那个时候的我和许友伦，在帮助和被帮助面前都是不熟练的新手和弱者。我们的“不熟练”化为各种形态的不愉快，蔓延在生活中的每一件小事中，而当初的情感，并不太经得起这些不愉快的消耗。

更糟糕的是，除了朱莉和 Chloe，我们没有任何共同的朋友，而这两个人，在当时，都分别被迫和主动地停止了来往。自从许友伦因赌球被公安查办之后，他就不肯再见他北京的那些熟人，他也不喜欢我刚认识的那帮只限于吃吃喝喝、讲是非的朋友。

许友伦在上过一次八卦封面和若干次网络新闻头条后，一度落下了对别人“侧目”的后遗症。因此我们鲜少白天出门，非要出去，也会去偏僻的或人少的地方。

有一个下午，我实在闲极无聊，好不容易游说许友伦同意陪我去嘉里中心的“炫酷”喝一杯。我们刚坐下点了酒，就走进来一个中年人。

那个中年人路过的时候朝我们的方向看了一眼。在我看来，他看我们只是出于条件反射。然而，许友伦立刻一副惊弓之鸟的表情，非说那个中年人是在看他。

“要看也是看我啦！我那么美。”我试图用玩笑岔开他的紧张。

哪知他执意要离开，我在闷了那些日子后闷出了邪火，一时来了脾气，偏不走。

争执了一阵之后，我烦了，冲他嚷道：“至于吗？你哪有那么有名？！”

“当然至于！丢脸的是我又不是你！”

“哪那么严重！有问题就解决问题，解决完就放下！不面对才是真丢脸！”

“我不想解决问题吗？我不想面对问题吗？请问，How（怎样）？！”

“你只管躲避、逃避、回避，当然解决不了！”

“你不要跟我讲那么快、讲那么多！这是你的地盘，你讲你的语言都可以不顾我的感受，你当然不了解我的心情！”

“我当然了解！正因为了解，我才觉得你应该要面对，然后解决！”

“我还能怎样？我没钱，没工作，没朋友，连住都住别人家，我要怎么解决？！”

“‘别人’？哦，我懂了，原来我就是个‘别人’！你早说啊！你不说我都不知道我就是个‘别人’！”

“喂，你讲话能不能不要永远都没重点？你明明就知道那不是我的意思嘛！”

“那你什么意思？”

“我的意思是请你不要逼我！”

“我逼你？我逼你什么了？”

“可不可以不要什么事都以你的标准来？”

“我的标准？真可笑！请问现在还有哪件事不是以你的标准来！我为了陪你才减少出门，为了你高兴每天赔笑脸，为了你我都不见我自己的朋友，这些你有没有想过！”

“是是是，什么事都是你对，都是你牺牲，都是我的错！”

“你干吗这么阴阳怪气的！我说错了吗？要不然呢？”

“你到底了不了解我的感受？”

“那你到底了不了解我的感受？！”

“你现在有钱、有工作、有朋友，你当然想怎么说都可以！”

“那你没钱没工作该怪我吗？你给你那位明星女朋友买房买车买钻石的时候，你怎么没想想钱的事儿？！”

“喂，你可不可以小声点儿？！”

“我为什么要小声？你带着女明星招摇过市的时候，不是喜欢说话嚷嚷得半条街都听得到吗？怎么到我这儿就得小声了？！”

“你总提这些有什么意义！”

“那你倒是跟我说点儿有意义的啊！”

“好好好，既然都没意义，就都不要讲了！”

“哼，是说到你的伤心事了吧！你每天沉着脸不就是因为人家女明星使完你的钱不跟你了吗？哼，要我说也够没劲的，忙活半天，到最后人家连个‘名分’也没给你，你还躲厕所里偷翻杂志找着看她的照片！真够痴情的！你别以为我不知道！”

“你在讲什么？你不要这么无理取闹好不好！厕所里摆什么杂志不是从来都是你说了算吗？”

“哦，是吗？我放什么你就看什么啊？！我还放了《读库》呢，你看过吗？你要这么听我的，你至于如此吗？！”

“够了够了！我沦落到今天这种地步是我命衰，我活该！”说完，他走了。

我们本来是高一声低一声地在吵，许友伦最后一句终于放出音量达到了跟我持平的分贝。我没追他，故作镇静地在酒保不时瞟过来的余光中继续喝酒。下午是买一送一的“欢乐时光”，许友伦愤然离去后我独自喝了四杯香槟。

四十分钟后，我离开酒吧，心情烦躁地想着怎么回家。等走到停车场，看见许友伦靠在我停车的那个车位旁边的柱子上，他看到我，说：“你喝了酒不可以开车，现在警察管得很严的！”

他的声调已经恢复成吵架之前的和缓状态，我看着他，心里酸酸地软下来，就走过去把车钥匙递给他，趁势靠近，贴在他身上抬脸笑说：“是哦，你对警察比较有经验。”

“八婆！”他被我逗笑，伸手弄乱我的头发，说，“你好烦哦！早知道你那么凶，SARS那年我就该把你丢在超市里让你一个人回家！”

“你现在去超市丢我，好不好？”我笑。

“什么？”

“我们去超市，你假装丢我，然后我们买东西回家煮饭，好不好？我好想吃你煮的牛筋面。”

“好。”

“就知道要美，又穿这么少！会不会冷呀？”他牵着我的手说。

“会，所以你抱我嘛！”

他从侧边抱着我，我们不计前嫌，勾肩搭背地往超市走。

“友伦。”我说。

“嗯？”

“我们以后不要再吵架了，好不好？”

“呵呵，你不吵架怎么做女人啊。”

“我真怕跟你吵着吵着，你就不见了。”

“你怕什么，不管吵不吵，我在这个城市，也就只有你了。”

“你别这么说嘛，说得这么心酸，好像我欺负你。”

“你没有吗？”

“就有！你想怎样！”

“给你欺负咯！”

“这么好！”

“才知道我好！”

“一直知道，怕告诉你你骄傲。”

我们的对话故作轻松，嬉皮笑脸里包着一股弹指可破的灰色。

“林小枝。”

“嗯？”

“没事。”

“许友伦。”

“嗯？”

“没事！”

“你好烦！”

……

那不是我们第一次为同一种尴尬争执，像每次一样，我们努力修好，努力得很明显，那个难以彻底修复的裂痕也越来越醒目。

等那天吃完晚饭，许友伦去阳台上抽烟，我仔细地洗澡熏香，在腋下和耳根都涂了香水，然后换上了新买的睡衣走进卧室。我按原计划拿出一张碟放进 DVD，把假寐的许友伦摇醒，试图用最原始的方式把白天的嫌隙再次抹平。

“今天累了，小枝，你慢慢看，我先睡了哦。”许友伦拿遥控调低了电视的声音，在黑暗里看着我笑笑。

我努力道：“是《色·戒》的未删减版哪，我费了很大周折才搞到的。”

“改天吧，改天我再陪你一起看。”许友伦说完探身在我脸上敷衍地亲了一下说，“哇，你好香！晚安，宝贝！”

他重新躺下之前又把旁边美人榻上的披肩拿过来，披在我的肩上，体贴道：“肩膀不要露外面哦，明天又头痛。”

我乖巧地由他帮我披好，等他转身，我关掉电视，躺下，盯着天花板，有点儿惆怅。

我并非真的有情欲的需要，只是我对维持我们之间日渐式微的爱情越来越没信心。想着即将要到来的又一个春节，想到旁边的这个人跟我一样，在这个节日面临不知道要去哪儿的问题，我生出一个新的感慨，转而，这感慨又点亮了我一个念头。

我回身去抱他，没想明白似的对他说：“友伦，不如，我们结婚吧？”

他没动，我尴尬地扳着他的肩膀，不知是退是进，许久，才听他问：“怎么忽然讲这个？”

“我跟了你这么久，担心你到后来不要我了嘛！”我强打精神贴着他扭动着身体，假装发嗲。

“小枝。”他回身看我，温和但确定地说，“现在不是谈这个的时候。”

“那什么时候才是时候？”我用发嗲当坚持，眼巴巴地看着他。

他坐起来，把枕头靠在背后，伸手捏了捏眉心，先叹了一口气，才说：“我现在的处境，怎么结婚？”

“结婚需要什么处境嘛！”

“当然要，我没钱，拿什么娶你！”

“我又不是为了钱才要嫁给你！”

“我知道你不是为了钱，可我自己要先赚钱。”

“我有啊，所以我们才该结婚啊。”我也坐起来，故作振奋，说，“我想过了，友伦，这是解决问题的最好方式。我们结婚，我的钱就是你的钱，我的家就是你的家。我们再也不会为这些问题烦恼，你要创业你就去，你不是有很多事想做嘛！一结婚，啪，都解决了！”

“咳，话不是这样讲，哪有那么简单。我是男人嘛，要面子的嘛。给人家讲用老婆的钱，很丢脸的。”

“你刚说什么？”

“嗯？我说什么？”

“你说‘老婆’，呵呵。”我笑着凑近他，轻声说，“好好听！”

“傻瓜。唉……”他叹息着，把我揽过去，我的头枕在他胸前，“你哦，我知道你对我好啦。真的，小枝，我长到这么大，你是对我最好的女人，差不多好过我妈。我妈都不肯给我那么多钱。呵呵，你的好，我心里都知道。”

“那你还不娶我。”不知道为什么，说完这句，我就忍不住眼泪掉下来。

“现在不是时候，你给我点儿时间。”

“如果你够爱我，就不会计较这些了。”我继续抽泣。

“我当然爱你，你知道的。可我是男人嘛。”他伸手在旁边的台子上抽了一张纸巾，给我擦了擦眼泪，说，“男人要面子的嘛。”

“面子重要到超过我们的爱情吗？”我不依不饶。

“你又来了，两回事嘛。”他耐着性子试图让我接受他的逻辑。

我停下哭泣，想了想，努力用平静的语调对他说：“可，我总觉得，如果你现在不肯娶我，以后你也未必会。这跟你的面子无关。”

许友伦也用平静的语调对我说道：“以后，我不敢说，你了解我的，我从不讲大话，但现在真的不是对的时机。”

“友伦，”我撑起身体，面对着他，看着他的眼睛说，“我们之间，起起伏伏，也耗了那么多年，我是女人，我二十八岁了！我的青春，说没就没了。再等，我就老了。”

“在香港二十八岁不结婚都很正常的啦！”

“可这是北京不是香港，我二十八了，我被人叫作‘剩女’了，我好没安全感！真的！”

“小枝，”他捧着我的脸，表情真诚，丝毫没有回避我的目光，说，“如果，跟我在一起让你好没安全感，那你要不要再想一想？”

“再想什么？你什么意思？”

“我想你过得好，你明白的。如果，你不能等，我也不想耽搁你。”

“你这么说到底什么意思啊你？”我坐起来。

“我没什么意思，我只是不想对你说谎！”

“那么，你的实话就是你不想娶我就对了？”

“我的实话是：我必须要先渡过难关！”

“我不是给你的难关提出了解决方案嘛！”

“你说的是两回事嘛！”

“你怎么就是听不懂我说的意思呢！”我烦了，提高嗓门。

“你怎么就是听不懂我的意思呢！”他也烦了，用差不多的音量对我嚷。

“那你说你什么意思？”我不依不饶地继续道。

“我的天，你怎么就听不懂，我是说，你给我点儿时间，等我发达了，我们再谈这些嘛！”他掀开被子站起来，走到旁边，坐在美人榻上，两只手抱着头。

“那你要是不会发达，我就要孤独终老吗？”我脱口而出这句之后，立刻就后悔了，可是话已经说出来，响在房间里收也收不回来。

许友伦听到这句，抬起头看我，然后皱着眉一字一顿地说：“我就知道，小枝，你从来也不相信我可以做到，如果你都不相信我，你何必要跟我结婚？”

“我明明不是这个意思嘛！”

“好了好了，不要讲了！”他说完，一边嘀嘀咕咕地用广东话愤然自语，一边抱起他的被子去客厅睡了。

我在后半夜才勉强睡去，第二天早上被门铃声吵醒。我去开门，快递送来一大束玫瑰，我才想起那天是情人节。

我回头看许友伦，他躺在沙发上面无表情地看我。

花束中有一张卡，上面写着许友伦的名字，我走进厨房，把玫瑰放进花瓶，拿出来，摆好，然后走过去，蹲在他旁边，侧头望着他微笑说：

“这么好啊，送我花。”

他不看我，声音沙哑地说：“是哦，我能做的也好有限。”

我凑过去抱他，在他耳边说：“友伦，如果，你不想结婚，我们就不结。”

他坐起来，回抱我，说：“对不起小枝，我又让你失望。”

我安慰他说：“才没，只是你要答应我，我们不要再吵架了好吗？我真的真的不想再跟你吵架了。”

“好，小枝，我答应你，我们再也不吵架了。”

许友伦言出必行，那确实是我们那次分手前的最后一次争吵。

没几天后春节来临，我们去了一趟峨眉山。

那是一次不在计划中的旅行。旅行之前将近有一个月的时间，我们都是每天客客气气地保持不冷不热的相处。

除夕那天白天，我们俩坐在客厅玩儿纸牌，我闲闲地问他：“你要回香港吗？”他看着牌说：“不了，现在这副样子，怎么回。”等出了两轮牌，他也问我：“你呢？”我说：“也不去哪儿，也没有人想见我。”

玩累了之后，我们去门口的Jenny Lou超市买了些食物，许友伦准备下厨，说要做两个人的年夜饭。我问他要不要帮忙，他说不用，我也没坚持。

厨房里有一个给“管家”装的小电视悬挂在壁柜上，许友伦煮饭的时候开着它当背景，我给自己倒了一杯茶，窝在客厅的沙发里看书。

等看到一半，我去厨房添热水，走进去一看，只见许友伦一只手拿着菜刀，一只手举着一捆芹菜，正仰着脸在对着墙上的电视发呆。

我转向电视，看到里面正在播放香港的街景，声音是我们央视的播音员，字正腔圆地用听不出什么触动心灵的各种四字成语，慷慨激昂地解说着：“今年是中国政府对香港恢复行使主权第十个年头，这十年以来……”

许友伦听到我的脚步后迅速抬起拎菜刀的那条胳膊在脸上擦了擦，我走过去，看他一脸都是没来得及擦干净的眼泪。

那是我这辈子第一次看到许友伦流泪，我一时难过极了，赶忙放下水杯，把他手里的菜刀和芹菜都拿开，放在案板上，然后靠在他背上，从后面抱着他，说：“对不起，友伦，都是我不好。我让你过得这么不开心，对不起，对不起……”

他努力站稳，手搭在我抱着他的手上，清了清喉咙，低声说：“别这么说，小枝，不怪你，你没有做错任何事。都怪我自己太没用。”

我不知道能说些什么，就只是抱紧他。他拍了拍我的手背，故作轻松地问：“饿了吧？你先去看书，我再一下下就好。一会儿还要看赵本山。呵呵。都等了他一整年。”

我放开他，站在一旁看着他重新抄起菜刀切菜的背影，想了一会儿，转身走回房间，从抽屉里的一堆卡里翻出一张我做过记号的卡，再返回厨房，把那张卡交在许友伦手里，对他说：“这里面还有一些钱是我用不到的，你都拿去。不管你想做什么，我都支持你去做。如果你想回香港还是去哪儿，你随时都可以走。如果，我放手可以让你振作一点儿，那好，现在我就放手，你随时可以走！”说完我忍不住哽咽。

许友伦把卡接过去看了看，把它放在那捆芹菜旁边，伸手对我说：“过来。”

我顺从地靠过去。他抱着我，喃喃地说道：“过年嘛，我们好不容易一起过个年，什么都不想，好不好？”

那天，我们像其他十几亿的中国人一样，包饺子，看春晚，跟着赵本山的小品傻乐了一阵，然后跑出去偷偷摸摸在楼下放了鞭炮，还各喝了半瓶“小二”。

第二天一早，我醒后故作亢奋地对许友伦说：“不如我们现在去机场，有哪个最近的航班，我们就飞去哪里好吗？”

他没有表示异议，收了行李，我留意到他特地戴了他的玉坠，那是他奶奶留给他的，只有在搬家或去重要的地方他才会戴着。我对此有点儿纳罕，但想着难得没有争吵，就没多问。

我们那天在几个最接近起飞时间的城市中选了去成都。

等到成都之后已是下午，我们到酒店入住之后，根据酒店工作人员的好心推荐找了一家著名的火锅店，吃了火锅，还看了变脸的表演。

等回到酒店，我看时间还早，就去浴室想洗掉一身的火锅味儿，我进洗手间之前嘱咐许友伦打电话叫个按摩，准备一会儿就在房间里做足底消磨时间。

半小时之后，我洗完澡正在吹头发，门铃响了，我就过去开门，就看到一个穿紧身皮短裙、网眼丝袜的女子浓妆艳抹地出现在酒店房间门口，看是我开门，有点儿奇怪地问是不是刚有人叫按摩。

我打发她走了之后，跟许友伦笑了半天，说原来成都这样的大城市，“按摩”还保留了这种乡野的意思。

他就跟我讲他初到内地时，到各地出差碰到的各种色情服务的怪事，我穿着睡袍趴在他面前，我们一边聊一边吃了很多橘子。

那是那段时间我们难得的开心时刻，我在他讲的逸闻中大呼小叫，一时忘了烦恼。

他绘声绘色地说了一个“洗头妹”的故事，结尾处语焉不详。我问：

“那你有没有就范？”

“当然没有啦！”他拖着长腔敷衍我。

“我怎么觉得有！”我笑着追问。

“就没有啊……”他笑，笑的时候眼神很闪烁。

“就有！”我假装生气，扑到他面前去揪他的耳朵，“你给我老实交代！”

“我忘记了！”他伸手抓住我的手。

我们笑着打成一团，橘子皮散了一床。

正玩儿着，我的浴袍松了，露出半截人体在他面前。

当时我仰着脸半躺在床上，他看着我，似乎有点儿尴尬，手渐渐松开，那表情不像是我们对彼此的肉身早都了如指掌。

“你怎么了？”我轻声问。

他不答，依旧是那个表情看我。

我坐起来，把一片橘子皮从他的肩上拿开，然后缓缓握着他的一只手，把它放在我的脸上，歪着头问：“想它吗？”

“嗯。”他看着我的眼神有些许软化。

我又把那只手缓缓挪在我的肩头，问：“想它吗？”

他轻微地点头。

我再把那只手挪到我背后，靠近他，问：“想它吗？”

“想。”他轻声说。

我们近得我能清楚地感到他的气息，我的呼吸变得短促了些，依旧没放开那只手，把它挪回来，放在我的胸前，问：“想它吗？”

他食指的指尖抖了抖，在我胸前画了一个小小的弧形。

我紧紧握住他的手，贴近他，抬脸在距离他只有不到两厘米的地方看他，问：“许友伦，告诉我，你爱我吗？”

他回答说："爱。宝贝，我爱你。"

然后，他把手从我的手中挣脱，从我的胸前挣脱，两只手慢慢地环在我身后，抱我。

"我爱你，林小枝。"他靠在我耳边重复了一遍，接着捡起浴袍重新把我包好，重新抱我，说，"我不知道这算不算誓言，但我想你知道，我真的爱你。你一定要记得这句话：林小枝，我，许友伦，很爱你。"

我心里忽然生出很多种惶惑。

我没有应对这个行为和这个说法的经验，只好依着心里的茫然问："那我们怎么了？"

"没什么，别多想。"他亲了亲我的脸，微微皱着眉头，眼神里有种我没见过的惆怅。

我看着他，叹道："友伦，以前，我好恨你每次跟我吵架之后都用做爱跟我和好，那时候，我最期待的就是你能跟我聊一聊。现在可好，你不但不跟我聊，连做爱都没了。如果你对我有什么不满，或是觉得我有什么不好，你说出来好不好？"

"你没有不好，小枝，你这么说我好心痛。"他的惆怅依旧在眼睛里，但不再看我，转头看窗外，又叹息，"唉，你很好，我都讲了，是我的问题。"

"那我们要怎么办？我们这样，会走向哪里？"我问。

他依旧看着窗外，苦笑，说："我不知。你也别问，好吗？小枝，很多事都没答案的。"

我忽然就感到累了，一股悲戚的情绪，失去防备，从心底漾出来，别无选择，只好又哭。

他抱着我，叹息。我被他抱着，哭泣。

那是我们那年一起过的最后一个夜晚，我哭累了在他怀里睡着，半夜醒来，看到他仍然醒着。我抱紧他的胳膊，用一只手的五根手指紧紧扣着他的那只手的五根手指，说："许友伦，答应我，别离开我。"

他向我微笑，低头过来亲了亲我的头发，什么都没说。

第二天，我们按原定的计划租车去峨眉山，成都的雾气很重。

我们坐缆车上山，等到了山腰，雾气变薄，再往上，空气越来越清净，接着，猛然光芒万丈。

太阳在西沉之前毫不吝啬地把它的热情洒满整个山顶。我们被这么浩荡的夕阳震慑住了，等下了缆车，走在甬道上，我回头，故作振奋地对许友伦说："看，友伦，半个小时之前，我们认为的世界还四处是雾气和阴霾，哪知穿过那道极限，还有这么壮丽的艳阳天。"

"小枝，谢谢你带我来这儿。"许友伦说，他当时脸上肃穆的表情我始终都记得。晚上我们投宿在一个小旅店里。隔壁来了一队修行之人，整个晚上都有清脆的木鱼声以及许多人低声整齐地诵经。

许友伦说想出去看看，我说好，就先睡了。

大概那几天旅途劳顿，又哭得伤筋动骨，我很快就睡着，半夜醒来的时候我看到许友伦站在窗边抽烟，我确定他在，就放心地在他的烟草味中重新睡去。等再醒来已是第二天早上九点。

房间里只有我一个人，我转头看到旁边的枕头上有一个纸条，纸条上面放着许友伦的那块传家的玉坠。纸条上写着："小枝，想了很久，还是决定，不再拖累你，所以，我走了。这段时间，辛苦你了。谢谢你昨天跟我说的话，我希望我可以穿过极限，找到属于我的艳阳天。如果真有那么一天，我一定回来找你。我不是逃走，你借我的那三十万，无论如何我都会想办法还你，这个纸条也可当作证据。还有，这块玉，从我出生就跟我到现在。一直以为，会在一个特别的情形下，送给特别的女人。在过去的这几年里，你是我生命中意义最特别的女人。但愿我们后会有期。你是好女人，你应该幸福，不管未来你做了什么样的选择，我都会祝福你。我爱你。友伦。"

不知道为什么，对许友伦就这么离开，我没有特别意外，更奇怪的是，我也没有特别地悲伤。那天峨眉山上下了一场大雪，我坐着人工抬的轿子下了山，一个人回到雾蒙蒙的成都，还从容地又独自去喝了茶，跟路人聊了天，第二天才买了机票回了北京。

等到了家，我把行李拿出来，收拾衣物的时候，发现有一件毛衣上粘着一小块橘子皮。那块橘子皮已经干掉了，仍老实巴交地散发着最后的淡淡的果香。我把它捡起来，跟许友伦的纸条和玉坠一起，放进家里专门存放秘密的那个小抽屉里。

我试着去理解许友伦的离开，理解的过程让我自己感到很挫折。这不仅超出文艺小说教我的经验，也超出我自己从过往的情感得失中获得的各种失败教训的结论。

而时光在那一年已经把我带进了二十九岁。

我在这个人生中最容易恨嫁的年龄再次失恋，且在失恋之前还经历了求欢未遂和求婚未遂。

我把抽屉关起来，在那里被锁起来的，不只是两张告别的纸条，还有我对他袒露过的内心的柔软和跟柔软捆绑出现的天性中的哀伤。

在合上抽屉的那一瞬间，我仿佛听见咔嗒一声，有什么断掉，有什么很难愈合。我不知道，我只知道我又回到形影相吊的生活。

那天我在看得到风景的书房坐到黄昏时分，想着自己和许友伦之间的这几度分分合合。有点儿纳罕，心想：为什么，人总是在灾难面前才特别想到珍惜？又为什么，总是在保全了自己之后才觉得可以爱别人？

可是，这个世界上，哪来那么多灾难供人陶冶情操，又哪有那么好运可以总是身处四平八稳的自我保全？

假使说“灾难”和“保全”都是可遇不可求的，那么被所有人反复念叨的爱情，岂不是举步维艰，生存环境狭小到令人堪忧？

我被我自己无解的纳罕困住，纳罕烧掉了些许之前的那些“爱上谁”的情义，燃烧之后产生出“离开谁”的结晶，像结石一样硬硬地存在心房，或许那就是在坊间被叫作女人的坚强。

等再次扬起头，我在镜子里看到自己脸上有一些以前没有过的，连自己都不熟悉的表情，那是自保时必须要有的冷峻和一点点为防止拒绝而预设出的不屑。

之后很多年，那都成了我使用最多的表情，因此，每当看到强悍或孤傲的女人，我就会暗自感叹，那些强悍和孤傲后面，有过多少次受伤和被拒绝，恐怕也只有当事人自己才清楚。

12

对新一轮的失恋，我没想出什么特别的新招数，就约了一个很熟的 gay 和那个长期跟我厮混的男模一起去日本看樱花兼购物。那个 gay 是个时尚杂志的服装编辑，在我股票赚钱之后成为我的密友，一直给我当造型顾问和服装买手。那个男模就是一个职业模特，除了一个月有一两次秀和偶尔拍两张大片之外，没有任何别的事可做，所以一度以陪我健身吃饭打发光阴。他除了长得实在好看之外没有任何特长，说三句话就能暴露白痴的本色，所幸的是他对此有自知之明，很少说话，成天微皱着眉头一脸严肃，好像总在思考，搞得周围有好几个男女都对他生出过无限遐想，他也不明确地表示性取向，更不轻易被征服，一副“质本洁来还洁去”的清高模样，弄得爱慕他的男女都自愿沉浸在对他的想象中，烦恼得七荤八素。gay 是无数爱慕他的人中的一个，那阵子正沉沦在单恋旋涡的最中心。

我们到东京第二天在银座随便晃晃，午饭后，男模去 Abercrombie & Fitch 购物，我跟买手 gay 找了个附近的咖啡店闲坐，嘱咐男模买完了东西回来找我们。gay 望着男模远去的肩宽背直的背影，“啧啧”了一通，说：“A & F 门口那一群半裸的，跟我的‘菜’一比，真是没一个能望其项背！”

我笑说：“问题是，恐怕你的‘菜’根本不懂‘望其项背’是什么意思吧。”

“姐！”gay 娇嗔道，“这就是爱情！我管他懂不懂呢。爱情不用懂！什么都不懂最好！只要他愿意，我养他！他这样的尤物，随便往哪儿一站就是一道风景！他什么都不懂，我已经‘咚咚咚’地小鹿乱撞；他要再懂，我就差一头栽倒晕死在他面前了！”

接着，为了佐证自己的花痴宣言，gay 从手机里翻出一首歌，热切地给我介绍那首歌的创作背景：

“这首歌就是林夕写给黄耀明的。他俩就跟我俩一样一样的！一个负责好看，一个负责有才华。唉，我现在的困境也跟林夕一样一样的！他那么喜欢他，他那么无所谓他！”

“人家是两个都很有才华吧！”我笑着替黄耀明争辩。

“姐，这就是个借喻手法，反正我特理解林夕！听说林夕当年也是约黄耀明到日本，他在银座苦苦等到的答案只有在巷口一个人冷冷地被放鸽子。他一悲伤，就写了这首歌。唉，人生最大的不幸不是没遇见，是遇见了得不着！有缘没分的苦啊，真是比苦瓜还苦！”买手 gay 为了佐证他的借喻，在咖啡店用手机给我放杨千嬅唱的《再见二丁目》，一边放他就一边跟着唱：“岁月长，衣裳薄，无论于什么角落，不假设你或会在旁……原来我非不快乐，只我一人未发觉……”

买手自己把自己唱感动了，唱罢一阵长吁短叹，我被林夕的词捕获，用力忍着，用热烈地嘲笑他的单恋来掩盖我自己内心已被击中的感触。

然而，等到他的手机自动播放到下一首，我的心就垮掉了，憋了多日的悲情彻底在那首歌里失守。

一直到今天，我都不能轻易听那首歌，那首把我彼时拼命想掩饰的失恋揭露得一览无余的《爱情转移》：

“熬过了多久患难，湿了多少眼眶，才能知道伤感是爱的遗产。流浪几张双人床，换过几次信仰，才让戒指义无反顾地交换。把一个人的温暖转移到另一个的胸膛，让上次犯的错反省出梦想。”

我就那么没任何征兆地从那首歌的前奏开始就哭了起来，且越哭越伤心，直哭到副歌完了我的情绪仿佛还远在富士山，一时转不回。

买手 gay 慌了神，试遍各种方法安慰我都未奏效，最后他实在没招了，竟然扑通一声跪在茶桌旁边的地上跟我说："对不起啊，林姐啊，我必须向你坦白，我帮你买的那些衣服和鞋吧，一直都黑你的钱。我以前一直觉得你就是个踩狗屎运的女人，没想到，没想到你心里也有这么多苦，估计你跟我一样一样的，也是个孤苦伶仃的可怜人！我们是一样一样的，我保证以后再不会黑你了，我多少钱拿的就多少钱给你！跑腿费你到时候看着给吧。咳，不给都行！哎呀，我说，你别哭了，我求你了，你再哭我也要哭了，你哭得这么惨，我，我都不想活了我……"

他边说边真的哭起来，不一会儿就眼泪鼻涕流了一脸。

我被他的话和他的样子逗笑，我们就在店里日本服务生奇怪的注视下倒在对方的肩膀上又哭又笑了好一阵。

等我们哭到差不多，男模拎着几个购物袋回来，看我们俩一人一脸半干的鼻涕眼泪，又看了一眼桌子上一片狼藉的下午茶，纳闷地问了句："嗯？咋地啦，这是？吃坏啦？"

男模这一张嘴，口音和容貌实在反差太大，我跟 gay 心照不宣地用泪眼对视了两秒，彻底收起悲伤放声大笑起来。

隔天我在卡地亚店里买了一只镶钻的 LOVE 手镯，到北京之后拎着它去找朱莉。

卡地亚的 LOVE 手镯是那年我自己最想要得到的饰物，我用这番诚意，希望能得到朱莉的谅解。

"要不是你也在里面赚到了钱，我真去我爸爸那儿告状了！"朱莉对我"迷途知返"表现得宽仁大度，继而又批评 Chloe 道，"这女的胃口太大了！我爸爸早晚会受她连累！"

"小枝你不错啊，牛市都让你赶上了，真没看出来！"戴磬调侃道。

"你边儿去！"朱莉白了戴磬一眼，接着跟我说道，"及时出来就对了！这种事儿，有人赚就有人赔，事儿说变就变，我们重要的是千万不能贪！自古以来淹死的都是会游泳的！”

他们夫妇又热烈地讨论了经济形势，我听着那些我搞不懂的分析，仿佛有一种“下凡”的感觉。

朱莉最后又很负责地安排我说，不回地产公司可以，但不能不工作。接着她跟我讲了她和戴磬的一个媒体平台的构建计划，像很多时候一样，我对她高瞻远瞩的事业规划依旧是听得一头雾水，也或许，我在她面前的不求甚解，是因为我对她有着超出任何人的信任，过往的经验告诉我朱莉的安排总是有先见，她对我的安置也总是公平而周详。

两个星期之后，我依照她的要求去了她和戴磬的传媒公司上班。

在去公司上班之前，朱莉约了我单独见面。

“我对人性挺悲观的。”朱莉说了一句令我警醒的开场白。

“我在二十五岁之前，一直都过得挺梦幻的，在家父母宠，在外面老师朋友宠。就算我妈妈过世的头两年，我也不觉得生活有什么特别的困难。但最近这些年，渐渐地，有些事儿从根儿上改变了我对世界的看法。比方说，我爸爸，他都可以为了新欢疏远我。自从他结婚之后，我们一年见面的时间两只手都用不完就数过来了。再比方说，你，咱俩这几年算走得很近了吧？凭良心说我算对你够不错的了吧？你也可以为了一时的利益轻易就‘投敌’了。我说这个没有在责怪你，我只是想让你知道我现在对‘人性’的看法。”

没等我回话，朱莉又继续道：“人都会合理化自己的行为。我爸爸会认为他追求幸福没错，你大概也觉得你跟陈伶伊的交情在先，你跟她做股票，也没侵犯我的利益，你也没有责任要知会我。换个角度说，这也没错。可我一直都认为，没有‘绝交’就没有‘至交’。一个人如果连最起码的立场都没有，那又谈什么是非观？我对人性中的那种见风使舵的软弱烦透了！”

这番话说得我低了头。

“所以，”她继续道，“我其实，也没那么相信戴磬。”

我听完一惊。

“他是我丈夫，呵呵，‘丈夫’，这个世界上最不可靠的关系就是夫妻关系。父母子女是靠血缘，朋友是靠游戏规则，夫妻靠什么？最初，恋爱的时候是低级的两性吸引，到后来，结婚，就演变成了合同制。合同能制约情感吗？绝没可能。所以，合同就成了打官司的时候才有用的文字条例。这些条例维持不了夫妻情感，也制造不出幸福。夫妻说穿了到最后就该是个利益共同体，如果哪一天，‘利益’也不成立了，其他的都瞎掰！但，利益是有限的，情感是无限的，所以，我要尽量避免我有限的利益共同体受到无限的情感挑战。说白了，永远要尽量避免试探和被试探。如果还打算过消停日子，就得让夫妻之间利益最大化、持久化，同时任何一方都远离遭到试探的可能。”

朱莉的这些理论听得我心底一阵阵冒冷风，可我又找不出什么有力的证据去反驳她。

“你知道我为什么要安排你在我这个公司？”朱莉抬眼看我，冷冷地问。

我茫然地摇摇头。

“看住他。”朱莉说，“我算是董事长，戴磬是CEO，成立这家公司完全是他的理想，他跟我磨了好几年了说想做什么媒体王国，所以一切业务开展都是他在实现梦想。我就负责弄钱找关系。我们俩这种关系，目前看来还是平衡的，等日后他真有实力了，我得有能跟他抗衡的棋子制约他的布局。”

在认识朱莉以来的那么长时间中，我都没有见过她的这一面。我甚至也没想到过原来我跟 Chloe 的那一段合作，给她带来的伤害可以大到跟她父亲再婚一样影响她对“人性”的看法。

“我又不是大美人，我也不会像陈伶伊一样会讨好男人，我甚至都不像你那么一谈恋爱就忘乎所以，那我靠什么？我没天真地以为戴磬跟我在一起是有多么爱我这个人，这点儿自知之明我还是有的。”

她说完长叹一声，又道：“而且，我能感到戴磬在我面前的那种忍耐，他玩儿命遮着藏着，可我就是知道。一对正常夫妻不需要忍耐，有所图才需要忍耐。正常夫妻之间是宠爱，‘宠’跟‘忍’是不一样的，我就算是对情感没你那么敏感，也不至于连这个都想不清。”

朱莉的话，不知为什么，让我听到后背发凉之后，又触底反弹似的自心底深处热乎乎地升起一团情分，那是我对她的话一知半解后自动生发的属于女人之间知己的情分。

我像一下子到了高海拔似的，先眩晕了一阵，才调整好呼吸，说：

“小莉，如果我跟 Chloe 的事给你带来了伤害，再次请你原谅我。你认识我这么多年了，我是什么样的人，你了解的。当时跟 Chloe 恢复来往，确实是我太急于想知道许友伦的情况。反正，这事儿到后来发展成什么样，你也都看见了。你对我有多重要，我说不出来，但，如果这辈子在你和许友伦之间我只能遇见一个，我想我大概会选你。”

“哈哈，你得了吧！快别吓唬我了！”朱莉笑着打断我，“唉，小枝，你可真是个贯彻到底的女文青。我都说了，我没怪你，如果我还在怪你，我完全可以压根儿就不理你。我相信你很看重我们之间这种闺密的交情，我也是，如果不是特把你当自己人，我也不会把这么私密的话告诉你。刚才我跟你说的那些，我不可能跟这个世界上任何别人说。你明白吗？”

“我明白。”我说。

有的时候事情就是这样，我们认为自己“明白”的，也许只是出于个人的阅历和悟性给出的结果，跟那个提问的人所说的“明白”未必是全然的同一回事。就像是世界上没有真正立场客观的“历史”，世界上也没有真正立场客观的“明白”。

况且，世界上的因缘有时候就是那么奇怪，如果是前缘注定的相逢，不论有多少用“明白”组成人为的阻止，都可能是徒劳。因缘就是因缘，就像聚多了的云会散，不论是化作云还是雨，该来的早晚都会来。

我去了戴磬的公司工作。

公司的主要业务是开发新的媒体平台。戴磬对公司的发展很有野心，常常在例会上宣誓似的发表一些对前景的规划和设想，那些内容大多数对我来说都太高太远，它们超出我的专业给我的理解力，也超出了我对这个世界的欲望给我的领悟力。

但这都不会成为我当时工作的障碍，因为戴磬和我彼此心照不宣的是：我在公司主要的任务是担任朱莉的“专职心腹”，为她这个董事长随时提供她需要的有效资讯。

最初的半年中，公司的业务进度和人事的磨合都在朱莉隐形的掌控中。工作内容步入轨道之后朱莉开始慢慢降低了向我询问的频率，而我在越来越放松的情况下也不自觉地把对戴磬的关注转向了工作。

那年秋天，戴磬要去美国开会，跟以前一样，这种长途会议都会带我一起参加。

我在去机场的高速路上忽然接到朱莉的电话，她说遇上了点儿麻烦，需要立刻跟我商量，又说让我不用管戴磬。

我问她出什么事儿了，她说见面再说。我路上猜测她所说的麻烦大概又跟 Chloe 有关。我认识朱莉那么多年，没见过她对谁特别计较，也没见过她跟谁特别对抗，直到 Chloe 出现，朱莉才终于和大部分普通女孩儿一样有了一个长期有效的眼中钉。

果然。

“她怀孕了！”这是朱莉见到我之后咆哮出的四个字，她的表情之愤慨完全像是外交部发言人在谴责某个别国在秘密进行地下核试验。

“我就这么一个爸爸，她还想怎样？还想怎样？！”

朱莉接着就噼里啪啦持续批判了 Chloe 二十分钟。

等她把最愤怒的话都说完，我问：“那，戴磬怎么说？”

“孩子的事一直是我们俩的禁区，所以，这件事儿我反而没法跟他说。”朱莉的回答解释了我的疑惑。来的路上我还在纳闷，为什么戴磬仍旧按原计划登上了赴美的航班。

“不知道为什么，我没办法想象我会跟戴磬有孩子。”朱莉又道。

“等等，你说你没办法想象跟戴磬有孩子，这话什么意思？”我问。

“就是这个意思啊。”

“我是说，你的重点，是你‘没办法想象有孩子’，还是只是‘没办法想象跟戴磬有孩子’？”

“我不知道。”朱莉迷茫地摇摇头。

“这是两个完全不同的意思哦！”我说。

“我知道，所以，我才不知道要怎么回答。”

“所以，说真的——我这么说你别生气——我也不那么认为，Chloe 要小孩儿，完全是出于阴谋。也许，她就是很爱你爸爸。”

朱莉两眼发直地看着斜前方。

我再次鼓足勇气说：“有时候，为爱的男人生一个跟他一样的小孩，是女人表达爱情的一种方式。”

“……”

“小莉，我在想，是不是，你得要慢慢试着，接受，Chloe 爱朱叔叔？”

“可他是我爸爸啊……”朱莉说到“爸爸”这个词，悲伤再次涌上来，

“我能理解任何一个人追求爱情，我也能从理论上理解我爸爸，可能，他是会有爱情的需要。可我就是接受不了。我接受不了他爱别的人，女人，跟我妈妈和我无关的女人。”

“但，已经发生了不是吗？”我试着用她惯常对我的冷静应对着她的问题。

“你说，我会失去我爸爸吗？”朱莉问，露出不多见的无助。

我没回答，反问道：“小莉，你说，爱一个人，到底是什么样子的？”

“你这么问，一定是有什么答案要跟我说对吗？”她在我开始抒情时，迅速恢复了镇定的本色。

“嗯，如果真的爱一个人，就是接受他的全部，包括接受他离开——假如，离开是他的需要。包括接受他决定换一个活法。”在对朱莉说这句的时候，实际上，我想到的是许友伦。那是一种意料之外的悟道，似乎，自他走后，自我接受他的离去后，我开始试着“爱”他。

因着这样的一副我不熟的“爱”的途径，我原谅了他不面对的告别，甚至，在想到他的时候，心底渐渐多是温暖和祝福。这种感觉，让我的内心获得一种以前从未有过的放松。尽管，这份爱，像是夜空下的烛光，柔弱而渺小，看似微不足道，但我依旧能确切地知道它的出现来自某种不平凡，当我感到它的亮度和温暖时，就对自己默默盟誓，一定要珍惜它在生命中的出现，不管，是不是有人懂得；不管，是不是有人可分享。

“你说，那孩子，是我爸爸的吗？”朱莉的问题把我带回不浪漫的现实。

“肯定是吧！你怎么会这么想？”我笑道。

“我就是没办法想象啊！我爸爸，他，他，他怎么能当爸爸了呢！”

“哈哈，他也是你爸爸，好吗？他怎么不能当爸爸啊！”

“我是说，他怎么能‘又’当爸爸了呢？你说说，我爸爸，他可是个资深共产党员！”

“共产党员怎么啦？马克思还有燕妮呢！毕加索还‘法共’呢！人家孩子多了去了！”

“外国人不一样！”

“嘿，比生育能力中国人民绝对以数字说话啊！”

朱莉终于露出笑容，看起来情绪已离开谷底缓缓上升：“我不管，她真敢生，我就敢揪她儿子几根儿头发测一下 DNA！”

“为什么你认为是儿子？”

“我已经让一万步了，到最后我必须是我爸爸唯一的女儿！”朱莉嚷道，已全然是小女孩儿模样。

“万一 Chloe 真又生一女儿呢？”

“抱出来掐死！”

“得了吧你，你武则天啊！”

“我要有武则天一半儿，她早缺胳膊少腿儿进酒缸了！”

“我看你也就过个嘴瘾！”

“要不然呢？”

“唉，原来你也是个银样镴枪头。”

“哈！你好意思说我吗？”

……

朱莉心情暂时平复，经过商量，我改签了机票，去美国跟戴磬会合开会。朱莉为了谢我陪她，贴心地让秘书帮我升等级到商务舱。

我很开心要独自长途飞行，在那之前，每次出差都是跟戴磬同往。我跟戴磬没什么共同语言，所以每次都要努力挤出话题聊朱莉和公司发展，身心都不放松。

等登机之后，我就盼着旁边座位没人，希望这是一次不用应酬敷衍任何人的旅行。

也许是我发出去的信号太鲜明，我旁边的座位果然没人，但就很奇怪地被空姐放了一个大提琴盒，她还在关舱门后贴心地帮那个大提琴扣上了安全带。

等起飞后第一次送餐时，有一个年轻的男子从经济舱走过来，跟空姐要了餐单，翻看了一阵，指着大提琴盒一脸严肃地对空姐说："给我太太来一份 A 餐，饮料要第一款红酒。"

空姐很职业地微笑点头，什么都没多说，并且不一会儿真的在大提琴盒旁边拉出小桌板，摆了一份餐和一杯红酒。

那男子看到送餐后满意地走了。

之后的几个小时他又出现过两三次，为大提琴盒要了橙汁、拖鞋、眼罩什么的，并且言必称大提琴为"我太太"。

等不知道飞到哪里的上空，夜幕笼罩，我在看了三个电影之后仍没有任何睡意。这时，空姐按服务安排给每个人都发放了一袋果仁和一小盒哈根达斯冰激凌。我吃完自己的冰激凌，看看旁边属于大提琴盒的那个冰激凌盒已泛出了白霜，一时兴起，拿起那盒冰激凌走去经济舱。

"哪，你太太给你的。"

这是我找到郝子骐时对他说的开场白，说那句话的同时，我把那盒哈根达斯递给他，那只是我为了打发无聊开的玩笑，并不知道，"一语成谶"，一个月之后，递给他冰激凌的我，竟然真的成了他太太。

郝子骐是个大提琴手。

那次他去美国参加一个面试，在如何跟大提琴一同飞往美国的问题上，郝子骐和机场工作人员产生了分歧。大家对此都没有过硬的参考，最终，既不能托运又不能作为随身小件儿行李的大提琴必须补购一张飞机票。

可是由于当时距离起飞只有不到两个小时时间，经济舱已经全满，郝子骐不得已只能临时帮他的大提琴买了一张商务舱的机票，而，按照规定，他不能跟大提琴互换座位。

郝子骐只是一个乐团的演奏员，一张飞往美国的商务舱机票对他来说是不小的数字，可他在当时已经没有别的选择。

等后来我们快速恋爱、结婚，我快速熟悉了他的习性，才明白所有的事的发生都取决于“习性”。

郝子骐就是那种内心神经质，会把事情安排得很慌张的艺术家。

而第一次见到他时，我看到他为大提琴点餐的那种“幽默感”，其实只是我的误解。

他在为大提琴要东西的时候完全是出于纯粹的愤愤不平，而非任何趣味性。

并且，他把他自己没有做好足够准备工作的不周到迁怒于“境遇”。后来我多次听他跟不同的人以同样强烈的程度咒骂航空公司。我开始同意，世上没有“受害者”。所有以“受害者”自居的人，都是对自己不够负责而又不愿意承担不负责后果的幼稚者。

我自己也是一样，作为一个情感面的幼稚者，我对郝子骐不够了解，对自己不够负责，就在时差不明的情况下投入了一段突如其来的感情中。

虽然我们后来以跟进入婚姻关系一样快的速度结束了婚姻，但我一直执拗地对自己美化着我跟郝子骐的闪婚和闪离，用我最擅长的，也是唯一能说服自己相信的文艺小说情结。

直到，一年之后，一天，巧不巧的，我在电视上看到郝子骐，才第一次从他的角度略微客观地看待这个事件。当时他正在接受一个叫作《心理访谈》的节目的采访。

他在提到我们的闪婚时如是说："我从小就受我妈的控制，什么事儿她都控制。从我学琴到我每天穿什么衣服、跟谁玩儿，没一件事儿不是她决定！而且，为了巩固控制，她老是变着法儿地恶心我，只要不是她做的决定，在她嘴里就会被说成一摊烂泥。我自己选的球鞋，我自己选的第二乐器，甚至是我们一起去吃自助餐我自己选的点心——只要不是她拿的主意，全不对！"

"我计划去美国也是想离她远点儿，省得一天到晚听她数落、被她否定，我明明是个儿子，让她说得老跟个孙子似的。

"'你离不开我！'这是我妈的口头禅，她说这句的时候老狠呆呆的，到后来我都纳闷儿了，我离不开她，倒是好啊，还是不好啊？

"我妈让我去欧洲，我非要去美国。等我抗争胜利决定去美国，她又非要挑学校。我没去我妈挑的那个学校，所以，面试没过，我犹豫半天，要不要给我妈打电话。最后还是硬着头皮打了一电话，果不其然，她一接电话立刻就说：'我就知道你过不了！''你不听我的你活该！'好像她就是在等待我的坏结果，好像我没通过她挺兴奋的！当时我正好在飞机上认识了我前妻，我为了在我妈面前装兴奋，就跟我妈说，我认识一人，一见钟情，通不通过面试压根儿无所谓，因为我恋爱了！我妈就跟诅咒一样，立刻说，飞机上认识的绝不是什么好人！你跟这种随便跟人搭茬儿的女人不可能幸福！我真急了，二十多年的压力嗡地一下全涌一块儿了，我心里说，你不是不让我跟这人谈恋爱吗？我偏谈！我不但谈，我还要跟她结婚！我气死你！我就不信了！你不是要控制吗？我看我婚都结了你还能怎么控制！”

“可婚姻是你自己的事儿啊！是你跟你选的妻子过，不是你母亲跟她过。”主持人阿果说。

“我当时没想那么多，就想把我妈气着，以宣泄我心头多年的恶气！而且，那时候年轻，总觉得不就结个婚吗，多大点儿事儿啊！”

“所以，你当初结婚，主要是为了对抗你的母亲？”阿果又问。

郝子骐在电视里未置可否地半低着头，这时坐在他对面的几个心理专家开始分析。

我坐在电视旁，听几个陌生人在评论着我那桩短暂的婚事，那感觉奇怪极了。那之前，我并不知道郝子骐那么快向我求婚只是作为对抗他那奇怪母爱的一个招式。

人就是这样，有多少时候，我们身为“当事人”却明明完全置身事外；又有多少时候，我们把“想象”误会成了解，把逃避解释成命运，我们自己在“知觉”面的不求甚解，怨不得遭遇是“水月镜花”。

回到那个初见的画面。

自从我们在飞机上认识之后，我就成了郝子骐在美期间的专职“顾问”。他不会填入境单，不会入住酒店，不会问路，甚至不知道吃什么，都会问我。

我们在下飞机之后很快就发展出形影不离的密切关系，再后来，又特别快地成了恋人。

我不记得我们之间有过什么浪漫的表白，我就觉得以前没有见过一个男人的孱弱，当郝子骐以这种方式出现，然后毫不掩饰对我的百般依赖时，激活了我内心的某种“母性”。

所以当他以将近三十岁的高龄却能自然地带着哭腔说没通过面试时，我没想明白地说要资助他留在美国自费学习。

郝子骐在节目里对此也有对照的说辞：“也不能说我完全不爱她，我们在新英格兰音乐学院门口，她跟我说她要资助我上学的时候，我那一刻特感动！”

“可是你想过没有，你的感动跟这个女人给你提供的帮助有关，这只是你对你自己内心需要被满足的一种反应，跟你爱不爱她似乎没有必然联系。”心理专家的解说又毁了我自编自导的一段记忆。

我宁可相信我们的婚姻确实是基于爱情，就算那是个非常规的爱情。虽然我并没有足够的能反驳专家们的证据。

那么，我爱没爱过郝子骐呢？等关掉电视，我在离开那个事件已足够时日后自问。

答案是：好像没有。

似乎，唯一确定的是，我喜欢他拉琴时专注的样子。那样子让我想起武锦程说的那种“纯粹”。尤其是，当我感到自己的生活越来越远离那种最初的纯粹后，我在郝子骐身上看到这一点，令我欣喜。

并且，他诚实。

我翻箱倒柜地在回忆中搜索，确实没有找到他说他爱我的画面。

连注册结婚的时候，他也没说过他爱我。

重要的是，我也没问过自己爱不爱他。

对于一个接近三十岁的女人来说，结婚还需要理由吗？

我不知道包括我自己在内的大多数女的在那个岁数的时候为什么像逃荒一样挤破头也要在三十之前挤进一桩婚姻。那种慌张似乎我们也不相信自己有可能拥有更好的，或起码是更从容的生活。

“我拥有的都是侥幸啊，我失去的都是人生。”我在同意跟郝子骐结婚的时候心头响起的是张悬的这句歌词。

准备去领结婚证之前的那晚，我再次想起许友伦。

他出现在我即将嫁人的心头，让我未知的婚姻被自己赋予了一些悲剧色彩。

虽然法律手续在即，但，连我自己都不太相信我从此属于另一个陌生人了。

我想象着许友伦的想象，关于我们再次见面的情形，我已经设想出不下一百次各种不同的画面，这一回，在新的想象中，我会问他：“失去我，你会不会遗憾？”

那想象中没有他的回答，不是不确定，是装不下。

我当时的内心早已被独角戏里敲边锣打边鼓一样密集的感怀填得满满的。

相对而言，应该说，艺术家郝子骐则坦荡得多。

“我除了拉大提琴，什么都不会。”这是郝子骐在向我求婚时除了“嫁给我”之外说的唯一一句话。

他的确是纯粹的，纯粹到懒得说谎。

在之后我们半年磕磕绊绊的婚姻中，他向我证实了这一点。

每天早上郝子骐都会闻鸡起舞似的在六点钟左右，嗖地翻身下床，接着例行撒尿洗手，之后就直奔他的大提琴，一练就是一上午。

在最初的一个月，每当我被他起床的大幅度动作扰醒又伴着他的琴声再次昏睡时，我都会在回笼觉的边缘微笑地想：“或许，这也是幸福吧。谁说跟别人不一样的幸福就不是幸福呢。”

是啊，有多少人在早上六点就能反复地听到巴赫的《无伴奏大提琴组曲》或柴可夫斯基的《如歌的行板》？

如果那不是幸福，又是什么？

然而，当时间一点点向我证明郝子骐自己说的那句“什么都不会”在现实生活中有多么“现实”，再有多少作曲家传世的大作鼎力相助也无法让大提琴曲成为幸福生活的唯一指标。

我们结婚之后郝子骐还对成为新英格兰音乐学院一位著名的L姓大提琴家的弟子抱有幻想，甚至还对自己成为下一个马友友或王健抱有幻想。

因此，他在我的鼓励下为理想进行着最后一搏。

当然，我在鼓励他的时候并不了解他受到鼓励会是什么状态。我就那么有口无心地鼓励了他，之后在我短暂的婚姻中，我必须为我的有口无心埋单。

在勉强凑合到半年的婚姻中，我们的角色分配非常单调：

我在煮饭或叫外卖的时候，他在拉琴；

我在强颜欢笑使劲讨好他强势的妈时，他在拉琴；

我在公司开会应酬或出差加班的时候，他在拉琴；

我在捣鼓各种新置办的小家电的时候，他在拉琴；

我在修车买保险找发票的时候，他在拉琴；

我在帮他补交电话费邮箱费的时候，他在拉琴；

我在买基金算利息跟理财顾问讨论投资方向的时候，他在拉琴；

我头疼脑热痛经咳嗽崴脚或喝醉回家呕吐的时候，他在拉琴。

我第一百次提醒他撒尿时马桶盖要掀起来，冲水时马桶盖要盖上的时候，他在拉琴，且下次照旧绝对不改。

郝子骐有一个习惯，所有打开的门都不记得关上，包括柜门、房门，或他自己裤子上的拉链。

我第一百次提醒他打开过的门一定记得关上时，他在拉琴，且对我的提醒置若罔闻。

我的头上被他打开忘了关的橱柜门撞过三个大包。还有两次，他忘了拉裤子拉链儿，导致内裤的颜色跟材质清楚地暴露在我一帮做时尚的朋友面前，这个画面被那帮人反复八卦传播的时间比我的婚姻本身持续的时间还长。

就这样，不论巴赫、柴可夫斯基或是肖斯塔科维奇，最终都未能让我们的婚姻出现奇迹得以对得起看客的持久。

2008 年新年过后，我们为春节到底去谁家过发生了争执。

其实我对回我父母家过年并没有太多热情，可一想要面对郝子骐那位坚持走“来者不善”路线的母亲，我宁可长假跟我自己的父母在一起。

我们耗在没结果的拉锯战中，导致两个人都没有买到年三十之前可以去任何地方的机票或火车票。

在春节来临的前一周，有一天上午我起床之后，路过鞋柜时脚踝被开着的柜门划伤，我赶紧拖着伤脚去厨房壁柜放药的抽屉找药，一进厨房，看到冰箱的门也是大敞着，想必郝子骐早上在冰箱里拿过食物。我去把冰箱关上，心头郁积的不耐烦达到极限，就快速收拾好伤口，转回房间，把早预备好的户口本和结婚证放在一个文件夹里，一瘸一拐走过去打断正在练琴的郝子骐，说：“哎，你，别练了，给我一小时，咱俩先把婚离了吧。估计下星期民政局就该放假了。”

“你说什么？”郝子骐还在他的音乐世界中，两只眼睛全是月朦胧乌朦胧的非现实神采。

“我是说，咱俩今天抽空离婚去吧！”我又耐心地重复了一遍。

“哦，也行。”郝子骐把琴扶好，伸出自己的左手在面前看了看，跟我商量说，“能让我把这个练习曲再来五遍吗？手刚热。”

“行，那咱们十点整出门，你看着点儿表。”

“好嘞。”他愉快地答应了。

我在大提琴低沉优雅的伴奏下从容地化了妆。

出门时脚踝还有点儿疼，郝子骐就搀着我。我低头时发现他皮夹克下面的裤子前拉链儿又忘记拉上了，三米之外都隐约可见他的秋裤。我没告诉他，低着头偷偷笑了笑。

“真冷，小风嗖嗖的。”他说，一边搓着手。

郝子骐的手很好看，那是他全身上下唯一长期受到照顾和被在意的部位。

“你要是拉链儿拉上兴许能暖和点儿。”我心想，但没说出来。

民政局的工作人员面无表情地指导我们填了表，在财产分配的那一栏按了手印。

不到半小时我们就办完了离婚手续。

我有点儿欣喜，这一举措至少解决了我们春节去哪儿的矛盾。

走出民政局后我们准备各奔东西。

郝子骐问：“那，我是不是不应该再住你那儿了。”

我说：“是的。”

他说“哦”，好像有点儿茫然。

我又说：“你们团不是给你在天通苑分了房子了吗？”

他说：“哦，对对对。”恍然大悟的样子。

我说：“我让刘师傅开车帮你把东西送过去，再让小周过去帮你收拾收拾。”

他说："也行。"

等我到了公司，安排好司机刘师傅和阿姨小周，不久郝子骐发了个短信，说："老刘跟我说好时间了，我下午就把我的东西都搬走。"

我回了一条："好的。"

过了十五分钟，他又发了一条短信给我说："对了，跟你说个事儿，我好像没钱了，你给我卡里打十万块钱吧，年后我还想再去趟波士顿，算我借你的，以后还。"

我想了想，回短信说："我给你五万吧，这回你和大提琴都坐经济舱得了。不算借，你不用还了。"

他回了四个字："好的，谢谢。"

我在打开电脑进入网上银行的时候，脑子里还粗略算了算，郝子骐跟我从认识到结婚到离婚，差不多两百天。以每天听他拉琴两个半小时来计算，总共就听了五百小时。五万除以五百，相当于他每演奏一小时，我就付了一百元人民币。

大提琴是我最爱的乐器，郝子骐虽然不太会当男朋友和丈夫，但，他是不差的演奏员。

"值了。"我愉快地想，立即给他卡上转了五万人民币，然后坐在那儿长吁一口气，如释重负。

等那晚我到家的时候，郝子骐和他的衣物就都消失了。

我安排阿姨小周收拾了两天，小周非常有职业操守，一句多余的话都没问。

等第三天，家里就看不出有任何别人曾经进驻的痕迹，我独自坐在窗明几净的房间里，放眼望去，所有该关的门都齐整而规矩地关着。我很满意，给自己倒了一杯红酒，拿出一张唱片，当房间里满满地响彻斯美塔那的《沃尔塔瓦河》时，我的心头涌出一股久违的安静而悠长的喜悦。

有时候，婚姻的意义似乎就是让人更深刻地了解孤独的可贵。

我喜欢的话剧导演林奕华在他的作品《三国》中有这样一句词：“谁不怕一个人走，谁就来到天尽头。”

“怕”是唯一阻止自己认识生命真谛的高墙，对“怕”的卸载之后总会获得空前的力量。

回想那段时光时，我从未有过任何怨怼。只是纳罕，当初，在听他说那句“只会拉琴”的时候，我怎么会以为那是他以自谦方式的浪漫表白?

所以，郝子骐没有错。

就像他当时帮他的大提琴要一份套餐和一杯酒，空姐都没有误读，只有我误读。

我在认识郝子骐之前太过习惯于自己的臆测，而与他短短的看似荒诞的婚姻，以最有效的方式直接提醒我认识到“空性”的重要：当我们在面对一个人和一件事的时候，越是少带有成见和主观判断，越能保持基本的“觉知”。而一个具备“觉知”能力的人，才谈得上负责，不管对自己，还是对别人。

是我用误会应承了一个赌气，我们是两个命中有此一劫的因果中人，因一阵糊涂在一起，因一阵清醒而分开，总体上说，这也该算是一种另类的无怨无悔。

那一段婚姻，除了在《心理访谈》上意外出现过一次之外，再没有任何发酵，从此相忘于江湖。

13

就在我疲于应对我和大提琴手乏善可陈的婚姻时，戴磬和朱莉之间也出现了问题。

这个消息中最让我吃惊的部分是，戴磬的婚外情对象，竟然就是那次他在独自飞往美国的航班上认识的。

也就是说，如果 Chloe 不怀孕，如果朱莉那天不为 Chloe 的怀孕情绪崩溃，如果我不改期仍跟戴磬一起出发的话，那么，就有可能阻止这场来势迅猛的婚外情。

然而，哪有什么“如果”。

戴磬在那个航班上认识了一个去美国短期交流的电视台女主播，后来戴磬在很多场合不止一次说过，在跟女主播聊天两个小时后，他就无法自拔地爱上了她，在临下飞机前，他已经预感到他会不计代价地跟这个女主播在一起。“遇上她，我才知道什么是爱情。”这是戴磬的爱情宣言。差不多一样的一句话，在民国时期，杜月笙也对孟小冬说过。只不过，风俗和律法不同，杜月笙不必因这份纯情对他另外四房妻妾另作安排，同时，这位旧时代的黑社会老大也相当大度地允许孟小冬的闺房始终摆着梅兰芳的照片。

这样的画面放在今天的观念中想必很多人欣赏不来，或不敢欣赏。我们不愿意或没能力承认，“文明”是相对的，需有参照物才能照映清晰。“文明”和“文明人”之间，也未必总是有关系。

戴磬是文明时代的非文明人，我不知道他在反复重申他的爱情宣言时有没有想过要考虑朱莉的感受，等再见不到他时，每每听到他在公开场合的表白，我就有些自责：那次在美国期间，我忙于跟大提琴手勾搭，疏于观察戴磬，给他在美国时暗度陈仓制造了机会。

关于这次情变，在从 2007 年年底到 2008 年年初的关键时间段，竟然没有人发现任何端倪。

或是说，大家都没空发现端倪。

我在忙着应付突发且混乱的婚姻，朱莉刚好接了一个文化项目，好像是帮奥运会选开幕式负责领各国入场的举牌小姐。

表面上看，一切热闹而有秩序。

戴磬到处宣称他在筹划公司“上市”，给自己增加了很多不在家的安排。

没有人想过去怀疑他那些安排有多少是真正的业务，有多少是假借业务之名出去约会。

我当时还纳闷，为什么有些男人对“上市”的盲目热情就好像有些女人对“婚姻”的盲目热情一样，似乎那不是一个“开始”，而是一个“终结”——巨大的热情中裹着一种“先革命再说”的顾头不顾尾的泥腿子意识。

更令我意外的是，发现戴磬婚外情的居然是 Chloe。

春节之后，有一天 Chloe 忽然出现在我办公室。

尽管我早就知道她怀孕的消息，但真的亲眼看到她以孕妇之姿出现在我面前还是吓了我一跳。

Chloe 跟我见面之后略微寒暄了一两句就直奔主题地问：“戴磬有几部车？”

“啊？”我对她的问题很纳闷。

“这个不是你们公司的机密吧？”Chloe 在我面前总是能很自然地就找回她曾是我老板的那种最初的威仪感。

“当然不是。”我笑笑说，“嗯，公司给他分派一辆奥迪，他自己有一辆路虎，公司还有一辆接待客人用的奔驰，他有时候也开。”

“车牌号你都告诉我一下。”Chloe 又提了一个我摸不着头脑的要求。

我打了个电话给秘书，让她把公司所有车牌号的记录单送进来。

Chloe 看了看上面的记录，又低头翻了一阵子手机，然后长叹一声，对我命令说：“走，你跟我到楼下喝个咖啡。”

等到了楼下星巴克，我给自己买了咖啡，给 Chloe 买了橙汁，然后坐在那儿听她讲了她偶然发现戴磬婚外情的“奇遇记”。

“我一直都挺喜欢那个吴梦夏的，所以那天认出她的时候，刚开始我就是有点儿八卦。”——“吴梦夏”是女主播的名字。

“当时我还想，不是听说吴梦夏是单身吗，她来妇产医院干吗？要是做普通妇科检查，用不着来这么贵的私立医院啊。我去的那个医院，随便抽个血量个体温都得好几千。后来我听两个小护士偷偷议论，才知道她是去做人流。”

即使听到这儿，我还是没把 Chloe 说的事儿跟戴磬联系在一起。

“我在大夫那屋等着做检查，忽然看见戴磬从门口特快地走过去，我心里说，怪了，今儿在医院真是什么人都能碰上！幸亏我留了个心眼儿没叫他，没一会儿就看他扶着吴梦夏出来了。我还怕认错了，特地从窗户往外看，看他们上了哪辆车，还赶紧地把车号记在手机里。结果，那辆奥迪的车牌号跟你刚告诉我的一样！”

我被Chloe带来的这个八卦惊住。

蒙了几秒，才不相信地说：“也许，戴磬是帮别人忙去接吴梦夏呢。”

“你当我傻啊！”Chloe鄙夷地白了我一眼，“我多严谨啊！我使劲儿从窗户往外看来的。先看见吴梦夏坐进车里以后就抹眼泪，戴磬就凑过去给她擦眼泪，然后搂着她，还亲她。你说，帮忙有帮成这样的吗？”

我听得一头冷汗，无言以对。

“然后，”她一边翻包一边说，“我还做了这件事儿。”

她说着已从包里掏出一张打印着无数电话号码的单子。

“你别管我怎么做到的，我只想告诉你我做这事儿的唯一动机就是为了保护我们朱家的名声！”她把那张单子递给我，解释说，“这是戴磬最近三个月手机拨出的号码单。你看这个，就138尾号42的这个号码，白天重复率最高的就是这个。”

“为了怕认错人产生误会，我还给这号码打了个电话。”Chloe说这句的时候脸上有种得意的表情，“那天，我打通了电话，就很自然地问：‘请问您是吴梦夏小姐吗？’她回答说：‘您哪位？’我一听！真是她！就把我事先编好的瞎话跟她说了一遍：‘您好，我是一家文化公司的负责人，是这样的，我们想找您主持一个商业地产活动，请问您下个月上旬还有没有档期？’你想啊小枝，我以前就是干这个的，我要是真想蒙她，那不一蒙一个准儿吗？果不其然，她就真信了！挺客气地跟我说，她们台有新规定不让主持人接商业活动，要有也得奥运以后才有可能。”Chloe说到这儿叹了口气，又道，“我告诉你，小枝，她要不是破坏朱莉的家庭，我没准儿还真挺喜欢她的！说话也得体，甭管真的还是装的，起码是落落大方！”

“那，怎么办？”我一副手足无措的样子问 Chloe。

“咳，我也挺为难的。如果让小莉知道是我先发现的，她肯定急！她一直对我有成见，肯定觉得这种事儿让我知道了折面子。所以，我才来跟你商量。”Chloe 边说边下意识地摸了摸她自己的肚子，那一刻我有点儿相信，她对朱莉和朱莉代表的朱家担心，应该是真诚的。

我和 Chloe 那天并没有讨论出相应的预警方案，不过，也没容我们焦灼太久，朱莉就自己发现了吴梦夏的存在。

那天本来是我约朱莉吃饭庆祝我离婚。

我们约在昆仑饭店旁边那家叫作“高仓”的日本料理店，坐定之后朱莉笑说：

“你结的时候我就知道不靠谱，俩都搞艺术！还有比这更不靠谱的吗？哈哈！”

“我算哪门子搞艺术的。”我自嘲道。

“是啊，你过着世俗的生活，又怀着一颗永不凋零的艺术的心，更糟！还不如人家郝子骐呢，手上拉琴，心里也拉琴，这叫心行合一！哈哈。”朱莉继续调侃。

“你看得这么清楚，当时干吗不阻止我。”我笑问。

“干吗阻止你，一阻止没准儿你倒找到意义了呢。朋友就是这样，你要往火坑跳，我任你跳，等你自己想好了要出来，我再把你拽出来！”

听她这么说，我心里憋着的八卦翻腾了一阵又被我咽下去。

“不过，婚姻这事儿，本身就不靠谱！”朱莉说，说完一口喝完了一杯清酒。她这么说的时候，我还以为她仍在以我为论题。

哪知，她放下酒杯紧跟着说了句："哦，对了，戴磬有外遇了。呵呵。"

她说完这句话，夹了一根凉拌的牛蒡丝放进嘴里，小幅度慢速地咀嚼，很优雅、很闲适，完全不像是一个婚姻正受到侵犯的女人。

接着她又以同样的冷静态度说："所以，我最近也有点儿忙，要想想怎么整理整理财务问题，再把公司赶紧收收。唉，没办法，这些事儿是免不了的。"

"啊，你的意思是？"我试探地问。

"我的意思就是，我不带他玩儿了呗。呵呵。"

说完她给自己添了酒，又说，"我从小到大，从不跟别人抢。谁要主动跟我抢，我就一个态度：你看好你拿走。一样东西，再好，需要抢，也没多大意思。"

"可，也这么多年了，不再想想吗？"

"没什么好想的，拿时间说事儿是最没意义的。而且，我是真不愿意蹚这种浑水。"

"哦，看来你都想清楚了。"

"是啊，挺容易想清楚的。你就等着欢迎我加入你的行列吧！"她又干了杯中酒，仍是笑着的，看不出任何情绪的伪装。

我没问她是怎么知道的，她也没主动说，我也没告诉她我对此早已知情，更没敢提 Chloe。

从这件事后来的发展看，所有的事都未必是全然的好事或坏事，朱莉离婚的过程修复了她和她父亲的亲情，也最终解决了她和 Chloe 之间的芥蒂。

那是在朱莉做出离婚决定之后不久，有一天她邀我跟她一起去了一趟她爸爸家。

"真不好意思，我特不想这事儿把你卷进来，只不过，公司有些股权问题，我必须要问问我爸爸的意见，看怎么处理才最大程度规避后患。所以，你得跟我一起去。一来，有些公司的细节，你比我清楚；另外，如果我跟我爸说到什么私密的事儿，你就得负责把陈伶伊引开，就是‘调虎离山’呗！哈哈。”她笑着说。

我二话没说就陪她去了，在那个时候，我唯一能给她的切实的支持，就是在她做任何决定的时候都不发表不必要的议论，而且，给予可能的陪伴。

等我们到了朱家，Chloe 很善解人意，没让我费什么力气找借口，她就站起来主动说要烤饼干给大家吃。

“你忙什么，让阿姨弄不就行了？”朱爸爸似乎很心疼怀孕的太太。

“这点儿小事儿，不忙，孩子们难得来一趟，怎么能让阿姨弄呢！”Chloe 笑得见牙不见眼地跟她丈夫发嗲，顺手强悍地把我们定性为“孩子”。

我假装对烘焙有兴趣，跟进厨房看她很慢很仔细地做甜点。

“小莉让你来看着我的吧？”Chloe 笑说，我心里想，这个女人唯一不聪明的地方大概就是她不掩饰聪明。

我没接话，她继续说道：“咳，我哪有那闲心打探她的私事啊。以我的立场，当然是希望她一切都好。她来问她爸爸就对了，延年虽然不在位置上了，那影响力还是有的。这个戴磬要敢造次，也过不了延年这一关！”

等朱莉谈完，Chloe 端着她刚烤好的杏仁饼干迎出去，她在走出厨房之前特地解了围裙，整了整头发，然后做足一个笑脸，顶着七八个月大的肚子，步伐稳健，速度适中，完全是一副母仪天下的姿态。

朱莉也大大方方地微笑示意，从 Chloe 递过来的盘子上拿了一块饼干，掰了一半递给她的父亲，说：“爸，再好吃您也要少吃啊！您现在属于‘三高人群’，得多运动，否则回头怎么陪您儿子打篮球啊！”

朱爸爸一听朱莉说出“您儿子”这三个字，高兴地大笑了两声。

Chloe 赶紧给她丈夫递上一杯刚沏好的热茶，娇嗔道：“慢点儿，别呛着。”

Chloe 的各种动作都熟练娴熟没有任何造作，看得出她平时已习惯于焦点永远在她的丈夫身上，并随时为他的需要提供各种及时的服务。

朱莉刚才说的话，让 Chloe 已经拉开的架势顿时软化了一半，她走过去坐在朱爸爸身边，挽着他的胳膊接过话说：“看吧，我说这位爸爸，女儿说的该听了吧！”又转向我笑盈盈地说：“延年吧，谁的话都听不进去，就只听小莉的！我们俩在家的时候，他的口头禅就两句：一句是‘小莉让我这样’，另一句是‘小莉不让我那样’。小莉的话是我们家的圣旨！”

我捧场地跟着说说笑笑，看着朱莉和 Chloe 一左一右拥着朱爸爸，完全是一幅天伦之乐的典型画面。

就这样，两个女人都没有跟对方直接对话，却用同样的妥协，让一场旷日持久的对峙戛然而止。

那天回来的路上，朱莉对我说：“不得不承认啊，这陈伶伊，她对我爸爸确实是好啊！你注意到了吗，我爸爸今儿穿的那件开衫居然是‘山本耀司’！呵呵，要没陈伶伊，我爸爸哪儿知道山本耀司啊。而且，你发现了吗？他们家水龙头都换成 Boffi 的了！”

“小姐，什么‘他们’啊，那也是你的家好吗？”我笑说。

“说得是啊，所以我才惭愧，以前我真没这么在意我爸爸的生活品质。一个家，选什么样的厨卫，比选什么牌子的沙发，更能看出一个人爱不爱生活。起码陈伶伊把家重装之后，厨房、厕所都弄得挺舒服而且挺有品的。”

我笑说：“这个嘛，确实，我很了解 Chloe，她对品牌真不是一般的在意。”

“品牌我们也在意，但咱在意的就都是怎么把自己弄得特好，女孩儿和女人的区别就是女人爱家，女孩儿就知道爱自己。这跟结婚不结婚无关。”

“我也挺没想到的，以前我跟她工作的时候，就觉得她挺会公关的，没看出她还是料理家务事的一把好手。”

“是啊，我也没什么可挣吧的了，我爸这两年，也挺健康的，我跟他谈事儿，他还是头脑极清楚，逻辑严密，而且，好像还比以前更豁达。”

“你爸一直都挺豁达的。”

“没错，可是吧，人都会被周围人影响的，如果他娶的是一个内心特别狭隘的老婆，他未必不受影响。没有任何一个人的优点是坚如磐石的。”

“嗯，Chloe 这个人，也的确不是那种特小气的人。”

“那你怎么不告诉我！”

“我说了，你听吗？呵，这会儿又赖我不告诉你！”我假嗔道。

“是啊，看起来，她对婚姻可比我对婚姻死心塌地多了，所以我爸爸过得那么滋润，小脸儿都红扑扑的！唉，难怪呢，一把岁数还生娃呢！体力够好的！”

“哎！哪有这么说自己爸爸的！”

“事实嘛！”朱莉感叹了一回，又说，“人吧，就是会被自己想出来的事儿困住。你看看，我爸跟我同一天结的婚，现在两人还好得蜜里调油的，我都已经剑拔弩张办离婚了。可见，偏见不会影响别人，只会影响自己。”

我不想她在解决自己的问题时再添自责，就纾解说：“那不一样，Chloe 毕竟跟着你爸爸过上更好的日子了，人生都改写了啊。她就算感恩，也应该对你爸爸好啊。”

“戴磬跟着我也过上更好的日子了，人生也改写了，他的大部分理想是我在帮他实现，他还是会情变，还是会争夺，还是会报复。所以，没有要得来的感恩，只有自己放不放得下。”

我对此无言以对。

对朱莉来说，那也未见得是一个容易“放下”的过程，就算她始终保持着镇静得体的态度，以及，最大限度地对外人守口如瓶。

尽管朱莉对戴磬不会感恩已经有心理准备，戴磬还是在争夺家庭财产和公司股权时表现出彪悍，这让他们的离婚不可避免地成了一场双方必须斗智、狠搏实力的战役。

从一个人对一件事的结尾的处理能特别清楚地看到他的品行。

我在旁观戴磬和朱莉的离婚大战时，看到了一个我好像从来也不认识的戴磬。

在那之前，他是我最好的朋友的丈夫和我供职的公司名义上的老板，我们是见面极频繁的陌生人。我虽然不觉得有多么了解他，但他日常行事在我看来也起码是一个始终有礼有节、分寸得当的绅士。

直到，他在离婚时，图穷匕见，完全另一副嘴脸，制造出令人愕然的刀光剑影的别样光景，让我对人性再次产生不寒而栗的怀疑：要见多少次面，才能真的了解一个人；要经历多少动荡，才能多看清一点儿一个人的内心。

好在，人性不仅有令人怀疑的意外，也有令人欣慰的意外。我从朱莉应对的过程中再次刷新了对她的认识，也再次刷新了对人性的认识。以前，我只知道她大气，但并不知道，一个女人可以大气得那么彻底。

她“大气”的表现方式并非委曲求全，而是对所有戴磬制造的挑战都尽可能地就事论事。

在处理离婚事宜的三个月中，我没有看到过她任何一次情绪失控，也没听她对戴磬有过任何一句过激的批判。

她用得最多的词是“失望”而已。

等事情完全平复后，有一次说起这件事，朱莉总结说：

“我也没有很爱他，所以，谈不上谁辜负谁。”

我说：“话是这么说没错。但，他跟你争财产的时候一副翻脸不认人的德行，你不恨他吗？”

“恨，但恨完，转脸就想，好险，幸亏我从小就没有缺乏的经验，所以我的心里没有那种会转化成穷凶极恶的狠劲儿……我太幸运了。这么一想，就顾不上恨了。”

“‘缺乏’不能当作‘缺德’的理由啊。他可是用了很多放不上台面的招数，连我一个每天在公司上班的人，都没察觉他提前那么长时间就蚂蚁啃骨头似的往国外转了那么多资产。这简直就是阴谋嘛！”

“你说得没错，所以，这样的人，更不中留。他的行为向我证明我选择放弃是对的。”朱莉叹了口气，又说，“唉，你不知道戴磬到后来，简直是……我看着他那样，就想，中国人真是祖上穷怕了啊，都顺着DNA传下来了。你说，戴磬这个人，留美受的高等教育，回来事业也发展得不错，理论上说，他也算是成功人士了吧，可他那叫一个‘贪’啊，我在他贪的时候清清楚楚看到他内心往外漾着一股一股的恐惧，急眉赤眼的。不知道为什么，我有一天忽然就对此生出一种可怜，你明白吗？完全没有恨，就是可怜：人要恐惧成什么样、怕成什么样，才会那么贪！唉，那一瞬间我就明白了，所有恶行背后都是可怜。这种可怜，不自救，没人能救得了。”

朱莉用这样一番话，让她离婚过程中的种种非正常举措有了一个终极的解释。

然而，或许婚姻终究很难是“两个人的事”。

就在朱莉练习着“放下”，希冀一切尽快尘埃落定的时候，又发生了另外的插曲。

那是不久后的 4 月，有一天 Chloe 又来找我，一进办公室还没坐定就关了门，焦虑地跟我说有人向各级纪委写了匿名举报信，内容是朱延年在任期间滥用职权，其女朱莉名下有多处房产，来路不明。

“肯定是戴磬这个王八蛋干的！”Chloe 说，“除了他谁会这时候举报我老公啊！再说，也没什么人对我们家房产的底细知道得那么清楚？！连你都不全知道吧？嗯？”

她猛地一问，吓我一跳。我正一通点头摇头，试图以“捣糨糊”的姿态把这个敏感问题混过去，Chloe 不知想到什么，忽然没预兆地大哭起来：

“我们家延年要是出点儿什么事儿，我就不活了！我也不白死，我要先拿把刀，我去杀了这个戴磬！然后我跟他同归于尽！”

我赶紧靠过去安抚她，并快速地把办公室对着外面开间的百叶窗合起来。

等 Chloe 情绪稍事平静，擦着眼泪跟我说：“吓着你了吧，小枝？我跟你说吧，这女人一怀孕，情绪波动特别大！我这阵子吧，心软眼窝子深母爱泛滥，我每天看着我们家老公，我就心想，我怎么这么幸福，怎么就让我遇见这么好的一个人，我这是前世积德啊！你看看我老公，他又智慧，又博学，又强大，又高风亮节，我就跟刹不住车一样，打心眼儿里那个爱他啊！我可受不了他受一点儿委屈！而且吧，我知道他最疼小莉，所以小莉要是有什么不顺，他肯定操心，他有一时半刻心情不好，我都难受！”

我一边附和她一边使劲儿劝慰说：“我知道，我知道。我相信这些事儿影响不了大局。你可千万不能太动气，也别太难过，你现在是待产，情绪可不能太激动啊！”

“我能不生气嘛！戴磬这男的也太浑蛋了！”她擤了擤鼻涕叹道，“我们朱家待他不薄！小莉心大，她爸也心大！你戴磬就当我们好欺负啦？这也太小人了！他这么一捅，不但对小莉不好，还牵连延年！你不知道我们家延年是一个多惜名声的人！你要钱要东西都可以，你东西也拿了钱也拿了破鞋也搞了，怎么还使坏啊！使坏还不敢明着使，还恶心巴拉地写匿名信，瞧你那点儿出息！人不能这么无耻吧？！而且，丫也太低估我们了，我老公现在是不当官了，但老话说得好，瘦死的骆驼比马大！就他那小样儿跟我们斗！我陈伶伊把话放这儿，这世界上谁欺负我们家人，谁让我老公不痛快了，我跟他没完！根本不用我老公出马，就我这关他也过不了！我就不信了！”

Chloe 说完抹了抹脸走了，我不是那么清楚戴磬和朱莉离婚之争席卷出的跟婚姻感情无关的是非恩怨，但，我在 Chloe 身上看到了一种纯动物界的原始的悍然的美。她好像一头母狮，为捍卫自己的领地和爱情，练就了一股视死如归的气场，我被她的那种“彻底”彻底感动了。

我从来也没敢低估过 Chloe 的爆发力，只是，我没想到她在即将要成为妈妈的时刻仍然可以如此雷厉风行。

就在我还迟疑要不要把 Chloe 告诉我的这些话转述给朱莉时，Chloe 已经风风火火地给了戴磬一记强烈回击——以她认为有效的方式。

Chloe 那天的“壮举”在之后的几天成为网上点击量最高的视频之一。

那是个下午，戴磬的女友、美女主播吴梦夏小姐正严阵以待准备主持一个重要发布会。

就在与会人员基本到位，吴梦夏拿起话筒刚要宣布发布会开始时，Chloe 踩着点儿推开了会场的大门，以大喊一声“请等一等”，打断了吴梦夏。

就是这样，Chloe 在几十个记者和若干官员的注视下，从容不迫地走向吴梦夏，并在吴梦夏还没弄清状况的时候她就已经微笑着从她手上拿过了无线麦克。

所有的这些，我都是事后从网上的视频中看到的。

像每次一样，Chloe 从来不打没准备的战役，所以，她进入会场前持有的是有效证件。

Chloe 那天穿着米色的风衣，戴着深咖色印花的丝巾，里面合身的羊绒衫把她怀孕的肚子裹出一个健康而积极的形态。以我对她的了解，她的装扮完全是经过了精心设计和思考的。她的装扮看起来端庄美丽，不会让任何人把她列入需要提防的行列，更不会让人怀疑这样的一个准妈妈会是“歹徒”或“肇事者”。而且，她的态度始终从容不迫，脸上始终挂着笑容，步伐不疾不徐，当我在视频上看到她挺着大肚子以她最熟练的“母仪天下”的姿态挺胸阔步走向讲台时，不知为什么，一瞬间，我竟然湿了眼眶。

“各位午安，抱歉我必须得占用大家几分钟宝贵时间。”Chloe 走上台，说完这句问候语还落落大方地扫视了一下下面惊愕的人群，才又接着说道，“今天，对于电视台，是个好日子，但，对于我和我的全家来讲，这个日子就不那么好过了。因为就在几天前，我得知，我身边这位美丽的吴梦夏小姐，和我的一个重要家庭成员，一位有妇之夫，保持着不正当关系。因此，包括我在内的我们全家，正因吴小姐的介入而经历着前所未有的灾难和折磨。”

Chloe 说完这几句，终于有几个如梦方醒的工作人员急忙走上前试图把她从台上拖下来。

Chloe 看到有人来，指着他们说：“警告你们，都别碰我！我可是随时能生的！”她的这句警告起到了几秒钟的缓冲，她趁那几个工作人员犹豫着到处用眼神求救时，完成了她那天的演讲：“去年年底，我跟我先生参加了法国大使馆举办的宴请，席间有一位法国外交部部长说：‘中国在能够输出价值观之前，不会成为一个大国。’我当时对他的说法还很不屑。可是，请看，如果我们一个大国的盛事，可以随便让哪个基本道德观念都不具备的人参与重要报道，请问，我们的底线在哪里？我们要输出的价值观又是什么？今年是奥运的一年，如果我们中国人连基本的正确的价值观都无法保有，这一切又有什么意义呢？”

Chloe 那番被争相转发的视频导致的结果是吴梦夏被终止了她奥运报道的生涯。

而 Chloe 付出的代价则是当天就进了医院，并且翌日就早于预产期将近三周的时间生出了她的女儿朱念宸。

朱念宸是“朱念陈”的谐音，是 Chloe 亲自给孩子起的。

我去医院探视她的时候，Chloe 悄声跟我说：“我告诉你吧小枝，这名字我二十年前就起好了。从当小姑娘的时候我就坚定地认为我一定会嫁得特好，而且那时候我就想着，甭管我嫁给谁，我的孩子都要叫‘念陈’。孩子必须是我跟孩子的爸相爱的明证！而且，这个名字，男孩儿女孩儿都适合！”

缓了缓，她又说：“你自己心里确定的事儿，就特容易实现。有的人打心眼儿里就不确定自己会幸福，这样的人，怎么可能过得好。”

我立刻对号入座地认为她有所指，只好讪笑着把话题转向小婴儿。

Chloe 的早产不仅帮她化解了很多不必要的麻烦，也同时赢得了一群围观网民的同情与支持。大家不由分说地指责和谩骂吴梦夏，群情激奋，好多人都把自己平时累积的怨念借题发挥了出来。一时间，吴梦夏成了全民公敌，被烙上了“奥运小三儿”的花名，这个名字余音绕梁几个月都不绝于耳。

朱莉和朱爸爸虽然对 Chloe 的鲁莽很有意见，但当他们看到新生儿的时候，一家人就自然而然地回到了最单纯而原始的“一家人”的状态。

我站在产房的一侧，安静地注视着这一家四口。

朱爸爸和朱莉热切地讨论着新生儿哪儿长得像爸爸，哪儿长得像妈妈。

“我怎么觉得最像我啊！”朱莉雀跃道，一时忘了她正硝烟四起的离婚大战，也忘了她跟我开玩笑说如果 Chloe 生女儿她就“掐死她”的戏言。

那边厢，事业的挫折巩固了戴磬和吴梦夏的情感，戴磬在拿到和朱莉的离婚证书后不到一周就跟吴梦夏领取了结婚证。并且，之后的很多年，他们俩都保持着永远出双入对的作风，在人前永远十指相扣，并尽一切可能四目相对。吴梦夏的神情中常年隐约可见“惊弓之鸟”的防备感，他们那份特别浓厚的恩爱中总带着点儿好像随时“备战”的狠呆呆的劲头，似乎大家的议论是对他们无端的迫害和亏欠。

戴磬对他给朱莉带来的伤害则绝口不提，在那个逻辑里，不是谁笑到最后就笑得最好，而是，谁最后受伤才该笑得最好。

我常想，他们真应该感谢 Chloe，如果没有 Chloe，吴梦夏就当不成“受害者”，如果她没当成受害者，他们的“假想敌朱莉”就无法成立，他们拼命到处宣告的恩爱就会因为失去参照而太过肉麻，且低廉。

朱念宸小朋友不知道她刚来到这个世界上屁股后头就跟着铺天盖地的网络口水。那阵子 Chloe 的英姿雄霸在各大网站的视频头条，直到朱念宸满月，网上关于 Chloe 的搜索量才停止飙升。

不过，最终完全终结这个八卦事件的，不是任何一个与之有关的当事人，而是，汶川地震。

从 2008 年 5 月 12 日开始，举国陷入对那场大灾难的集体悲恸中。

我从第二天起，每天早上起来第一件事就是打开电视看赈灾进度和灾区实录，然后就跟着哭。止不住地哭。

我不太说得清为什么每天都跟着哭，那里面有对生命无常的终极恐惧，也有对赈灾中各种被激活的人性的无私的感动。这些非常规的触动把我从日常琐碎的事务中揪出来，我忘了自己暂时又处于失业状态，我也忘了我和我最好的朋友都刚刚失婚。

或，不是忘了，而是，比起随时可能失去生命，失业和失婚简直就该算作侥幸。

在连续哭了好多天之后，我被心头的一股无法纾解的情绪揪扯，决定跟当时很多人学习，奔赴灾区去当义工。

我打电话告诉朱莉这个决定时，她没有特别鼓励也没有特别阻拦，和平时一样，她问了我几个现实的问题：

“你具体打算去哪儿？”

“怎么去？”

“去做什么？”

“会不会给人家添乱？”

也和平时一样，我发现我回答不出这些问题。

“你们这些文艺青年就是这样。唉。什么事儿都是一拍脑门儿！”朱莉叹道。

不过，虽然她语带讽刺，但没几个小时之后，她就打回电话帮我解决了所有她刚问过我的问题。

朱莉是A型狮子座，像每次一样，她对“担当”特别在行，而我是B型天蝎座，易感，易心动。我似乎已经习惯于她总是会理性收尾，因此我的感性起头才得以自然地生长。

“我一好朋友，李静，是个著名主持人，你知道的吧？”朱莉在电话那头说，“她和她的团队已经到灾区了，他们在救助一些当地受伤的儿童，目前急需一批药品，主要是‘人血白蛋白’，这些药需要有人专程送过去，如果你真想好了要去灾区，那你就帮着送药去吧。去绵阳，明天就出发。”

“好！”我立刻就答应了。

“药送到，你就自己安排，两个原则：第一，别硬撑；第二，别添乱。”朱莉嘱咐道。

“我知道，放心。”

第二天一早，我按照朱莉告诉我的联络方式去了海军总医院和空军总医院等几个医院的儿科，凑齐了主持人李静需要的那批药品，直奔机场。

送药的过程很顺利，机场的工作人员非常配合，北京飞绵阳的航班上只有不到十个人，一路是云层上的万里晴空，让人不愿意相信这样的天下竟然刚发生过那样的天灾。

等到了绵阳，我找到李静，并跟他们一行人一起去探访了当地的医院，在那里，我看到几个被迫截肢的儿童，膨胀在我心里的那股情绪到达沸点，我又哭了几场，为人类在灾难面前的无力感深深地在心里向虚空低下了头。

晚上我躺在李静他们带来的帐篷中，心里闪出一句话，忘了是谁说的：“有恐惧，就有信仰的可能。”

从汶川地震，我又回想到SARS，无预兆的灾难带来的触动让我对自己活着的方式感到厌恶：为什么，只有灾难到眼前的时候，才会想到恐惧和由恐惧扎出来的对生命的敬虔感。

难道，没有SARS，没有汶川地震，我就永葆无虞，活得永远不会死？

为什么，我可以长时间混沌又计较地麻木地生活，直到害怕来临才会感动，直到孤独乍现才想到关心旁边的人？

这些思考伴着那一夜时断时续的微弱的余震渗透进血脉，又顺着心跳和呼吸，成了我自己的一部分。

第二天，我跟李静的大部队告别，根据一个刚认识的当地记者介绍，到了绵阳的体育场，协助公益团体给在那儿的灾民发放食物和生活用品。

那天下午，我正忙到一个腰酸背痛的阶段，想找个不打扰别人的僻静处稍事休息，就听到后面来了一队人跟几个正在玩儿游戏的儿童热切地打招呼，虽然那个声音是从口罩后面传出来的，但那个音色和口音我实在太熟悉，我不敢相信地回头，就在不远处的人群中，再次看到了许友伦。

在我们对视的那一刹那间，我的心头响起了许巍的《蓝莲花》：

“没有什么能够阻挡……心中那自由的世界，如此的清澈高远，盛开着永不凋零，蓝莲花……”

14

我们见面之后没有上演电视剧里常有的那种立刻抱头痛哭、重修旧好的洒狗血镜头。

毕竟现实中人不能像电视剧只消对二三十集的人生负责，可以随时敞开，做没心没肺、不管不顾的任性选择。

我们只是摘下口罩互相确认没认错人，顺便完成了一个完整的笑脸，又在刺鼻的气味中迅速地把口罩戴上，然后隔着脸上的棉布互相问了对方为什么会在这儿。

许友伦听说我没有特别具体的安排，问我想不想加入他的团队。我想不出拒绝的理由，就点头。

在之后几天边工作边聊天的过程中，我知道了许友伦上次在成都离开我的前后发生的故事：

我们去峨眉山的那天晚上，我第一次睡着之后，许友伦独自去星空下的山中漫步。

“我人生第一次看到星星那么多、那么近，哇……”许友伦和以前一样，形容词单调，普通话发音不准。

就在他为峨眉山的星空深深倾倒时，邂逅了一个高僧带领的朝圣的小团队。

许友伦彼时正处于人生低谷，情绪坏到脚底，处在最容易受到宗教活动感染的时机。团队中有一个中年男子，在黑暗的夜空里看穿了许友伦的心思，招呼他加入他们。那个中年男子姓郑，曾经是个成功的商人，中年之后开始一半过凡俗生活，一半礼佛，后来他跟许友伦成了商务伙伴。

许友伦在经历了几个小时宗教的洗礼后，决心彻底洗心革面，只是，郑先生并没有教唆他做出离开我的决定。

他对此语焉不详，我也没追究。许友伦说他在给我留下他的传家玉坠和纸条之后并没有走远，他只是跟郑先生等人一道先于我回到了成都。

“老郑是我人生中的贵人。他真的是聪明，又有商业头脑！最重要的是，他懂得怎么用我。所以我们很快就谈成合作，他找到钱，我们一起出想法，我管理。他做董事长，我做 CEO。他主要负责做好上层关系，公司都交给我，我要怎么决定都好。不像我以前香港的老板，又用人又不全部信任，很累的。所以，我跟老郑配合得好，事业发展迅速。我做的呢，主要是找了很多科学家一起研发新产品，利用太阳能、风能这些新能源。老郑很有远见的，中国人那么多，做能源一定有市场，新能源以后一定会热门嘛。应该叫作‘朝阳产业’，很有前途的！”

“我这样讲不好，不过，这次地震真是帮我们印证我们这些产品的价值。你看我们的产品都是用太阳能的嘛，所以给灾民发放的这些照明用品啦，简单的太阳能烧水器啦，太阳能充电器啦，太阳能杀菌棒啦，都好实用。”

我们在绵阳忙活了一个多星期，我跟他的团队一起吃住，看得出他周围那些人对他都很尊敬。他待人的体贴周到在他恢复自信之后也跟着卷土重来。他对我非常照顾，给我安排轻活，给我提供干净的饮用水和食物，让我住在他们安排好的舒适的帐篷里，在有限的条件中给我最好的食住条件和尽可能的礼遇。

我们看似亲近，他有空就陪在我身边，他会在吃饭的时候给我夹菜，并乐于重申他记得的那些我喜欢的食物和口味。他也会在晚上临睡前到我的帐篷问我怕不怕热或够不够暖。有时候还会带来不知道谁孝敬他的水果，然后很自然地说：“你有睡觉前都吃水果的习惯嘛。”

我也微笑着接受，笑容甜美地说：“谢谢。”

只是，我们俩都绝口不提感情。

到绵阳第十天，我忽然开始发烧，并且越烧越严重。

我还没弄清楚病因就已陷入昏迷，等不知道过了多久醒来的时候，我已经躺在成都的一家私人诊所里。

许友伦坐在我病床旁边的椅子上，看到我睁开眼睛，他雀跃地坐正，睡眼惺忪地说：“你醒了？你醒了！”

我用尽力气动了动嘴，艰难地说：“渴。”

他赶忙站起来倒水给我喝，嘴里不停地念着：“谢天谢地，谢天谢地！”

等我完全恢复神智，他坐在床边握着我的手对我说：“我打过电话给 Lily 了，我都知道了。”

我不知道他说的“都知道”是指什么，我也没特别追问。我只是很喜欢他握着我的手的感觉，好像终于终结了一场漂泊，我的心可以安定在他的掌心里。

到那天晚上，他来陪床的时候，又说了很多话，助长了我的康复。

“上一次，在成都，我其实还没走，我躲在大堂的茶室看到你离开酒店，我想，如果你特别难过，我就回到你身边，再试试可不可以在北京重新来过。结果，我看到你进来，出去，又回来，又拖着箱子离开，还买了礼物。就想，似乎你也没有很难过。好咯，天意让我留在成都。”

“看到你没有我想象中那么难过，我又有点儿失落，想，怎么你都不怎么难过。又怪自己：干吗要人家难过！我走的本意也不是要你难过。

“确定你走了之后，我跟前台说谎说我落了东西在房间，就跑回去看。房间里全是你的味道，我在地上捡了一块橘子皮。之后，每年冬天吃橘子，我都会想到你。”

我把脸歪过去贴着他的手，看着他，问：“上次我们和好，也是我生病，那如果我不生病，我们是不是就没办法和好？”

“我都不知道什么情况嘛。”

“需要知道什么情况呀？”

“不能乱来的嘛。”

“那宁可错过吗？”

许友伦轻轻摸了摸我的脸，凑近，笑着小声说：“我知道，你不会给我错过你的机会。”

听到这句，我咧开嘴微笑，嘴唇很干，被我笑裂了唇纹，很疼，我就有一滴眼泪顺着脸滑下来。

许友伦伸手帮我把眼泪擦掉，说：“傻瓜，又哭。”

我把脸留在他手里，说：“我恨你。”

“恨我什么？”

“恨你离开我。”

“其实，我心里一直都觉得，我们不会真的分开，我们之间，有些天意的！”

“哼，我才不信天意害我又大病一场。”

“我的错，我的错。”他皱着眉关切地看我，“唉，我真的给你吓死了，你发烧烧到昏迷，叫都叫不醒。我当时好怕，如果这样失去你，我会后悔一辈子。”

“后悔什么？”

“后悔没告诉你。”

“告诉我什么？”

“你知道的嘛。”

“我真不知道。”

“哎，生病还这么顽皮。”

“你就是这样啊，每次都好像被迫的。”我笑说。

“好啦。”许友伦回头四顾其他的病床，然后靠近，压低声音说，“很多人的嘛。”

“我不管！”

“好啦，亲亲吧。”

等亲完，他笑着捏了捏我的脸低声说：“嗯，看来只吃药的人也还是要刷牙的。”

“你讨厌！”我不好意思地红了脸。

好吧，两个人几转几回，到此处，总该可以“幸福地在一起”了吧？

至少，“幸福地在一起”一阵子？

也不能说没有，这种卿卿我我的“一阵子”，持续了两天。

陆薇出现的时候我立刻就想到《红楼梦》中王熙凤首次亮相的画面。

那天许友伦帮我办了出院，然后把我安置进他公司附近的一个高级公寓里。

我正犹豫要不要问为什么不让我住在他家，他看穿我心思似的说：

“我在成都住普通民宅，怕你会不习惯。”

我挽着他说：“你在说什么？你认识我的时候我还住地下室呢，我有什么不习惯！”

“不一样的嘛！”许友伦自嘲道，“生活质量变好容易，再变坏很难的，这个我最有经验。哈哈。”

我没有再坚持，只发嗲说：“那你要每天都陪着我。”
“放心啦。”

许友伦安顿我进卧室躺好，他正在客厅收拾行李。这时我听门外传来一个女声爽朗的笑声，接着这个女人推门进来，大声地说着：“来贵客了怎么都不通知我！赈灾还能碰上熟人！这样的传奇真是只有发生在伦总你这么传奇的人身上才有人信。哈哈哈。”

这个大声说话的女人就是陆薇，她是当地一家贸易公司的女老板，是个在成都定居的东北人。后来我听许友伦说，他公司的产品，有超过一半的销售是陆薇的公司完成的。

“姐！听说您是北京来的贵客！我说呢，我们伦总亲自接待的那肯定不是一般人。你大城市住惯了，在这儿有什么不习惯的只管跟我说！”
我听陆薇叫许友伦“伦总”，暗自笑了笑，想“这真是一个既表达特别又堵得住别人嘴巴的好选择”。
她没在意我的内心动态，继续自顾自大声寒暄着：
“姐！我虽然是小地方的人，每年香港、澳门和新马泰也都走几趟的，也算‘没吃过猪肉见过猪跑’的人！姐！成都没别的，就吃的多，你想吃什么尽管开口！要哪个馆子的都能立刻给你送来！别的我不敢说，在成都地面上有什么事，我好像还没碰上摆不平的！姐！你放心！伦总是自己人，他的朋友那就是我的朋友！必须好好招待，从现在起你就是我亲姐！”

我病了几天，猛然听到这么高分贝的热烈致辞，一时有点儿头晕，还在整理措辞，那陆薇已经把热情完全转投向了许友伦。

“哎哟，我的爷，累坏了吧，看你，都瘦了！就跟你说灾区让他们去就行了嘛，你还非自己去！你看才几天，都脱形了！你都不知道，从前天开始我打不通你电话，把我给急的！心想这个人哪儿去了？出事了？病了？然后我就找小赵，小赵说你去医院了。我一听，把我吓得心脏病快犯了，问怎么了，为什么去医院！小赵说不是你病，你是陪人去。我又吓一跳！心想这必然是重要的人啊，怎么你都亲自陪床了！我前几天就要去看你，小赵说不知道哪个医院，我一个一个医院问，都没问着！幸亏你回来了！再不回来我就报警了！你看看你！哎哟，怎么就不知道自己心疼自己。你这么忙，这么累，还这么不心疼自己，让我多心疼！”边说边伸手给许友伦整了整领子。

许友伦下意识地往后躲了躲，又用眼角快速瞄了我一眼，但脸上仍是笑盈盈的。

陆薇见状好像忽然才想到我的存在，转身对我说：“都没事就好！都平安就好！姐，你就把这儿当自己家一样！我跟伦总都是自己人！千万别见外！我要是伺候不好你，伦总该批评我了。”说着又忍不住地转向许友伦，“是不是啊，我的爷，你最近都没批评我了吧，你心痒痒吧！哈哈哈。”

我安静地看着一个陌生的女子在我和许友伦之间花枝乱颤地用我不熟悉的方式让场面立刻变得热烈。我的安静是因为大病初愈体力有限，没有任何力气跟一个玩儿命叫我“姐”的人较量。

之后，每天，陆薇都会出现。

她用一种虎视眈眈的殷勤对待我，用各种客套的表面问候打探着我跟许友伦的关系，并保持着高密度的出现以监控着我和许友伦的言行。

我的体力和心力都不支持我跟陆薇较量，我在她澎湃着爱慕的高压之下败下阵来，没住几天就决定回北京。许友伦试着挽留，又拿不出过硬的理由，只好勉强同意，说“等我安排好再接你过来”。

那天到机场，时间还早，许友伦带我去了一个休息区，那儿有两张可以付费的按摩椅。本来我对在大庭广众之下坐按摩椅觉得尴尬，一想这一别还不知几时再见，心一酸，就顺从了他。

我们躺进按摩椅之后沉默了很久，只有两个椅子在机械地发出咯吱咯吱的动静。我为了掩饰内心真实的惆怅，强颜欢笑对许友伦说：

“对了，友伦，你记不记得，上次我们来成都，打电话叫的按摩师，是个‘特种职业’。”

许友伦回答说：“记得啊，她看到你超失望的！呵呵。”

我也笑了笑，又问：“是啊，你记不记得，我们那天到峨眉山，本来是阴天，缆车坐到一半，忽然阳光万丈！”

“记得，我还记得你跟我说，要相信，再咬咬牙，不好的就过去了。”

“我是这么说的吗？我的原话比较有诗意吧！哈哈！”

“领会精神嘛！”

“好吧。那，你记不记得，那天晚上，峨眉山上好多星星。”

“我记得，我怎么会不记得。”他回答，语调变得低沉了些。

我们又沉默了一阵，我努力地在心底搜索了半天，才又开口道：“那你记不记得……”

“小枝，”许友伦忽然按了按摩椅的停止键，然后起身，走到我面前，蹲下来，对我说，“我都记得。我什么都记得。”

我坐起来，看着他。

他又说：“小枝，你别这么急着走，好不好？”然后握住我的手。

我回握住他的手，说：“友伦……”

“嗯？”

“我留下来，看不到意义。”

“我们在一起就是意义啊。”

“你怎么忽然变得会说甜言蜜语。”

“不是甜言蜜语，就是真实的感受，只不过以前有感受也不懂要及时说出来。”

“你相信我们这次会更好吗？”

“相信，只要你也相信！”

“那……我离过婚，你知道吗？”

“知道。”他快速简短地回答。

“那你不介意吗？”

“不介意。我那天打电话才听 Lily 讲的，高兴都来不及。”

“什么啊，是‘离婚’哪！”

“那有什么，我还‘破产’，我还是有案底的人呢。”

我听他说“案底”这个词，笑起来：“这是哪儿跟哪儿啊，这有什么关系吗？”

“所以就都没关系嘛，人无完人。”

“友伦，我一直想知道，你喜欢我什么？”

“小枝，我真的不知道，可是我认为，如果说得出理由，就不是真喜欢。”

听到这句，不知是一时想不出说什么，还是内心的情绪太满以至于无法言语。

我的按摩椅还没停，忽然到了程序中“震动”的那个阶段，我就在程序控制下整个人跟着椅子对许友伦抖动起来。

他笑了，说：“你这样子好可笑。”

我跟着笑起来，说：“讨厌，我这几天，什么丑样子都让你看见了。

又生病，又不刷牙，又跟着按摩椅抖脸。”

“小枝，你什么样子都好可爱。”

“少来！你就只会说！”

“你看，我不说，你又说我不说，我说，你又说我只会说。唉，做你的男人好难的！”

“嗯？你是‘我的’男人？我怎么不知道？”

“你是‘傻瓜’嘛！”

“那你要多教我哦，大佬，傻瓜会忘记的！”

“好啊，我很严厉的，你怕不怕？”

“哇，好怕……”

我们就那么说笑着，好像雨过天晴，心情被洗刷出又一轮明快的新鲜。我内心对陆薇的芥蒂在许友伦对我再度突发的温情里稍事化解，我跟着他起身，离开机场，回到市区。

路上我们都没说话，许友伦开车的时候一只手一直握着我的一只手，我的左手就在他右手下面一路跟他挂挡，任由他带我在陌生的城市去我不知道的地方。

他在等红灯的时候偶尔转头看我，他看我的样子，令我对这一路的蹉跎十分感慨：原来这个人就在这里，为什么我们要走那么远，才又重逢，那么接下来这一条重逢之路，又可以走多远、走多久。

我们停车的时候天色已晚，等进了那家酒店，我才发现他带我来的是我们上次在成都住过的那家。

许友伦去前台，我坐在大堂等他。我没问他为什么来这儿，他也没有特别说明，我们在那个时刻像两个正在私奔的男女，有种像是要避人耳目的紧张感。

等进了房间，许友伦靠着门，问我：“你记不记得，上次，在这里？”

我抬头看他，说：“记得。”

他问：“你记得的，可也是我记得的？”

我说：“我想是吧。”

他皱了皱眉头轻声问：“不确定吗？”

我走过去把脸埋在他肩上，说：“友伦，你知道吗，从我们在一起第一天起，我就不确定。我好像总是在等，要等你告诉我，我才敢确定。”

他抱住我说：“小枝，上一次，是我不好。我知道你这几年过得也很辛苦。我要你知道，你记得的，我都记得，你心里有的，我心里全有；我们没见面的时候，我想你，你在等我的时候，我其实也在等你。”

我被这些话感动得五脏六腑都搅在一起，一阵抽痛，心忽地往下沉了沉，说：“友伦。”

“嗯？”

“你有没有期待过我们重逢？”

“有，好多次。”

“我也是，但都不是这个样子的。”

“哦？那是怎样比较好？”

“是这样最好。”我说，“我期待过几百次我们的重逢，只是从来不敢想，会这么好。”

“小枝。”许友伦抱着我的手又紧了紧，长叹一口气，说，“因为你，我开始真的相信有‘缘分’了。”

“友伦，如果我们有缘，我们就不要再辜负它，好不好？”

“好，不辜负，不辜负。”

那晚，许友伦在我奋勇地翻身作上马状时忽然停止了动作，接着他努力撑起身体坐起来，扳着我的肩膀，我温顺地随着他的节奏也停下来，任由他在黑暗中把我一侧散乱的头发捋顺，我们就那么无声地注视着对方，不开灯，没有月光的房间，眼睛成了唯一的发光体。那黑暗中的注视特别透彻，好像回归似的，我们就那样自然地坠落，信马由缰地顺着唯一的光亮游弋到对方的目光里，又一不小心，就穿过眼神的隧道，缓缓滑落到对方的心房。那个过程恍若可以透视，我从未感到过如此彻底深切地跟另一个人柔软又坚实地融为一体，好像两个人的海底轮合而为一，在那儿，开出了一朵莲花。

不知为什么，这感觉太美，美得竟让人有些恐慌，我没忍住地微微颤抖，许友伦怜惜地靠近，用湿热的亲吻告慰，肢体因此复苏，缓缓启动，像两个武艺相当的高手练习了一回咏春，恭敬、谦让、仁慈，却难以掩盖身手不凡的真相。时间在那时的仁慈中停下来，让我们沉浸在从舌尖到丹田彼此慷慨的灌溉。

等到了巅峰，我清楚地感到那朵莲花在怒放，花蕊中尽是通向银河之外的秘密的香。

然后我们收势、颌首，让气息回到原处。又许久，他的嘴唇才如梦方醒地离开我的嘴唇，临了还拔塞子似的仿佛费了些力气，意犹未尽，就带着余温，轻声对我说："小枝，我终于明白，为什么，这被叫作'做爱'。"

我试着了解许友伦表达的意思，而我，只是好爱那朵莲花，它在我生命深处出现的次数并不多，那似乎和任何性或欲望都无关。我只是在全然的忘我后感受到灵魂的悸动时才与它不期而遇，如果有天堂，我想我已经匆匆地去过。

15

许友伦和我之间关于“不辜负”的盟誓，在之后的几个月，经历了陆薇主导的各种挑战。

自从见识了陆薇各种寸土必争的行径之后，我更加确信，一个女人，只要具备精明和精力充沛这两条，就能让自己长期立于不败之地，不管是商场还是情场。

我开始理解陆薇在商场上的成功绝非偶然，因为她有一种锲而不舍的精神，这种精神是对“结果”的执着，不会在任何时候给自己的软弱或懒惰找一丁点儿借口。

她也毫不懈怠地把这份执着用在许友伦和我之间。

许友伦对陆薇的态度在我看来则有种无可无不可的模糊劲儿。

对此他解释说：“陆薇从我刚到成都就帮我很多忙。很多成都地面上的事都是她搞定的。而且，她真是销售高手！”

“所以，你对她爱慕你就睁一只眼闭一只眼？”

“她也没有怎么样嘛！这种事，人家女孩子嘛，我总不能很认真去跟她说讲：‘喂，你别对我好！’那多可笑！”

“你不说人家就当你默认了！”

“那我要怎么样，除了工作我都不主动找她，我们见面也是谈工作嘛！”

“可我怎么觉得她出入你那儿那么自如，完全当自己是女主人一样！”

“她之前是会来帮我忙的嘛！熟了就来过几次嘛！而且，以前她也不知道有你嘛！”

“现在知道了，怎么还是一点儿都不见收敛。”

“给她一点儿时间习惯嘛，她现在知道我有你，她也是很骄傲的女孩子嘛，过阵子看我对她没那个意思，就好了。”许友伦敷衍道。

“你不是说你之前也对她没那个意思吗？她还不是一直都‘勇闯夺命岛’！”

“‘勇闯夺命岛’，哈哈，太夸张了吧！哪有！”

“你不许笑，我跟你谈严肃的事儿呢，昨天她还蹲下给你系鞋带儿呢！我不喜欢她跟你这么亲近！”

“那你又不帮我系。嘿嘿。”

“我还不帮你洗澡呢！也要她来吗？”

“乱讲！”

“本来就是嘛，当我透明的吗？”

“好啦，下次不会啦！喂，你好爱吃醋。”许友伦笑着说。

“怎么是我吃醋，是你就爱跟人家玩儿暧昧！”我愤愤道。

“哪有！”许友伦用半玩笑的方式快速结束了这个话题，“我好喜欢看你吃醋。你乖啦！”

不久，许友伦为了安抚我同时控制成本，让我从酒店搬进了他的家。

然而这些并未能打击陆薇的士气，她特别知己知彼地安排了很多需要许友伦和她一起参加的商务谈判，而且她用极高的成功率让许友伦不停地带回“签单”的消息，让我每每想在许友伦面前对她表示忌恨的愿望都胎死腹中。

而我当时人生地不熟，支撑我在成都住下的唯一力量就是跟许友伦盟誓的那“不辜负”。

只是，我的盟誓，在陆薇生龙活虎的拼搏中，显得过于曲高和寡。

许友伦的事业在奥运来临时到达一个新的高点。他很兴奋，每天都很忙，踌躇满志，无心留意我的郁郁寡欢。

有一天，我正独自在家看跳水比赛，许友伦下了班从公司回来，跟很多时候一样，特别亢奋地跟我说着公司各项业务的进度。我一边应和他，一边到厨房给他把白天煲的汤热一热。

等我端了汤从厨房出来，许友伦正在客厅讲电话，我听得出电话另一边是陆薇。她的大嗓门和带着东北口音的普通话从电话里大剌剌地穿出来，响遍我的住处。

我把汤放在餐桌上的时候，听到许友伦站在阳台上对着电话说："你太牛了！我爱死你了！"

等挂了电话，他跑过来在我脸上用力亲了一下，说："宝贝，老子的运气来了！"

以我对许友伦的了解，他只有在真的特亢奋的时候才会说类似"牛"或"老子"这一类不属于他的词汇。

果然，紧接着他就给老郑打了电话，说陆薇如何帮他认识了一个大领导，接到了一个为世博会提供新能源产品的大订单。

挂了电话他仍沉浸在亢奋里，一边敷衍地端起我给他盛的汤喝了一口，一边对我说："我出去跟他们碰一下，马上回来！你不用等我吃饭。"

说完走了。

我对着他匆匆离开的身影点点头，没说什么。

那段日子，许友伦对我说得最多的话是：

"我出去跟他们碰一下。"

"马上回来。"

"不用等我。"

我不知道“他们”是指谁，我知道“马上”一般是指四个小时以上，我还知道“不用等”是真的不用等，因为他那个阶段常常有酒局，每喝必醉，一个星期中至少有三天，我会从不同的人手中接过已喝得不省人事的许友伦。

我的生活比刚认识他的2003年只多了一样，那就是，除了等他回家，在偶尔他有闲情时跟他做爱之外，还要伺候他醒酒和清理他酒后的呕吐物。

我自己的生活，除了看书、健身、出去闲逛、上网聊天和看看股票，就没有别的花样。我对许友伦在做的工作不熟，跟他也没有共同的本地朋友，所以我想不出我在他身边的存在还有什么更值得称道的意义。

我内心的忍耐值在听到他对陆薇说“你太牛了！我爱死你了”这句后，再次到达一个不可控的高峰。我回房间胡乱收拾了行李，打算不辞而别，电视开着，我拖着箱子从卧室走到客厅的时候，刚好看到郭晶晶再次夺冠的画面，我对着那个画面失控得泪如雨下，然后就蹲在地上哭了半天。

等哭累，我坐在地上自我激励地想着：连郭晶晶这样贵为国宝的孩儿，还长得那么美，都要经历那么漫长的等待的煎熬，我到底何德何能，为什么在情感关系中如此缺乏耐性和自视太高？

这股力量支持着我又把行李放回去了。那晚，我对着喝茫了的许友伦始终充满爱心带着笑脸，并且不厌其烦地帮他拍背、擦脸，让他躺在我腿上，耐心地安抚他。

他在吐了四次之后终于睡着。我举着一本《正见》，一边缓慢地读，一边摸着他的头发。

半夜，等我看累想睡的时候，放下书，发现许友伦不知几时已经醒来。

他好像安静地看了我很久，等我看他，他就露出微笑，我也对他微笑，摸了摸他的额头，问：“头疼吗？”

他摇摇头。

我又问：“饿不饿？”

他又摇摇头。

我伸手去把他的头从腿上挪开，他拉住我的手，说：“不要。我要这样看你。”

我顺从地保持原来的姿势，笑笑。

他看着我的眼睛，看了好一阵，说：“林小枝，我爱你。”

“哦，是吗？”我调侃，“你喝醉前也是这样跟别人讲的！”

“我就知道你介意了。”他嗓音有点儿沙哑，保持着和缓的语调，“其实，你什么心思我都知道。”

“那你还气我！”我缓缓地在他身边躺下来，“当着我面跟别人说‘我爱你’！”

“那不一样的嘛！你明明就知道。”他扭过头面对着我。

“我是知道，可如果我随便跟哪个男的说‘我爱你’，你怎么想？”

“你敢！”

“嘿！只许州官放火，不许百姓点灯！”

“是哦，这样想，是不开心的。我下次不乱讲了。”

“友伦，你会不会厌？”

“厌什么？”

“我们这样，好像也没什么激情了。”

“我们刚认识也没什么激情！”他笑道。

“那你干吗非要跟我在一起？”

“过生活嘛，我越来越觉得，你像我老婆。”

我不语。

他又说：“小枝，等我忙完这阵子，不如，我们就结婚吧。”

我仍旧不语。

许友伦接着说："小枝，你知道吗，男人可能会因为女人漂亮、性感，而追求她，可男人不会因为女人漂亮、性感而想要跟她过一辈子。男人最终想过一辈子的女人，一定是善良的女人。"

我轻咳了两下，调笑说："吹吧你就！我怎么觉得是漂亮、性感的女的，你们男的搞不定，所以才没过成一辈子。最后就剩下善良的了，没得选才凑合的。"

"你这女人，跟你玩笑，你又当真，跟你讲真的，你又乱说。"

"所以你才喜欢我嘛！"

"嗯。"许友伦伸手捏了捏我的鼻尖，说，"我是真的喜欢你。"

"好吧，我认了。"我笑说，"如果我们真结婚，那陆薇会不会不帮你当销售了？"

"两回事嘛！"

"我怎么知道！"

"你不要担心那些多余的事。"

"她每天都见缝插针地出现，我想不担心都绕不开。"

"你有我啊！"

"我又怎么知道她没你。"

"两回事嘛！"

"你知道，"我半侧起身体，认真地对许友伦说，"当年，张爱玲和胡兰成结婚之后，因为时局，胡兰成有阵子去了温州。张爱玲去看他的时候，胡兰成不仅另有过一个小周，又有了一个叫作范秀美的侍妾。只不过，胡兰成不像你，人家都坦白承认了。"

许友伦打了个哈欠，说："我不知胡兰成是谁，张爱玲倒听说过。他承认些什么？"

"承认自己喜新不厌旧呗！"

"什么喜新不厌旧，那很累的！就你一个我都好忙了！"

“但愿！”

“你真是，不吃醋会长角吗？”

“会！你都看不到吗？”

“来，给我看看！”

说着，我们在嬉笑打闹又温存中结束了七上八下的一天。

我没告诉他那天我差点儿就离开，他也没告诉我，那天，他决定跟陆薇另外注册一个公司，他们即将从公司对公司的合作，变成正式的搭档。

郭晶晶夺冠的励志和许友伦那晚发自肺腑表白的鼓舞，又给了我两个月的能量储备。

我生日那天，跟许友伦约好了一起出去吃晚饭。他到了办公室还特地打电话回来说：“晚上我回来接你，你要穿美一点哦，今天这么特别的日子。”我在心里默默期望着，他所说的“特别”，不只是因为那天是我三十岁生日。

下午，我在房间准备化妆的时候，门铃响了，我去开门，有一个男孩儿送来一个文件说“给许总的”。

我问他谁让送来的，他回答说“我们杜总”。我当着他面打开，里面是一个公司执照的副本，公司名称是“正友商贸”，法人代表那一栏赫然写着：陆薇。

我心头顿时蹿上一团邪火，问那男孩儿：“陆薇在哪儿？”

男孩儿老实地回答：“陆总在楼下。”

我呛声道：“她自己干吗不来？”

男孩儿往后退了一步说：“这个……我也不方便问。”

我二话不说，冲到楼下，迅速在停车场找到陆薇的车。还没等我走近，陆薇就从车里下来，向我迎面而来，脸上堆着笑，一副有备而来的模样。

“你什么意思？”我嚷道。

陆薇冷静地看着我，从容地回答说：“没什么意思。”

“你有完没完？！”

“呵呵，才刚开始呢！”她说着两只手抱在胸前，倚在自己的车门边，摆出了“持久战”的架势。

我看了看停车场有几个人被我们的对话逗出了看笑话的兴致，只好走得更近，压低嗓门吼道：“真是够了！天下男人那么多，你干吗非要抢别人男朋友！”

她完全不理会我对周围有人注目的担心，故意放出声音说：“哼，天下男人要真有那么多，你干吗多少年了还死缠烂打不撒手。”

我继续低吼：“我跟许友伦那么多年，你又清楚多少？！”

陆薇轻蔑地大声说：“我根本不需要清楚多少，告诉你吧，你跟他最多是曾经拥有，我跟他才可能天长地久。”

我气得浑身发抖，瞪着她说：“你太可笑了！”正要掉头离开。

陆薇接着大声嚷道：“可笑的是你！你倒是自己问问自己，男的为什么要你啊？”

我被她的这句话噎住，好像被人用钉子把脚面和地面钉在了一起似的，挪不动步伐，可是身体却失衡地乱晃。

周围看热闹的人群在我们的对白中露出满足的笑容，有几个开始指指点点地当起了场外评判。

吵架本来就不是我擅长的事。在我的记忆中，除了小时候跟我姐偶尔拌拌嘴，那次跟陆薇拉开了架势吵架，是我人生中唯一的一次跟同性争吵，且对方还是个吵架的高手。

陆薇看出我的短板，乘胜追击：“阿伦为什么要选你？！你能给他干的事儿，我全都能，还指定样样比你强！我能给他干的事儿，你一件也干不了！他要选谁，我都不用帮他想，还是你先帮自己想想吧！”

陆薇的这些话，像一个新型的轰炸机，把我那阵子紧紧握着的“心甘情愿”给毁得面目皆非。

我几个月以来积攒的愤懑被她大声的嘲讽刺激到一个沸点。失去理智之下，我冲过看笑话的人群，不知疲惫地越走越快，直冲到许友伦办公室，把陆薇送来的那个文件丢在他面前，说：“你现在就说！选她还是选我？！”

许友伦忙一个箭步冲到我背后，把办公室门关好，然后回到办公桌前拿出文件扫了一眼，皱着眉问：“这个怎么会在你这儿？”

“你还问我？你怎么好意思问我？！”我刚才在陆薇那儿受的气全转化成怒火。

接下来，我拼命大嗓门，许友伦使劲儿压低声音，我们以不同的分贝坚持吵了一架。

许友伦没给出任何有说服力的说明，他只是不断重复着：“这是两回事嘛！再给我点儿时间。”

我们在两套逻辑和两种思维模式里吵得相当辛苦，当然，无疾而终。

那是我们在成都见的最后一面。

那个下午，我失魂落魄地在成都繁华的街头徘徊了很久。

走饿了之后就在一个摊子边坐下，摊主给我炒了好吃的小青菜和炖得入口即化的猪脚。我还要了一瓶啤酒和一个“冷淡杯”，在橙灰色的路灯下度过了自己三十岁的生日。

我看着摊主的招牌，疑惑，为什么这种装小菜的方式叫作“冷淡杯”，而那又似乎非常贴合我当时的心境，真真是“冷，淡，悲”。陆薇的话在我喝完一瓶啤酒之后又强势跑进我的脑海，我想甩都甩不掉她说的那句“阿伦为什么要选你”。

我没想出过硬的答案，这让我的心好像被青瓦色的云隙中传下来的秋凉刺中，且冷且疼。

我知道，实则，我们不会真的被别人的话语伤害，那些能够伤害到我们的言语，恰恰是因为在我们自己的内心，早默认别人口中的那些内容是短板。

我不是被陆薇打败，我是被我自认的软肋打败。

黄昏时分，我回到许友伦的住处，他不在。我收拾了行李，搭那天最晚的一班飞机回到北京。

我从首都机场走出来的时候，意外地看到朱莉。

“Allen 打电话给我，说你不见了。我有一同学在国航管事儿，我让他帮我查了这班成都出发的名单，有你，我就来接你了。”

“哦。”我低下头，忍着眼泪。

“他挺着急的，说我如果找着你，务必给他打个电话告诉他。”

“不理他。”我低语。

“行，我听你的。要我说，回来也好。”

“嗯。”我点头，眼泪忍不住掉下来。

“不哭！有什么可哭的！你们俩也不是第一次分手，我看也未必是最后一次。”

我当时并不知道那是不是我跟许友伦最后一次分手。时光也没有容我对此考量太多。

回到北京不久，有一天上午，我按照朱莉告诉我的信息约了一个房屋中介，想要赶在房价飙升的时候卖掉以前买的房子。

我比约好的时间到得早些，那个中介还在忙着应付另一个客户，见我到了就安排我在会议室等他，并殷勤地插空送来了热茶和当天的报纸。

我闲闲地翻开那份报纸，在扫过文化版的时候看到这样一个标题："知名旅法艺术家武锦程车祸去世"。

我看到"武锦程"三个字和"车祸去世"连在一起的时候，有那么几秒，我觉得我的意识离开了身体，飘向空中，好像另有知觉似的在空中停留了一阵，才不情愿地回到这副躯体中，然后我就在头皮阵阵发麻的颤抖中读完了那条内容不过百字的消息："知名旅法艺术家武锦程先生因车祸于昨日（11 月 4 日）在瑞士不幸去世，年仅三十五岁。武锦程生前曾与陈丹青、陈其钢、张亚东等各界艺术家合作，长期致力于推动中法文化交流活动，在业内备受赞誉。武锦程去世的消息震惊文化界，知名艺人汤唯、张亚东等武锦程先生的生前好友纷纷表示悼念。"

之后有几十分钟时间，我的记忆发生了空白，我不记得我怎么走出的那个中介公司。

在冷风中走了许久，我才从恍惚中醒过来。我信步走到建外 SOHO 的星巴克，买了一杯热拿铁，走到三楼，找了一个离所有人都最远的角落，拿出手机打了个电话给我姐。

"我知道了。"她镇定地说，语气中听不出任何情绪。这是我姐就此事唯一的反应。我还试图继续这个话题时，她只是以一个"我现在什么都不想说"，快速而决绝地结束了跟我的通话。

挂了电话之后，我环顾四周，离我最近的两个桌子，一桌是一个年轻的外国男子，耳朵里塞着耳机，正目不斜视地盯着他面前的苹果电脑。另一桌是一个年轻女孩和一个中年男人，他们没有特别蓄意控制音量的对话一阵阵传来，听得出那女孩是个卖保险的，而那中年人想必是个闲极无聊的猥琐之徒，正有一句没一句地用拙劣的方法借故调戏那女孩。

这个世界并没有因为任何一个人的过世或一个人的悲伤而发生哪怕一丁点儿改变。我没有任何选择或逃避的方法，只好，开始试着面对“武锦程已过世”这个事实。

那天咖啡店的服务员奶温掌握得不好，那杯拿铁很烫。

我的眼泪开始一颗颗掉进咖啡里，速度逐渐加快，带着我的睫毛膏，终于中和出了能入口的温度，我不想被人看到我狼狈流泪的样子，就把咖啡端起来大口大口喝下去。

没有放糖的拿铁，在混合了眼泪之后有一种说不出的苦涩的味道，我好像掉进了海里，一股一股被呛上来，简直要窒息。

那一刻，我想我最怕淹死。

……

等几天后，我自认为神志清醒，就做了一个简单的决定：我要去法国。

这个决定再次把我的人生拖出原本“想当然”的渐行渐麻木的轨道，拐了个弯，不经意地一去千里。

几年后，当时光抚平了哀伤，我对时光的作用，更多了敬意。

时光在只去不来的过程里，带来的都是礼物，不管那表面上看起来是喜讯还是噩耗，所有与时光相关的相逢，都是跟生命骨肉相连的雕刻，延长去看，每一个当下，只要放下与“过去”和“将来”比较的成见，都是无悲无喜的独立个体。

也许，每一次下笔都痛，每一次修改都会伤，而，终究这一切都是时光赐予的得到和感受，都是生命中最珍贵的拥有，这拥有也让人由衷地懂得“发生”即是“发生”。发生本无“好”“坏”。一切“好”“坏”的界定都是“心动”的投射，当心“静”下来，一切镜花水月，依旧都可以是花、是月，残垣断壁间也可以有赏心乐事，什么时刻都可视作美景良辰。

16

初到巴黎时，我并没有料到，我会在这个地方住下来，且一住就是好几年。

参加完武锦程的葬礼，我向协助主持葬礼的一位中国男子询问了一些问题。那男子是参加葬礼的不多的中国人之一，从他的致辞中我知道他是武锦程生前在法国的好友。他没有问我是谁，跟武锦程什么关系。当然，或许因为来参加武锦程葬礼的人群中，不同种族的女性占了多数。因此他本着对好友的尊重，对来宾都尽可能地表现出客气。他根据我的问题如实提供了他可以给出的答案，亲切而有距离。我问他要了武锦程住处的地址，又问了武锦程平时在巴黎去得最多的场所。他说他要想一想，第二天，我收到他送到我所住酒店的信封，里面是我要的答案，那男子把它们用中法两种文字写在纸上，字迹工整，说明清楚。

我先按照那男子给我的地址找到了武锦程的住处，房东很和善，似乎在那两天已经接待过一些访客，所以寒暄和告慰中都带着些新近的熟练。他打开门之后就善解人意地先行离开，给了我独自缅怀的时刻。

那是一个阴雨天，雨滴打在窗户上，把半虚的雨水的影子印满了客厅的墙，那墙上，整整一面，是武锦程自己的墨迹。

比起那年他在《人间词话》扉页写给我的瘦金体，他留在最后住处的草书更接近我对他的记忆。

长相思，在长安。

络纬秋啼金井阑，微霜凄凄簟色寒。
孤灯不明思欲绝，卷帷望月空长叹。
美人如花隔云端。
上有青冥之长天，下有渌水之波澜。
天长路远魂飞苦，梦魂不到关山难。
长相思，摧心肝。

那是我到巴黎之后第一次掉眼泪，为了想象着武锦程的相思，也或许是为了顺应在雨天读李白的格外寂寥。

很多时候，我们对一份情感的致意，是希望心里放着的那个人，如你以为的那般快乐。而对应的懊悔则是，或许他并不像你以为的那么快乐，只是发现答案的时候，已无能为力。

武锦程在跟我见面又离开之后的很多年里都像一朵长在我心底的曼陀罗，我可以不见他，可，我没办法马上就接受，自己活着的这个世界上，已经没有了他鲜活诗意的存在。

起初，我只是想试着寻访武锦程生前的踪迹，以此去追思这个在我人生中占据特别位置的过客。这是一场没计划、没步骤的追思，我只是信马由缰地乘思绪而来，没想到，当“追思”渐渐在途中不知觉地淡出，巴黎的气韵早已悄然无声地晕染开来。

那晕染中有一种无法抗拒的气势，像张爱玲说的像丝绵蘸了胭脂，即刻渗开的一场糊涂。

也许巴黎就是这样，人在巴黎，很容易被巴黎招致麾下，然后，就自然地成了组成巴黎的颜料的分子。

武锦程的离开，原本对我是一记猛烈的打击，然而却好像是命运用了一个冷僻的方式，让我从被自己已逼进墙角的生活里跳脱出来，丢进胭脂色的巴黎。

我在第三次去武锦程的故居下例行徘徊时，突发奇想，决定在那附近住下来。

武锦程生前住在巴黎的拉丁区，我通过那位写地址给我的男子帮忙，在那条街上租了一间不大的公寓。那间公寓位于一个只有四层的旧式建筑的三楼，我隔壁有一个法国老太太，看起来七十几岁的样子，每天都到楼下的杂货店去买乐透和香烟。虽然只是去到楼下不过百米远的地方，也看得出她出门前是精心装扮过的。每每看到她戴着漂亮的丝巾出现在我的视线中，我就忍不住深深地舒一口气，为了方圆几米之外有这样的人在这样活着而格外安心并欣喜。

有个下午，我坐在公寓楼下不远处的一个路边的长凳上看书。那天我背着从国内带来的 Prada 那年出的尼龙刺绣包，那个颜色艳丽的刺绣图案在那天多云转晴的天气里格外显眼。我不知坐了多久，忽然余光感受到远处有一个同样色彩艳丽的影像向我的方向急忙而来，我转头望去，正是那位七十几岁的芳邻。我冲她微笑，她一路疾步到我面前，潦草地对我笑了笑，就立刻低头抚摸我的尼龙包，并发出啧啧赞叹，说了好多我听不懂的单词。

我想了想，伸手把包里的杂物拿出来，然后把那个尼龙包用手抚平，递给她，她又用了几个我听不懂的词表示了诧异，我只是微笑，笃定在我的决定里。想必是看出了我的诚意，她很快喜悦地接受了。对我来说，让一个活得如此意兴盎然的邻居高兴，比那个尼龙包本身更有价值。

那之后，这位芳邻每次碰面都会热情地带我去附近走路能到的不同功能的店铺。不久我就对周遭的环境熟悉起来，知道哪家的法棍最地道，哪家的可颂最美味，哪家的咖啡最香醇，鱼店几点打折，周末的自由市场有哪几个摊位会出现帅哥。

那一带的环境也几乎满足了我对法国所有的想象和诉求。在道路两旁的法国梧桐树下，店铺和店铺之间相得益彰，从别致的画廊、设计师服装店、手工首饰店，再到杂货店、水果店、卖卡巴的摊位、街角的花店……整个街道都透着丰俭由人的落落大方，一切都似乎安详在一种早已深入血脉的格调里，然而这种格调里有的是见惯世事的宽容，没有任何蓄意拿捏的那种咄咄逼人的“兵气”。

顺着公寓前面的那条街一路走出去，不久，就是传说中的“左岸”，顺着左岸，只要愿意，则仿佛随意就可以一直走到任灵魂舞蹈的地方。

从我住的那间公寓出发，走路十几分钟还有一个墓园，某个清晨，我在晨跑时第一次无意间路过那儿，就被那种锁在薄雾里的安详给迷住了。我停下来，双手合十地注视着墓园里迷你建筑群似的那些形态不一的墓碑。彼时，不知从附近哪里幽然地传来德彪西的《牧神午后》，我的心头因此忽然涌出一种熟悉感，好像宝玉初见林妹妹时的那种“心里倒像是远别重逢一般”的确定与温暖。

我想，死亡真是一个奇怪的礼物，它让我们因它的存在而对世界抱有一种奇特的敬意。往往我们用在别处的敬意或多或少都来自于心底对某样东西的贪图。只有死亡，我们对死亡的敬意和我们因敬畏死亡才接近宗教，则是我们对自己深感无能之后的自愿臣服，而那才是更纯粹的敬意。

后来的两三年，那个墓园成了我最常去的地点之一。平日里，带一本书，带一件没做完的手工，或，就是坐在那儿待一阵子。摒弃了不知从哪儿传承的“忌讳”，迎面而来的，就成了亦不知从哪儿传承的对“不知死何知生”的“接受”所带来的安详之感。

法国的生活更有“细水长流”的从容，当周围没有踌躇满志的人群做胁迫，“理想”就容易贴近“理想主义”的单纯。

我在墓园认识了一个经常在那儿散步的西班牙人Juan Jose Fernandez，他在附近一间私立学校的装饰艺术学院任教，我们见面之后相视微笑过几次，再后来，我成了他的学生，跟他学装饰艺术。Fernandez先生第一次带我到他的工作室，就用不标准的英语跟我说“Communications with heart”。

事实也是这样，在法国住了那么久，除了每天说无数次的“bonjour”和“merci”之外，我很少开口说话，起初是因为没会的词可说，后来就习惯了。只有在初来乍到的那几个月会因为慌张而怀疑语言是问题。等过了一阵，渐渐感到安全，平静就自安全中生长出来，自然了解，不掌握一门语言也未必不可以去体验一个城市。久了，甚至觉得，说话是多么没必要的事，语言如果不用于阅读，就简直多余。就是这样，因为不懂一门语言，反而在那个语言的环境中，我成了一个比以前的自己更容易忠实于感受和更敏锐于捕捉知觉的人。

语言在我的生活里首次成了一个暂时的谢幕者，而我没能力用我既已掌握的文字去形容那种失去语言支撑的生活，那种在意外中“妙趣横生”的生活。那生活的内容又极其简单，去学校，去看展览，去工作室，去街边的咖啡店发呆，没有了语言的侵扰，一切是那么清静自在。

那些年，好像一场梦，我从生活中离开，去了一个更接近生命的所在。那并非全然跟“身处何处”有关，而是，由处境决定了的“心处何处”。

在巴黎的日子里，多年前武锦程在北京对我说的总会不时地自记忆深处自动跳出些片段来，而，恰又是它们，帮我体会了在阵阵落英缤纷伴随下的巴黎梦。

2012 年春天，我在 Fernandez 先生的帮助下独立完成了我的毕业作品，那件作品是用碎玻璃粘贴而成的。那阵子我特别迷恋透明的材质，玻璃和水晶是我在创作中使用最多的材料。那个作品用到的三百多块碎玻璃，每一块的形状都是我自己在不同的地方购买或干脆是捡回来再逐一敲磨而成的，每一块的颜色也都是自己不断实验调染的。Fernandez 先生帮我在完成后的玻璃体内部装了几个不同尺寸和瓦数的灯泡，整个作品就多了几种颜色和亮度的变化。

作品彻底完成的那晚，我在调试完灯光的亮度后又对着它待了很久，不知为何，它让我想起 SARS 那年在香山脚下看到的情景，因此，我给它起名叫“许愿树”。

也许是那阵子太过专注，作品完成后，我忽然有种心力交瘁的感觉，就没目的地独自去了一趟瑞士，打算放松一下心情。

路上的一天，正途经一个不知名的城市，我远远看到一群人在集会。

那个会场布置得很别致，我找到一个讲英语的人，他告诉我这里正在举行一个高僧的开示。

那位高僧是来自西藏的仁波切，想必他有很多年在西方生活的经历，所以他整个宣讲都用流利的英语，并且，他演讲的水准之高超出了我之前的见识。我很快为他讲的内容和他讲的方式所折服，跟其他几百个现场的人一样融入那种从众的带点儿盲目的热情，瞬间成了这位陌生高僧的拥趸。

开示结束后，我跟大家一起，排队等他“摸顶”。等到了我，他在例行摸顶之后向我伸出手，我在他有魔力的微笑中顺从地把自己的手递过去，他看了看我手上那些在磨玻璃的过程中留下的斑驳成各种尺寸的伤口，那些伤口附近还带着颜料没完全洗掉的痕迹，他便握着我的手改用中文对我说：“孩子，你心底非常柔软，你要好好保护它，如果累了，就回家吧。”

我不知道自己是被他的话语还是被他的态度击中，瞬间流下眼泪，好像一下子被摇醒，猛地进到意识的另一个界面，在那里，我分明感到了一阵强烈的“乡愁”，原来，它和我手上的伤口一样，新新旧旧，明明一直都在，只是我陷在梦境里，忘了感觉它的疼。

决定离开法国的前一周，我特地戴着武锦程送我的项链，再次去了圣心教堂，默默把我在巴黎这几年的生活在神的殿堂中回顾了一遍，带着敬意和虔诚，权当告别和感谢。

我从教堂走出来的时候天色已经暗下来，广场两旁的小路都亮起了路灯。那些路灯好像超大尺寸的萤火虫，亮得柔软而有生机，映衬着窄路上清晰可见的孤独。

只是，孤独也被它晕染得不那么清冷。

说真的，跟白天的热闹比起来，我更迷恋彼时那种巴黎胭脂色的孤独。那一刹那，好像走进了凡·高的画作中，且就像凡·高常常在同一张画布上反复创作一样，似乎只要愿意，就可以穿过不同色彩，感受画的层次并走进画作的底里，在那儿，孤独是如此绚烂而迷人，仿佛也能自照出令人欢喜的柔软和生机。

我在广场无目的地来回走了很久，累了就在路边找了个椅子坐下，身后是巴黎的万家灯火。等我坐定，低头整理裙角时发现椅子边上有一个纸袋，拿过来看了看，里面是一对香奈儿 J12 镶钻的腕表。我想弄丢了这么贵的东西的人一定很急，就坐在那儿等了一阵。

果然，一个小时之后失主出现了。

那是一对夫妇，先生是日本人，太太是中国人。他们看到捧着香奈儿的纸袋端坐在椅子上的我时，相当惊喜。经过简短的核实，我确信那对价值不菲的腕表就是他们不小心落在广场上的。

这对恩爱的伉俪非要邀我一起吃晚饭，我也想不出拒绝的理由。

那晚是我在几年之后第一次大段说中文。席间西城夫妇问了我在巴黎的生活情况，等听我说完，他们俩相视一笑，用日语简略地交谈了两句，西城太太就告诉我说，她先生是艺术经纪人，在中国有特别的项目专门资助从事现代艺术创作的新人。

接着西城太太当翻译，把西城先生正在做的项目介绍了一遍。那天我们聊得很投缘，我们这三个生活背景全然不同的人一致认为"中国古典文化和西方现代技法是现代艺术的最优组合"。西城夫妇在结束巴黎的旅行之前又特地抽时间到 Fernandez 先生的工作室了解我的学习情况，看了我的作品。

一周之后，我回到北京，开始在西城先生的"八重樱"工作室专职做创作。我很感谢西城夫妇，在遇见他们之前，我所有的学习都纯粹出于兴趣，从来也没有想过，"创作"有一天会变成一个真正的"工作"。

西城先生特别让他太太转达说："我们想要让你知道，'八重樱'资助你创作，并非是因为你捡到我们的手表并物归原主，而是因为你的作品让我们看到你成为艺术家的潜能。"

我很感谢他们的说明，不过说真的，其实我一点儿都不介意，不管他们看重的是什么，"等待失主"或创作，在我看来都是不可分的我自己，并没有想特地去撇清。

我在发觉自己内心这闪念时感到很踏实，那之前很多年，我都以清高自居，直到，成长之路终于带我到一个转角，让我自己看清楚"清高"只不过是给没自信、最低段位的表现暂时戴上了彩绘的面具而已。

忘了是在哪里看到一种说法，说人身上的细胞，每一分钟都在更新换代，因此，一个人吃到的食物、呼吸的空气，甚至阅读和思考，都会决定和改变产生什么样的新的细胞。也就是说，每隔一阵子的"我"都可以是全新的，那些跟过去的关联或拖欠，反而变得比较抽象。我不确定是不是这样，当回到北京，呼吸到空气中清晰可见的雾霾，我心底的“关联系统”似乎才像见识到“故知”一般被渐渐激活。那些昔人旧事，也在雾霾之后接踵而来。

完成基本的起居安顿后，我就赶去朱莉家，探望即将要当妈妈的朱莉。

朱莉在几年前爱上了徒步，也是因为登山认识了她现在的先生，他们认识之后一起去了西藏和南极，两趟旅程后就一致决定把彼此的陪伴延伸成一桩婚姻。

“你叫他老方就行！”朱莉拽着她丈夫的胳膊对我笑说。

“他是老方，那我成什么了？”朱莉的爸爸在一旁假嗔。

“你是逆生长的‘念宸爸’啊！”Chloe从朱爸爸手中接过他们的女儿。

我看着这其乐融融的一家人，已很难想象朱莉和Chloe有过那么水火不容的一段对峙。不用问也知道，这个不爱说话的老方，想必对这一家人回到融洽局面起到很多正面的影响。事实上，我在第一眼看到他的时候心里就为朱莉感叹：“嗯，这次是对的。”

这并非取决于我对他短短的认识，而是，我看到在他身边那么放松、开心的朱莉。

胡兰成说：“男欢女悦，一种似舞，一种似斗。”

不论是舞是斗，要的都是旗鼓相当之下的放松。我在朱莉和老方身上都看到一种全然的放松，只有那种内心知己知彼的认同，才会让日子如呼吸一般，不论主动或被动，都有一个自然存在的节奏，无须刻意。

况且，设若一个人不敢在另一个人面前暴露他的“不好”，那么他的“好”亦是可疑的。只有彻底放松之下的爱情，才能把两个人的“不好”和“好”统统接受，变成同甘共苦的“生活”。

两个月之后，老方和朱莉为他们的新生儿办了满月酒。

那天天气很好，朱莉夫妇把满月酒选在了凯宾斯基酒店的户外。来宾很自然地分成两组：有小孩的和没小孩的，大家各自关心和谈论着完全不一样的话题。

我认识的人，除了老方和朱莉之外，就只有朱爸爸和 Chloe。他们家的主场，两位女主人自然是忙得不亦乐乎。我跟新生儿例行合影之后找了一个角落的座位坐下，看着眼前别人家的天伦之乐，有种十分出离的感觉。

为了不让自己变成需要被特别照顾的尴尬特例，我找了个借口跟朱莉提前告辞。她很爽快地笑说："得嘞，这种场合，不为难你，改天单约。"

我走出酒店，在停车场看到了许友伦。

也许对此我早有预感，虽然回北京之后，并没有人向我提起他的消息。

我们坐在各自的车里隔着不到两米的距离和两扇车窗玻璃，以不到二十公里的时速彼此错过。我看到他，他没看到我。

我想，人生真是奇妙，有多少时候，在咫尺之外，有这样那样的人跟你擦肩错过。假使有遗憾，又有多少"错过"会成为下一场圆满的修持，好像《一代宗师》中说的所谓"念念不忘，终有回响"。

事隔经年，我已不知道怎样看待和许友伦之间长长短短的错过，我对他没有念念不忘。不是不念，而是，对他，早已不存在"忘"，所以，不必特地去"念"。

那之后，我们又见过一次半。

前半次是 7 月 21 日。那天，我从工作室结束工作准备回家的时候，收到朱莉的先生群发的微信。老方在微信里把他和朱莉认识的几十个关系亲近的人放在了一个群里。他对大家集体号召说很多人因暴雨被困在机场，如果时间和能力允许的话，就去协助疏散人流。

我工作的“八重樱”在大山子，离机场很近，因此接到微信我就直奔机场，并把一个陌生女孩儿顺利送到了她位于朝阳医院附近的家。

路上，手机的微信提醒一直响个不停，等送完那女孩儿，我回到家一边敷面膜一边听微信。老方添加的那个微信群里有几十个人刚才和大家分享路况留下的上百条留言，在自动播放到不知第几条的时候，我听到了许友伦的声音。

我描述不清那一时刻的感觉，“声音”真是一个奇妙的东西，它和影像、气味一样，分管着记忆中不同的领域。

许友伦大概和我一样只是积极地参与，并没有特别去研究群里的人员构成。我听到他跟其他陌生人的对话，我没有出声，他不知道我的存在。

听起来，他的热情没变，他的仗义没变，他的口音也没变。

我在面膜后面忍不住对着一丛熟悉微笑。

有时候，对一个人深刻的顾念，未必是要朝朝暮暮的常相见，而是，清楚地知道那人活在他自己的自在中，且，你还愿意为他祝福。

“他两年前回北京了。”

“现在是一个人。”

朱莉不久后在一次闲聊中提起许友伦，说了以上这两句。

她说的时候情绪中立，好像在说一个跟我们泛泛之交的普通朋友。

我也没有特别继续这个话题，我对过往那些恩怨是非，早已没有了初时的好奇和热辣的挣扎，尽管，这个名字每次出现的时候，我的心跳都会到达一个平时难以企及的程度，以我自己也不想了解的心情。

日子就那么又过了一阵。我的生活规律而平淡，每天去工作室工作，和多数正常人一样朝九晚五。

北京 2012 年的秋天开始得不太平静，一天上午，我和平常一样去工作室，看到玻璃门和门栏上吊着的“八重樱”的 logo 灯都被砸烂，我这才相信那些天周围的传言并非无中生有。

我打电话给朱莉，问她需不需要报警，她说要和老方商量，过一阵回复我。一个小时之后他们就出现在一地狼藉的工作室，还带着几个工人。

他们进来就张罗干活，谁都没再提报警的事。

等修复工程完工那天，老方和朱莉又来帮我验收，老方说了句：

“要不，logo 先别挂了。”

我点点头，送他们走后，就继续工作。

那天下午，我正在尝试用一种矿石当材料，工作室的门被推开了，我本能地在听到门响之后身体往后躲了躲。

“是我。”那个走进来的人跟我说，他当时背着光，我不太看得清他的脸，只听到我熟悉的声音。

是许友伦。

他看我的反应，赶紧又说：“不好意思，吓到你了？我听朱莉说，你这儿前两天出了点儿状况，所以我想，应该要来看看你。”

我为这句话，心底涌出一种久违的委屈。

那是一种在幼年时期才频繁出现的委屈。不知道是什么缘故，心底在那个时刻像是忽然被磨掉了角质层，出现一处不大的、没遮拦没防备的真实，那真实被许友伦的话触动，首先的反应竟是委屈。

“喝茶吗？”我起身去烧水，借此平复心里突发的一阵乱。

“你别忙。”许友伦说。

等我端了茶出来，我们对着茶沉默了一阵，他又说：“我准备，回香港了。”

“哦。”我说，低下头继续看手里的茶杯。

“对了。”许友伦边说边从包里拿出一个信封，“这是一张卡，里面有我应该要还你的钱。借太久了，很不好意思。”

“没关系。”我笑笑说，“我都忘了。”

“我都一直记得。”许友伦把信封放在旁边的桌子上，从包里拿出纸巾擦眼睛，才又说，“不打扰你了。”

我刚要诧异，他笑笑解释：“我对猫过敏。”

“哦？我怎么不知道？”我关切地看他。

“以前我们都没有养过猫的嘛。”他说。

说到“我们”，我们就又陷入不知如何对话的沉默。

“我还是走吧。”许友伦又擦了擦眼角，看着我脚面的位置，说，“看到你都好，我很开心。”

“我也是。”我说。

“你变美了。”他说。

“怎么会，是你过敏了看不清吧。”

“呵呵，我从来也辩不过你的。”

他的这句话，让我刚压下去的委屈，又有蠢蠢欲动的势头，我赶紧闭了嘴低了头。

他站起来转向门口，我就跟着他起身，送他出门。

我们在门口只匆匆对视了一下，他的眼睛红红的，关键时刻，临时的滑稽，中和了陈年的惆怅。

许友伦走后，我抱起那只“肇事”的猫坐在工作室的长椅上。

那只猫叫“金枝”，是一只黄白相间的流浪猫，我到这个工作室之后，它每天都到窗前看我工作。后来我就打开门放它进来，也给它置办了粮食和基本用具。它像是工作室的半个主人，且出入自由。

一切的发生都不会没有意义，金枝的出现，让我和许友伦最后一次见面，避免了不必要的繁冗和滥情。

金枝在我的摩挲下发出呼噜呼噜的满足声，我抱着它发呆，夕阳转进工作室，让藏在桌子下的“八重樱”的 logo 上亮出一道反射的光芒，我眯起眼，忽地想起小时候读过的一个故事。

二十世纪三十年代初期，日本横滨，男孩郑左兵即将面临人生中的首次变故。左兵的父亲是在中日两地经商的中国人，母亲是日本人。在变故发生前，他是一个读书的少年，才认识了一个年纪相仿的日本女孩小林加代，两个人的情窦初开，始于一场古典式样的两小无猜。

1936 年年底，因时局故，左兵跟父亲一同随大批华人返国，在送行的人中，加代忽然出现在舱门前。关于这个画面，原文说：“好像雨中的木屐一下子踏进脑海，每一下都无限悲戚地重复着加代说的话：‘可是，郑君，我喜欢你。’”

他还没来得及想出怎么回答，从此两人就远隔天涯。

二十世纪八十年代，历尽世事沧桑，因母亲方面的产权问题，左兵在 1949 年后第一次回到日本。

左兵找到加代，跟她相约在横滨的一株古老的八重樱下。

她告诉他：“请在樱花树下等我，我会从你身边走过，请别认出我。”

他答应了加代。

那天，许多人看到这样的一个中国老人，身穿租来的礼服，手里捧着四十九朵玫瑰，向每一个路过的日本老妇人分发。

已经年华老去的左兵坚定地相信，加代会收到那一枝迟到四十九年的玫瑰。

或许吧，真正的诺言不会因时光的流逝而褪色，因为，诺言才是时光的灵魂，没有了诺言的时光，就像被改成简体字的中文，成了浅薄的“用具”。

那年年底，朱莉在传说中的“世界末日”那天协助 Chloe 办了一场名为“SARS 十年，关爱十年”的为突发灾难做的慈善募捐的艺术品拍卖。Chloe 已在一个家居杂志担任了两年主编，朱莉经营自己的公司，以公益项目为主。

这两个名分上是“母女”的同龄人在推动公益上颇有共识：“千万别过度美化，‘捧杀’比打压还可怕。我们没什么了不起的，我们就是比别人得到的略容易。会‘拿’就得会‘给’，这世界上没有什么应该的事儿！唯一的‘应该’就是有福共享、有难同当！”

我在西城先生的鼓励下，为朱莉她们的慈善拍卖特地完成了一个作品。

因为听说许友伦会作为青年企业家之一受邀参加，我就找了借口婉拒了 Chloe 的邀请，并且请朱莉帮忙把许友伦留下的那张卡转给他。

“你们俩自己的事儿能自己倒腾清楚吗？”她笑着拒绝我。

“我不管，这个人当初是你害我认识的，你就得扮演那个‘送神’的。”

“嘿！我就让你们认识认识，谁让你们死去活来这么多年了！”

“所以嘛，你得负责善始善终！”

“那你跟我说清楚，这张卡又是怎么回事，我可不想在现场当着人又跟他推推搡搡。”

我就把事情的原委告诉了朱莉。

那天许友伦走后，我看了他留给我的信封，里面除了有一张卡，还有一个纸条。纸条上写着：

“小枝，这里有八十万人民币。其中三十万，是那年我出事时你借我的，原本在成都就该还你。我用它入股了老郑和我的公司，本想在你生日那天给你一个惊喜。事情后来跟我设想得不同，很遗憾。如果，当时有什么处理不当，请相信并非出于本意。这三十万在 2010 年我离开成都的公司时已经值八十万，所以，当年你借我钱，就当我帮你投资。请你收下。从认识你那天起，我就认为你是个艺术家，想不到你真的实现了，我为你高兴。做艺术不容易，不要过得太苦，请照顾好自己。友伦。”

朱莉听完我复述许友伦的纸条，坦然地说：“那你就收下呗！他说得对啊，这是你应得的。”

“成都是我的伤心地，我才不要跟成都有关的一分钱。”我笑说。

“真受不了你！你就打算这么没逻辑地过完这辈子啦？”朱莉也笑。

“对呀，为了保持我得之不易的右脑，我只能牺牲先天不足的左脑了。”

“行啊，你高兴就成！反正吧，情啊钱啊，就这点儿事儿，来回来去，我看你们俩还能玩儿出什么新鲜的来！”

不久后的圣诞夜，Chloe 组织了亲友团庆祝她和朱莉的慈善拍卖圆满成功。

我以“全场作品拍价最高的青年艺术家”身份受邀。

Chloe 和朱莉轮番用夸奖和揶揄混搭着把我从大学时代到现在的“成长史”说了一遍。

我笑说："我怎么觉得像参加自己的追悼会啊。"

Chloe 说："是啊，我觉得吧，人生的最高境界就是你人还在这儿呢，大家就像你已经不在了似的玩儿命对你好！"

"大过节的，什么'在'啊'不在了'啊！罚酒！"在座的有人抗议了。

"我自罚！'世界末日'我们都过了，还有什么可怕的！有什么理由不让自己活得更漂亮点儿！"Chloe 说罢把手里的香槟喝完。

"来！敬我青春永驻的妈！"朱莉笑说。

"得了吧，要敬得先敬仪态万方的方太！"Chloe 说着搂过朱莉。

大家叮叮当当地互相说着祝福，画面温暖而完满。

我趁众人推杯换盏时溜到那个包间的阳台。

外面下雪了，一个个雪花晶莹的小身影点缀出一个完美的圣诞节。

"冷不冷啊你！"朱莉追出来问，顺手搭了一条披肩在我肩上。

"呵，当妈的人就是不一样啊。你以前可没这么喜欢嘘寒问暖。"

"可不。以前我特烦别人说什么'你只有自己当了妈妈，才真的明白人生是怎么回事'。"

"嗯，我现在也特烦别人这么说。哈哈。"

"好吧，那咱们换个话题。"

"奇怪，你随和得让我好不习惯。"

"连你都不'各色'了，我也不得随和点儿啊。"

"哈哈，讨厌。"我跟朱莉玩笑了几句，然后问她，"对了，你们都没跟我说，我的那个作品，谁拍走的？"

她仰头看着夜空中的飘雪，微笑着说："你说呢。"

我裹了裹朱莉给我的披肩："哦……真是这样啊。那真没劲。"

朱莉转头看我："怎么没劲，这多好啊！"

"我以为真有别人认可我的作品呢。"

“人家许友伦不是‘人’啊，人家怎么就不能认可你的作品呢。你这人，不能戴有色眼镜看待香港同胞。”

“他拍到五十万，分明就是把你帮我退给他的钱，又推回来了啊。”

“咳，要我说，你们俩还真是……让我说什么好呢。其实也好，你们俩一直七上八下的，老不能同时踩在点儿上，倒是这事儿，合作愉快了。”

我正陷入遐想，Chloe 忽然冲进来说：

“小莉，快快！快接电话！老方说你儿子刚才发出了一声‘ma’，疑似是会叫‘妈’了！赶紧，你听着，让老方再教他试试！”

我的遐想在天下太平中自弃在雪天里，带着随时出没的轻盈，悠悠荡荡不已。

隔天，我让朱莉帮我把那个被许友伦拍得的作品拿回来，请她向他转告，我想再做一次微调。

那幅作品名叫《星空》，是我用不同颜色的矿石拼贴出的，等 2013 年新年时，我微调完，又拜托朱莉转给许友伦。

“你真不自己去送？ Allen 这次是要彻底搬回香港了。这一去就真不知道什么时候才见咯！”朱莉临走之前又问了一句。

“要把每次告别都当作最后一次，因为‘每一次’本来就是每一个‘最后一次’。”

“你还能再矫情点儿吗！请问你是香奈儿小姐吗？哈哈。”

我目送朱莉带着我的《星空》走了，心里想着，不知道许友伦是不是能看得出，在构成这幅图的无数矿石中，有一颗，是他奶奶留给他的玉坠。我特地要回来微调，就是想要把它填进去，这么多年之后，这块玉坠也应该“完璧归赵”，跟许友伦一起，回家。

我想起那年我们在三亚重逢，我想起那晚夜光如诗如画，我记得我心底当时响起的歌声，是 Don McLenan 的 *Vincent*，“ Starry, starry night...This world was never meant for one, as beautiful as you.”

我记得那音乐中有一种清凉的温暖，神秘又凡常，仿佛星光月色下一切俗事都没必要执着。

我没有忘记我被当时的情景和自己心头生出的音画捕捉，在那一刻略微有点明白：其实，这个世界上的很多问题，本身即是答案。

没有答案的问题，也终将不是问题。至于那些盘绕在心头太久的关于爱的谜题，若它们仍是谜题，唯一的原因，就是还不够那么爱。

直到今天我仍旧坚信，当足够爱，心头不会再有谜题。或说，用“爱”这个词不够准确，那当被叫作“慈悲”。

我知道，跟许友伦的这场告别，是我们最后一次分手，并非因为我们存在复合的人为障碍，而是，我再也不想经历存在着爱的分手。而我比任何时候都确定我对许友伦业已习惯如呼吸般的爱，这个爱几乎快要成了一种习性，并且我也确定在他固有的习性中，也有那么一份质量相当的气血，在固执地爱着我。

这两份旗鼓相当的情感，已是有了结的“善缘”，不该被归在占有的牢笼中，再经历轮回的折磨。

笛卡儿说“我思故我在”，我不懂笛卡儿，在我庸俗凡常的人生中，对于生命，我的认知则是“我爱故我在”。

跟许友伦最终悄然融进对方生命的情义里，我们终于，了解了爱的意思，而这终究成了必须要分开的终极理由……我们离开了彼此，我们成全了爱。

我们在最后一次告别时，就那么起身离开，没有任何多余言语地从对方的生命中无声息地消失，在此生的告别时分用“留白”给了彼此最珍贵的默契。

我喜欢的电影《少年派的奇幻漂流》中有一句台词说：“即使人生要学会不断放下，最令人难过的还是没有好好地告别。”

而当我在心底与许友伦彻底告别之时，却是清清楚楚地领悟到：人生中，最好的告别，就是没有告别。

就像是所有珍贵的遇见都并非是出于“蓄意”一样，到后来，是否也应当非蓄意地让“告别”如水落花开一样就那么自然地发生。发生着，发生了，无须特地为它打一个纠缠的结，毕竟，对生命而言，接纳才是最好的温柔，不论是接纳一个人的出现，还是，接纳一个人的从此不见。

因为，不论承认与否，生命的底里是彻底的孤独，而爱的底里，则是回归孤独、接纳孤独、面对孤独，并且成全孤独，这些因爱而为的回归、接纳、面对和成全，是一个人，此生，能为他所挚爱，可能做到的，最好的事。

2012 年 11 月 10 日第一稿
2012 年 12 月 21 日第二稿
2013 年 1 月 2 日第三稿

后记

2003年成为一个重要的年份，因为SARS。

十年之后，有很多“事情”已不太记得清，就记得很多的“画面”。

其中有一幅画面是，在一个阳光灿烂的下午，我独自在家，满屋子烧艾条的味道——那时候流传说熏艾条能预防SARS病毒在空气中的传播——我正在读《圣经》，当看到《马太福音》中的这几句时，我哭成了泪人。“哀恸的人有福了，因为他们必得安慰……怜恤的人有福了，因为他们必蒙怜恤。”

那是被迫自己把自己关在家的不知多少天，其间，传说中的人生七苦——“生，老，病，死，怨憎会，爱别离，求不得”，在短短一个多月里，我迅速而密集地经历了其中四样。

在当时，好像真的很需要安慰和怜恤。

十年之后，当回忆那个画面时，留在心里的，就只有那天的阳光灿烂，和那次哭泣前心底受到触碰时松软下来的那种被驯服的感动。

没有了恐惧的慌，也没有了自怜的酸。

不免感叹，时光真神奇，它真的能“抚平”内心的伤。

只是，“抚平”不等于“遗忘”。

经历波折时常奇怪，为什么人在碰上天灾人祸的时候心底纯良的那一面特别容易被调动，一旦天下太平，反而常常会表现得锱铢必较或麻木迟钝，仿佛天性中的真善美需要磨难的刺激，方得以顺利释放。

而即使当某些发生和遭遇与此刻的我们无关，又有什么保证书能发给自己永葆健康快乐，让日子过得像贺年卡上烫金的祝词？

这十年，有那么多共同经历，以至于最初在设计故事发展的时候，我为男女主角设计出分分合合的“社会原因”和“环境因素”竟多达四十几种。

写到后来，素材像自动跳进故事进程中一样自行取舍，我再次认命地发现，原来所有的发生都服务于内心，不论那是生活的真实还是写作的虚拟。

这大概就是我写这篇小说最初的动因：不管经历过什么，要紧的是不要忘记保护好自己内心那一定存在的纯良，并让它尽可能多地作用于左右。天晓得当所有人最终必定会离我们而去之后，那才是这一程我们能在最后留给自己最好的礼物——所谓，爱。

哎呀，其实有时候我也有点儿受不了自己没什么节制地甩酸词儿。

你呢？哈哈。